吾妻不好馴

上

岳微 著

風文創 526

目錄

序

岳微

都說作品中一定會有作者本人生活的部分影子，我想是沒錯的，這篇文章創作的時候我正處於低潮期，想著怎麼來一個谷底反彈，於是就有了這樣的背景設定。

有讀者覺得女主人公衛茉的經歷很淒慘，先是全家被抄斬，然後自己又客死異鄉，空有一身武藝卻無法扭轉命運，可正因為如此，當她變成一個手無縛雞之力的深閨少女後，憑著智謀步步為營，與幕後黑手輪番博弈，這樣的對決才會更加精彩。

起初我只是想寫一個人要如何在失去一切的情況下正視和適應完全不一樣的自己，從而擺脫逆境，後來又想到了暗戀這種單純美好的元素，於是就有了男主人公薄湛。

相信大家或多或少都感受過暗戀，出自自己的切身經歷也好，朋友口中的故事也罷，總結起來不過兩個字——隱秘。薄湛的舉動就非常符合此一特徵，喜歡女主人公多年也只是透過共同好友霍驍去表達自己的關心和愛護，不是不敢捅破這層窗戶紙，而是他比任何人都明白，她當時的心思都在衛國戍疆上，並不想談兒女私情，所以選擇藏下這份感情，不給她負擔。

誰知道後來發生橫禍，兩人就此天人永隔，未說出口的感情成了巨大的遺憾，在這種情況下，重逢自然成了彌足珍貴的事情。以冷酷自律聞名的小侯爺薄湛突然變成寵妻狂魔，而重生後的衛茉也是烈女怕纏郎，一步步淪陷，再加上那些熟悉的好友與親人的回歸，一切都有了新的開始。

這本書費時近五個月完成，看起來像是寥寥幾筆就能描述完整個故事，但對我而言寫作過程卻是漫長的，情節的大變動以及細節上的修改都讓我頭疼好久，可以說是傾注最多心血的一本書，後來在與朋友討論暗戀情節時甚至出現以下哭笑不得的對話。

「不行，感覺描述的還是不夠戳心，你就沒有暗戀過別人嗎？」

「……暗戀吳彥祖算嗎？」

這場討論最終以朋友炮轟我半小時和我又改了三次稿結束。

這本書寫完兩個月之後我又開始新的創作，沒過多久，我收到了一個好消息——狗屋的編輯聯繫我要出版了！這對於我這個新人而言無異是驚喜，驚喜過後便是挑戰，在保持新作的同時還要修訂舊稿，確實讓我忙了好一陣子，在這當中，朋友們的鼓勵、家人的支持和編輯們的幫助都成了我動力的源泉，非常感謝他們！

絮絮叨叨說了這麼多，不過是希望看這本書的你們和衛茉一樣，即便遇到挫折，最後都能收穫美好而完滿的人生！

楔子

每年這個時候，瞿陵關都會有暴風雪降臨，天地之間鵝毛狂捲，夾雜著流矢般的冰屑，如鋼刀割面，不管站在哪兒，五步之外都是白濛濛一片，整個世界被素色所淹沒，淒涼而荒蕪，只打個盹的工夫，雪又厚了一層。

此時通往天都城的官道已經被萬丈白華覆蓋，冰凍難行，卻不知怎地響起了噠噠的馬蹄聲，由遠及近，聲音漸沈。不久，迷眼的風雪中浮現出一人一馬的身影，踏著雪泥飛馳而來，從模糊到清晰，轉瞬又如驚風般掠去。

騎在駿馬上的人身形纖細，披著狐毛斗篷，覆著重紗面罩，那雙露在外面的烏眸佈滿了血絲，透著深濃的疲憊，微微一眨，長睫上的雪白絨毛就落在鼻翼和臉頰，越發襯得她面無血色。

她便是鎮守瞿陵關的守將歐汝知。

昨天夜裡，一封加急密信送到了關中大營，她拆開一看，目眥欲裂，當場嘔血，上面只寫了一行大字——歐御史通敵，全家已於冬至抄斬！

她當時瘋了一般抄起鞭子就衝進馬廄，不理會眾人詫異的目光，孤身踏上了返京的官道，把追來的副將遠遠甩在身後。

距離處決之日已經過了五天，縱使她不眠不休地趕回天都城也只能見到自己家人腐爛的屍首，這讓她如何接受！

她父親身為御史之長，剛正不阿，素來冠有清流之名，斷不會行叛國之事！她身為將軍，沒能護家人安全已是不孝，焉能讓他們枉死？就算如今的天都城是龍潭虎穴她也要闖一闖，替父親洗刷冤屈，為家人收殮屍身，這冰天雪地的，那亂葬崗該有多淒冷……

思及此，她閉了閉眼，將淚水忍了回去。

現在不是該哭的時候！

心已經痛到麻木，體能也快到達極限，她不吃不喝地趕了一整天的路，好幾次都差點從馬上栽下去，全憑意志力強撐，在經過一處斷崖時她猛地勒停了馬。

風雪暫歇，山中薄霧飄蕩，白茫茫看不清路，但這不是最重要的，重要的是她察覺到有人在前方。下一刻，霧靄之中果然出現了三個人，皆身騎黑馬，其中兩名是壯漢，另一個蒙著面，但看身形應該是個女子。

來者不善。

歐汝知把手按在腰間的長劍上，警覺地注視著他們，他們卻輕佻地聊起了天。

「還是姑娘聰慧，若蹲守在山下恐怕就截不到她了。」

蒙面女一雙厲眼泛著幽光，直刺歐汝知，眉毛動都沒動一下就下了必殺令，彷彿拿條人命就如探囊取物般簡單。

「快動手吧，還要回去覆命。」

「是。」

壯漢們拔出武器欺上前去，眨眼間撲到歐汝知身邊一左一右地夾攻她，她輕撣白裳，拽下披風猛地橫擲出去，長劍鏗鏘出鞘，緊隨其後。

噗哧，當胸一劍。

歐汝知一腳踹開屍體，反手劈向剩下那人，衣袂染上幾點紅梅，襯得一張雪顏越發寒涼，猶如玉面羅剎，教人膽寒，壯漢不由自主地後退了兩步。

她瞄準機會，一個鷂子翻身落在壯漢背後，手中長劍宛如遊龍出海，瞬間刺破他的背部從心口穿出，那人仍未反應過來，待她拔出劍刃之後就直挺挺地倒入雪地之中，死不瞑目。

「你所謂的快動手……莫非是快來送命？」歐汝知嘴角露出一絲諷笑，斜挑著鳳眸望向蒙面女。

蒙面女沒料到歐汝知身手如此敏捷，竟在須臾之間殺掉兩個手下，她既驚且怒，抽出九節鞭就掠了上來，發起猛烈的攻勢。

歐汝知見招拆招，身輕如燕地來回騰挪，鞭子每每從耳邊頸下滑過，就是打不著她，蒙面女怒極，倏地按了機關，鞭身驟然凌起無數精鋼倒刺，捲著冰碴襲向歐汝知，她眸心一顫舉劍擋開，心底卻沸騰起來。

如此精妙的武器絕非普通工匠所製，而女子又是一口標準的天都話，莫非……

思及此，她的心微微一沈，歐家遭此橫禍果然沒有表面上那麼簡單，能掌握她行蹤並派出殺手斬草除根的一定不是普通人。

爹，您究竟遇到了什麼事？

只不過片刻分神，她的左臂立刻被劃了道口子。

「看來歐將軍也不過如此。」蒙面女冷笑道。

歐汝知一劍纏住九節鞭，爾後滑動劍柄，竟生生將劍分成了更薄銳的兩把，左手那把仍與鞭子纏鬥，右手的已滑至蒙面女頸間。

局勢瞬間逆轉。

「看來妳也不過如此。」她微微撇唇，眼風如刀，帶著深濃的寒意刺向蒙面女。「說！是誰指使你們來殺本將軍？」

「將軍何不猜猜？」

蒙面女眼中狡光一閃而過，主動鬆開了武器，雙手自然地垂於身側，羅袖輕顫，滑出一個瓷瓶，她悄悄用小指勾掉了塞子，歐汝知立刻發現有東西落在雪堆裡，還未仔細看，一股淡淡的異香就竄入了鼻尖。

不妙！

她正要一劍了結蒙面女，手卻忽然失了力氣，彷彿有什麼東西從心底爬上來，如菟絲纏藤，又酥又麻，迅速蔓延至周身，只聽一聲悶響，雙劍墜落在地。

「不過是鳳凰雙劍罷了，哪敵得過我的軟骨香？」

蒙面女咯咯輕笑，看著歐汝知軟下身子半跪在地不知有多得意，隨手拾起九節鞭就朝她臉上甩去，留下三條血印。

「嘖嘖，方才的硬氣呢？」

歐汝知倏地抬眸怒視她，精緻的面容一片蒼白卻無絲毫軟弱，只冷然吐出兩個字。「卑鄙！」

「是，妳正直。」蒙面女蹲下來狠狠箝住她的下頷，留下幾個青紫的指印。「可那又如何呢？妳就快死了。」

歐汝知昂起頭蔑笑道：「那妳最好儘快殺了本將軍，免得一會兒本將軍的副將趕到，可就不好說是誰要死了。」

蒙面女眉目一凜，下意識望向雪霧蒸騰的官道盡頭，誰知歐汝知乘機就地一滾掙脫了她的箝制，然後迅速抽出靴中匕首疾射而出，勢頭又狠又準，眼看即將穿胸而過，卻在撞到蒙面女胸口時被彈落在地，她連退數步，將將停在斷崖邊，跟著噴出一口鮮血。

歐汝知見拚死一搏之下她只受了內傷，一顆心霎時沈到谷底。

「我當真小看了妳，沒想到這種情況下妳還能反擊，若不是我穿了金絲軟甲……」蒙面女胸口一陣急痛，血氣不斷往上湧，她緊緊捂住喘了幾口氣，眼中溢出幾絲毒辣之色，彷彿要將歐汝知剝皮拆骨。

歐汝知眼前陣陣發黑，有些暈眩，想是毒素已經蔓延到全身了，她吐出一口濁氣，半撐在雪地上，雖容色雪白，眸中傲色不減。

「揣著這麼多家當不遠萬里來殺本將軍，也算不容易。」

聞言，蒙面女霎時雙目噴火，嗜血的光芒一閃而過，隨後她用腳尖挑起落在邊上的長劍，反手凌空握住，猛地向下捅進歐汝知腹中，復抽出，又再度捅入，劍尖帶出無數猩紅，斑斑點點灑落在雪地上，見她狂肆嘔血痛至痙攣，蒙面女終於暢快地笑了起來。

「歐將軍，儘管逞口舌之快吧，死人可就沒這麼多話了。」

歐汝知唇畔綻開一縷幽深的笑意。「是啊……死人就沒……這麼多話了……」

她強撐著一口氣欺身上前，任由長劍刺穿身體，就在蒙面女驚詫之際，歐汝知緊緊地抓住了她的手臂，迅雷不及掩耳地將匕首扎進了她頸間！

「妳……」

蒙面女艱難地擠出一個字，微微垂頭，鮮血如開閘般湧出，她瞠大雙眼，似乎不敢相信自己居然會在最後關頭被歐汝知反將一軍，可身體卻逐漸變得僵硬，幾秒之後終於砰然倒下，濺起一地雪泥。

與此同時，歐汝知也倒進雪堆中。

腹部還在持續出血，她已經無力阻止，眼前所有景物逐漸退化成灰暗的重影，越來越模糊，她自知難逃這一劫，但心裡仍然念著蒙冤枉死的家人，這一口氣始終嚥不下。

「爹……娘……軒兒……」

尾音漸漸淡去，化作綿長的轟鳴聲迴盪在耳邊，歐汝知只覺身體越來越輕，似乎快要飄起來，五感皆已沈入混沌的黑暗之中，連殘存的意識也被剝離，與這世間沈默地告別。

那遲來的馬蹄聲再也灌不進她的耳朵。

男子來不及勒馬直接躍了下來，身形矯健，凜然難擋，卻在看清血海中的那個人時雙目暴睜，瘋了般地撲上去，抖著手把她抱進了自己懷中。

「小知，挺住，我這就給妳療傷！」

他眸中一片駭亂，出手如閃電，封住她周身大穴，並抵在她背後輸送出內力，卻似泥牛入海轉瞬沒了蹤跡，懷中人兒依然毫無反應，深垂著眼睫像是睡著了一般。他看著猩紅從手指縫隙中不斷流出，心中恐懼無限擴大，卻不敢去碰她的鼻息，手也越來越抖，幾乎抱不住輕飄飄的她。

「不！怎麼會這樣！妳不會有事的，我一定會救……」聲音戛然而止，他不小心觸碰到她的腕脈。

脈象已絕。

他僵硬了片刻，神情有些扭曲，狂亂地低吼著：「不，這不是真的！小知，妳睜開眼看看我，我來了，就在妳身邊！」

他吻著她光潔的額頭，又將她的柔荑貼到胸口，卻發現自己的體溫再也無法讓她溫暖起來，心頭霎時劇痛不已。

她是真的不在了。

「不——」

他驟然仰天長嘯，淒厲破空，滿含悲痛，繼而嘔出一口腥甜，落在歐汝知的衣襟上，他怔怔地盯著，顫抖著撫上她冰冷的面頰，抹去點點紅蕊，讓她變得白淨如初。

「我帶妳回去，回天都城，我再也不會離開妳……」

他抱著歐汝知的屍體搖搖晃晃地站起來，踉蹌地投入風雪之中，猩紅沿路滴灑，留下一線觸目驚心的痕跡，但很快就被大雪覆蓋，唯有那道模糊的黑影一直踽踽前行，不曾停歇。

第一章

一年後。

與邊關相比，天都城的冬天要好過得多，沒有鐵馬冰河，白華萬丈，只有一片錦繡盛景，數不盡的香車玉輦穿梭在青石路上，略掀帷幕暖風便撲面而來，熏得人昏昏欲醉。

年關當前，這些車輦幾乎都是去同一個地方——京郊的白馬寺。

與此同時，城南衛府也駛出了一輛狹小的雙轅車，載著四小姐衛茉和兩個婢女出了城。

這衛四小姐素來不出閨閣，是以無人識得，卻沒想到是個病弱多嬌的美人兒，纖瘦的身子被狐裘掩得結結實實，唯有一張鵝蛋臉露在外頭，黛眉粉唇，玲瓏如畫，最出挑的乃是那雙鳳眸，皎若浮波，水光瀲灩，清冷卻極為動人。

也許是因為甚少出門，一路上衛茉都極少說話，遇到不少別家的馬車，都是笑語喧天，熱鬧得很，唯獨這輛靜得連落針的聲音都能聽見。

到了白馬寺，果然人山人海，香火鼎盛，下了馬車，小沙彌領著她們來到參天石階最下方的院子裡，推開一扇佛堂的門，將她們請了進去。

白馬寺香客旺盛，平民百姓居多，家境稍微好些的人家都不願去大殿與人擁擠，就單獨約一間小佛堂進香，衛家也不例外，只是越往高處佛堂的設置越好，而她們所在之地應算是末等，空間比較狹窄，但對三個女孩子而言也足夠了。

「小僧去院外候著了，有什麼事施主盡可傳喚。」

婢女點頭道謝，轉身擺好香燭和供品，扶著衛茉跪在蒲團上。

衛茉抬頭看著佛像既不說話也不參拜，眸光矇矓，不知在想些什麼，靜靜燃放的檀香很快就把她勾進了回憶之中。

這是她回到這個世上的第十五天。

剛醒來時腦子裡一片茫然，只見兩個婢女欣喜地忙來忙去，又是端藥又是餵食，教她錯愕不已，等她們都出去的間隙，她偷偷下了床來到銅鏡前，結果被這張陌生的面孔震得無法動彈。

她是歐汝知，可鏡中的人又是誰？

她緩緩撫摸著這張細嫩的臉，不知過了多久才接受這恍如天方夜譚的事實——她又活回來了，準確來說是借屍還魂了。

往事如數浮上心頭，當她知道自己就在天都城之後，當場就要冒著大雪出門去亂葬崗看一看，誰知腳還沒邁過門檻就倒在地上，眼前陣陣發黑，渾身綿軟得沒有一丁點力氣，婢女給她餵了藥才好些，她這才明白這副皮囊中看不中用，是個十足的軟腳蝦。

然而更讓人崩潰的是雖然窗外雪景並無二致，但時間已經悄然過去一年，也就是說，無論是歐家的人還是歐汝知都已成了枯骨亡魂，再也尋不著蹤跡了。這個事實幾乎再度摧垮了她，持續高燒，噩夢肆虐。
之後的某一天，她聽到婢女在討論衛府兩位少爺爭產之事，不知是說哪個爭強好鬥、有仇必報，她忽然開了竅，意識到自己不能再自暴自棄，老天又賜給她一條命，她該好好珍惜，完成未了的心願。
於是她振作起來，想方設法地打聽天都城如今的形勢，隨後她便意識到，以她目前商人之女的身分想瞭解舊案簡直比登天還難，於是她陷入了低潮，關在家中數日，好不容易有機會外出，婢女們就建議她出來散散心，她想了想，答應了。
「留風，留光，妳們先出去吧，我一個人待會兒。」
婢女們對視一眼，雖然放心不下，卻深知她近來脾氣不好，便諾然退下去守在門外。
衛茉直起身又上了一炷香，盯著那忽明忽暗的紅尖，柳眉深蹙。
「爹，娘，女兒不孝，連光明正大地祭拜你們都做不到，你們別生氣，假以時日女兒一定會揪出陷害爹的凶手，為你們報仇！」說完，她伏低身子磕了個響頭，這一聲悶響在僻靜的佛堂顯得格外沈重。
來這白馬寺的不是為家人祈福就是求姻緣，怕是只有她一個人行祭拜之事吧，想到這裡苦澀又從喉間泛起，讓她難以下嚥。
「觀世音菩薩，您悲天憫人，普渡眾生，請讓歐家沈冤得雪，屆時即便收回我這條命也無妨，我求仁得仁，沒有遺憾了。」

她抬頭望著佛像，輕煙繚繞中，法相越發顯得慈悲，她一時竟挪不開目光，不知看了多久，外頭忽然傳來了喧譁聲。

「留風。」她輕輕叫了聲，婢女立刻推門而入。「外面發生什麼事了？」

「回小姐，是兩家香客有些爭執，馬車上印著相府和刑部的徽記，坐的都是女子，應是駱二小姐與霍夫人。」

姝姊姊？

衛茉怔了怔，旋即問道：「可知因何起了衝突？」

留風神色中閃過一絲不屑，據實答道：「我聽小沙彌說是兩家都預定了佛堂，相府的在山上，霍家的就在旁邊，但今兒個山路不好走，以防出事故所有馬車都不許上山，只能步行上去，駱二小姐就不樂意了，要強占霍夫人訂下的佛堂。」

正說著，外頭吵鬧聲更大了，還夾雜著硬物斷裂的聲音，衛茉一驚，斷然吩咐道：「留風，妳功夫好，出去看看，若有人要傷害霍夫人切記攔下，若暫且無事便邀她來我這裡吧，反正我們等下也該回去了。」

留風不知自家小姐為何管起閒事，覺得有些突兀，又不便多言，只好沈默著出去了。

另一頭，兩家的下人吵得甚是熱鬧，王姝頗感不耐，正欲讓出佛堂打道回府，婢女過來耳語了幾句，又指了指遠處的留風，她目光一頓，染上些許暖色。

「也好，過去看看吧，就算不進香也該謝謝人家的好意。」

婢女福身，上前召回了車夫和護衛，甩下兀自鬧個不停的駱二小姐走了。

一行人施施來到佛堂前，留風上前推開門，然後做了個請的手勢，王姝舉步踏進去，偏過頭看見一道柔弱的背影，恰好她回身站起來，娉婷立於方寸之間，微微點頭示意。

王姝微笑著開口：「衛小姐好。」

衛茉剛要回一句姝姊姊，瞧見笑容裡隱含的疏冷，瞬間意識到自己已經不是歐汝知，只好默默把這三個字嚥了回去，改口道：「霍夫人好。」

「駱家小姐著實難纏，多謝妳替我解圍。」

「不過舉手之勞罷了，夫人不必介懷。」衛茉蓮步移至她面前，清音逸出唇間。「我也該走了，夫人不嫌棄的話盡可在此進香。」

王姝也沒有假意客套，只道：「既如此，那改日我再登門道謝，衛小姐慢行。」

衛茉福了福身，又深深地看了她一眼才帶著婢女離開。

出去之後，她們走到石階下的空地，車夫正在套馬，很快就會過來，留光趁這個間隙問道：「小姐，您什麼時候認識霍夫人的？」

衛茉的神色有些飄渺。

什麼時候？恐怕有六、七年了吧……

自從霍驍拜到爹門下，她便知道他有這麼一個心上人，每次回天都城三個人都一起出去玩，王姝待她極好，跟霍驍成親之後更是像長嫂一樣關心著她，怕她在邊關吃苦受累，每月都要寄東西來，吃的用的樣樣俱全，堆滿了她的房間，幾乎比她娘還要慣著她。

自己死的時候，她一定很傷心吧？

衛茉不忍再想，半隻腳踏上了矮梯，正欲上車，忽然聽到留光低聲叫道：「哎呀，小姐的手爐怎麼沒帶上？是不是落在佛堂了？我去看一看。」

留風道：「我去吧，我腳程快。」

說罷，她人影一閃就不見了。

半盞茶的工夫留風就回來了，卻是兩手空空，留光見狀疑道：「手爐沒在佛堂？」

留風面帶猶豫，細想了幾秒之後壓低聲音說：「我剛走到窗下，聽見霍夫人在內室喃喃唸禱，像是在為什麼人祈福，便沒敢輕易打擾。」

她會武，耳力自然比旁人要強得多，能聽見王姝的低語也不出奇。

衛茉鬼使神差地把腳收了回來，站定後問道：「她說什麼？」

「我只聽到了幾個人名，好像是歐什麼……」

衛茉渾身一凜，攥著她的胳膊道：「妳說什麼？」

留風素來穩重，也被她突然的動作嚇了一跳，半張著嘴忘了該說什麼，衛茉索性把手一撂，甩開水袖就往回走，到了佛堂前重新推開門，恰好聽見後半句話。

「……您若在天有靈，就讓小知入我夢來與我聊聊天吧……」

衛茉倏地僵在原地，半天邁不動步子。

王姝聽見門響，兩、三步就走出了內室，見是去而復返的衛茉，她臉色微微一變，沈聲道：「衛小姐，偷聽他人說話可不是個好習慣。」

王姝的兩個婢女也是滿面怒容，還帶著一絲緊張，留風怕對衛茉不利立刻閃身擋住了她，她卻伸手緩緩將留風拉開。

怎能怪她們緊張？歐家戴著叛國賊的帽子，光提名字都是禁忌，若是換個人聽到王姝這樣說，明日霍府恐怕就要遭殃了。

衛茉知道自己魯莽了，面不改色地扯起了謊話。「夫人見諒，我的手爐遺落在佛堂裡了，回來取時路過窗下，無意中聽到您提起歐將軍，想到多年前曾受過她的恩惠，這才一時激動闖了進來。」

她還認識小知？

王姝心底疑雲重重，卻假裝鬆了口氣，道：「原來妳們還有這樣的淵源。」

「是的。」衛茉鎮定且從容地說。「是我念及舊人不甚衝撞了您，還請您多多包涵，如有可能，請您幫我為歐將軍多添一炷香吧。」

王姝點點頭。「妳有這份心意我自然是要幫的，只不過此事……」

衛茉會意，果斷承諾道：「夫人放心，我絕不會與外人多提一個字。」

「好，有妳這句話我就放心了。」

兩人言盡於此，衛茉對留光使了個眼色，她飛快地進去拿回了手爐，然後三人便致禮告辭了，在王姝的視線中接連登上馬車，馬不停蹄地向山下駛去。

婢女憂心道：「夫人……」

王姝陡然抬手，阻止了她要說的話，姣好的面容染上一絲淩厲，疑色盡顯。

「明日送張帖子去衛府，邀她來府中賞花。」她頓了頓，又補充了一句。「把靖國侯府的小侯爺也請來。」

第二天衛茉收到霍府名帖的時候頭都大了。

她就知道，王姝那般聰慧的人怎麼會被她三言兩語就糊弄過去？雖然衛家從商，威脅不到霍家什麼，但這可是掉腦袋的大事，不得不防，請她去賞花多半是為了再試探她幾句，她若能矇騙過去自然好，若不能的話……

衛茉中斷了自己的思路，唇畔露出一縷苦笑。

要是向他們說了實話，就算霍驍和王姝之前再疼她恐怕也會將她視作怪物吧？畢竟連她自己都還沒有適應這怪力亂神之事……罷了，還是好好想想怎麼應對吧。

兩個婢女也不是沒眼力的人，看衛茉的樣子就知道昨天闖了禍，一個為她梳妝，一個在旁邊安她的心。

「小姐放心，無論如何留風都會護妳平安的。」

衛茉幾不可見地點了點頭。她身為商賈之女，又是庶出，本不該有如此厲害的婢女，但據留風所說，她和留光都是衛茉的師兄派來保護她的，一文一武，將內外打理得井井有條，府中也無人過問，彷彿都已經習慣了。以防露餡她就沒有多問，所以到現在師兄的身分還是個謎，但可以肯定的是這兩個婢女都非常忠心，有什麼事都可以交給她們去做。

不過今天這個局她無法假手於人，還得自己來解，思及此，衛茉站起身準備出門。

「小姐別急，今兒個外面特別冷，您再多穿些吧。」留光捧來一套雪貂毛的手套和斗篷，仔細為衛茉穿戴好，又繫上兜帽才肯讓她出門。

衛茉瞧了瞧手裡的東西，試探著問道：「這也是師兄送的？」

「是啊，小姐近來記性可變差了呢，這是您去年收到的生辰禮物啊。」

衛茉沒說什麼，轉身登上了雙轅車。

霍驍是刑部侍郎，算六部高官，所以住在城北的官宦區，她從城南過去，一路兜兜轉轉半個時辰才到，下車便有些發暈，差點一頭栽在霍府門前，幸好留風攙著她，不然可糗大了。

說到底還是沒適應這副病弱的身子，想她歐汝知五歲開始習武，槍劍騎射皆不弱，甫一上任就把瞿陵關的那幫兵鎮得死死的，沒一個敢在她下頭鬧事，現在倒好，走幾步路就要喘口氣，別提有多難受了，也不知從前的衛茉是如何忍下來的。

就在這時，一個淡雅的聲音喚回了她的神遊。

「衛小姐發什麼愣呢，來來，快些進來，別著涼了。」

王姝笑著迎上來，非常自然地勾住她的手臂往裡走，衛茉一時有些愣怔，由著她拉進了霍府。

一進大廳，暖意從周身滲入，還縈繞著一股淡淡的花香，彷彿誤入春日郊野。衛茉抬眸打量著四周，只見廳內擺著一座瑞獸銷金銅爐，六把花梨木太師椅，上座的方木矮几上還放了套紫砂壺，壺嘴嫋嫋升煙，不必猜，裡頭裝的定是徽東白茶。

一切都還是老樣子，分毫未變。

王姝拉著她一左一右地坐下，道：「我剛讓她們沏好茶，妳就到了，妳說巧不巧？來，試一試這白茶，有些苦澀，也不知妳喜不喜歡。」

她親自斟好，盛意拳拳，衛茉伸手接過來抿了一口，道：「很好喝。」

王姝柔柔地笑了。「那看來咱倆投緣，我夫君都聞不得這味道，整個府中也就我一人獨品，今後妳可得常來。」

是了，霍驍最不喜歡這種茶，每次王姝勸他喝他都敬而遠之，彷彿裡頭摻了毒，表情甚是誇張，能讓她笑好久。

想到這，衛茉輕輕答了一個字。「好。」

喝完茶又聊了一會兒，身子也暖和了，王姝便領著她來到水榭這邊逛逛，雖是四面通風的地方，降下竹簾又燃著炭盆倒也不冷，隔水相望，對岸是一片梅林，在凜冬之中灼灼綻放，傲雪凌霜，甚是耀目。

上次來還只綴著些花蕾呢，沒想到盛放時這麼美。

話還在衛茉心底翻滾著，出口就變成了另一番模樣。「沒想到夫人家裡有如此美景，可費了不少功夫栽種吧？」

王姝點頭，眸中浮現甜蜜之色。「我夫君知我鍾愛白梅，特地讓人從嶺南運回來栽種在府中，請了好些當地的花匠細心培植才有今天的樣子呢。」

「有如此郎君，夫人著實幸福。」

王姝落落大方地笑了，隨後繼續帶著她往橋上走去，邊走邊說道：「遠觀不如近賞，我領妳過去看看吧。」

衛茉從善如流，行至拱橋，視線豁然開朗，馥郁的香味湧入鼻尖，教人通體舒暢。王姝步履輕快地走在左前方，快下橋時才想起右邊有一塊鬆動的木板還沒修好，正要回頭提醒衛茉，卻見她像未卜先知般輕鬆跨過了，頓時悚然一驚。

她怎麼知道這處有問題？

等衛茉抬頭，她已經迅速收斂了神色，狀若無事地伸出手說：「前面的路不太好走，我牽著妳吧。」

衛茉頷首。「多謝夫人。」

「別這麼叫，多生分。」王姝拍了拍她的手，媚眼帶著微光。「不如今後妳就叫我姝姊姊，我叫妳茉茉，好不好？」

衛茉僵了一瞬，極淡的欣喜現於眸底，爾後低聲答了句好。

待她們進入梅林，遠處的水榭中悄然出現兩名男子，一為白衣一為玄衫，並肩而立，遙望著若隱若現的纖細身影，始終保持沈默。

置身於花叢間的兩人聊回了昨天的事。

「妳說受過小知的恩惠，可願與我說道一二？」

衛茉心底默默嘆氣，該來的還是來了，唯有打起十二分精神應付她才是。

「是幾年前的事了，那天是花燈節，我與婢女正賞著燈，一輛馬車斜著衝過來，我提防不及，是歐將軍救了我一命。」

此事不假，只不過當時她救的是別人罷了，如今正好拿來套用，也不算說謊，想必王姝看不出來。

「原來如此。」王姝折下一株白梅聞了聞，眼神有些恍惚。「妳不知道，我這個妹妹雖然習武出身，心思卻比誰都細膩，最見不得別人受難，只要有能力都會幫上一幫，十足的古道熱腸。」

衛茉不知該說什麼，只能附和地點了點頭，王姝卻似打開了話匣子，逕自說個沒完。

「每年只有過年時她才能回來一次，我總是勸她，能調職回京就調吧，瞿陵關那等衰草寒煙之地，再磨上幾年怕是一點姑娘心性都沒了。她每次都要反駁我，說那裡怎麼怎麼好，又有多適合她，還搬出衛國戍疆的大義，壓得我一句話都說不出來，現在想想不知有多後悔。」

「後悔什麼？」衛茉眉梢微微一動。

「後悔沒有硬拉她回來。」

王姝忽然側過臉，幾點晶瑩甩落在梅瓣上，讓衛茉再度僵住。

「妳不知她是怎麼死的吧……」王姝鯁著喉嚨難以成言。「世上怎會有如此大惡之人，能對這麼善良耿直的女孩下毒手……我甚至不敢相信噩耗是真的，叫著嚷著要去邊關找她，我夫君尚存一絲理智，拚命拽住了我，一字一句地告訴我小知已經死了，再也回不來了，我們再也見不到她了……」

衛茉握緊了柔荑，不忍地撇開了視線。

「後來我暈了過去，當我醒來時大夫告訴我，我的第一個孩子沒了，跟小知一起走了……那段時間成了我人生中最黑暗的日子。」

此話如同驚雷般在衛茉心中炸響，她倏地回過頭，指甲深陷掌心，扎得生疼。

「妳當時……流產了？」

王姝定定地看著她，眼神已經說明了一切。

衛茉呼吸停了一瞬，緩緩靠在身後的梅樹上，勉強維持鎮定，兩個婢女以為她被嚇著了，有意過來扶她，她卻揮開了她們。

「姝姊姊，我……」

我是小知，我沒有死。

她差一點就要脫口而出，一名男子從旁出現，她下意識把話吞回肚子裡。

「姝兒，怎麼跑到這來了？」

霍驍沿著鵝卵石小徑走來，臂上搭著一件披風，想是給王姝加衣來了，沒想到拐過彎看見還有別人，頓時停下腳步面帶歉意地說：「我不知府中今日來了客人，沒擾了妳們賞梅的興致吧？」

衛茉斂下雙眸，掩住微微發熱的眼眶。

縱使相逢應不識，身是新客，魂為故人。

王姝早已把眼淚拭去，淺笑著迎上自己的夫君，向他介紹道：「這是衛家四小姐衛茉，昨天在白馬寺替我解了圍，所以我想好好款待她一番，聊表謝意呢。」

霍驍笑道：「原來是這樣，正好莊子裡送來兩隻鹿和一籮筐野菜，衛小姐不嫌棄的話便留在這陪姝兒用飯吧。」

天朝民風開放，未出閣的姑娘去姊妹家吃飯不算什麼大事，霍驍分寸也拿捏得極好，表明自己會回避，衛茉其實沒有什麼理由可推拒，但她還是不願留下，她需要時間平復心緒。

「多謝霍大人美意，只是爹爹囑咐了我早些回去，所以……」

語未盡，意思卻很明白，霍驍也不便多留，看了王姝一眼，只聽她道：「那真是可惜了，我府中廚子燒的鹿肉可是一絕呢。」

衛茉心想從前可沒少吃，卻輕扯著唇角說：「那我唯有下次再來叨擾姊姊了，天色不早，我著實該回去了。」

王姝將她所有細微表情都盡收眼底，也不強留，只說：「我送妳出去吧。」

衛茉微微點頭，又朝霍驍施了個禮，這才娉婷離去。

潛藏在梅樹之後的人終於現身了，霍驍皺著眉頭與他低語。「我怎麼不知道小知什麼時候救過衛家小姐？」

那人薄唇抿得死緊，半天才開口。「小知兩年前是在花燈節上救過一位姑娘，但肯定不是她。」

「那她怎麼知道的？難道說……」

空氣中霎時充滿了懷疑的味道。

王姝回來時看到的便是兩人呆杵在那兒的樣子，有些好笑，卻又沒那個心情，於是她走上前直截了當地說：「我懷疑她就是小知。」

她把剛才的所見所聞都敘述了一遍，最後還補充道：「我可以重生，小知當然也可以，沒人規定非得是同一具身體，要知道當初在斷崖，她身子都……」

霍驍連連皺眉，玄衫男子更是繃緊了臉，半天什麼也沒說，逕自走了。

「妳說話倒是婉轉些，明知那是他心裡的一塊疤……」

霍驍轉過頭責備王姝，她自知失言，喃喃道：「怪我說錯話，我是被這突如其來的希望震得有些發暈了。」

「罷了，回屋吧。」

兩人挽著走了幾步，王姝仍覺得心臟怦怦地跳，擔憂地問道：「湛哥不會去做什麼要命的事吧？」

霍驍嘆了口氣，道：「自從小知死後他就像行屍走肉似的，如今小知要是真的像妳一樣重活過來了，就讓他去做自己想做的事吧。」

第二章

衛茉在霍府折騰了一下午，身心俱疲，回到家隨便吃了兩口飯就躺在美人榻上。因離就寢時間還早，她百無聊賴地翻著書，半天才看完一頁，想到王姝說的那些話，精神越發不能集中，索性把書倒放在胸前，閉上眼睛開始琢磨事情。

今後還是跟他們保持距離好，霍家好不容易成了一池靜水，她不能再去攪得波瀾四起，頂著這種身分又要重查舊案，無論怎麼看都不宜有過多交往，知道他們過得幸福就行了，以後的路還是要她一個人走。

如此想著，不免黯然。

待到月上柳梢頭，留風進來服侍衛茉就寢，這才發現她已經睡熟了，於是拿走她手裡的書，抱來一床厚厚的錦被給她蓋上，又掀開銅爐看了看，決定半夜再來加炭，然後闔上門輕手輕腳地出去了。

到了三更時分，月牙遁入了雲霄，風聲漸起，嗚咽而淒切，時不時拍打著門楣，衛茉卻睡得無知無覺，被子裡露出的半張臉有些血色不足，長睫下濃密的黑影，燭火再晃也不曾掀動半分。

此時，一道黑影潛入了房間。

薄湛蒙著面，一眼就看到了榻上的人兒，卻不急著靠近，掃視一圈發現桌上放著本書，微微探手，書瞬間被吸到了掌間。

《四國論》？

他挑起眉，眸中劃過微光。

自從王姝昨日傳消息過來他就派人去調查衛茉，到手的資料並沒有什麼特別，五歲之前她一直跟著母親在外生活，後來母親去世，她就被送回父親這裡，成了天都城眾多大家閨秀之一，因性格怯懦，弱不禁風，經常受姨娘和哥哥姊姊們的排擠。

這樣的人怎麼會看這種艱澀難懂的兵書？

他悄悄把書放回原處，折身坐在榻邊，沈靜地看著她的睡顏。

距離歐汝知下葬已經整整一年，墳頭草都已長至腳踝，他不知醉臥過多少次，心已經痛到麻木，以為這輩子都要這樣了，他們卻突然告訴他面前這個女人可能是小知。

他本來不信，也不願去霍府，最後還是沒忍住，甚至在今夜爬了一回牆，只想來看看她，他真是瘋了。

目光觸及衛茉露在外面的一截藕臂，他猶豫片刻，伸出手輕輕握住，正要塞進被窩，卻突然停下了動作。

蓋著這麼厚的被子，屋裡還點著銅爐，她的手怎麼還這般涼？

他指尖一轉，滑到她細白的腕間默默按了一會兒，隨後皺起了眉頭。

這哪裡是弱不禁風？分明就是個病秧子！接著摸下去，他感覺到一股極強的寒氣在她體內遊竄，正欲探個究竟，身後門簾微微一晃，留風拎著銀絲炭彎身進來，抬頭的一瞬間，她雙眼倏地睜大。

屋裡怎麼會有個陌生男子？

她沒有驚叫，甩下東西劈手就是一掌，薄湛平空架住，反手將其繞到背後再向前一推，留風頓時跌出幾步開外，連帶碰倒了邊上的景泰藍花瓶，砸出極大的響聲。

衛茉立時驚醒。

薄湛心頭一震，下意識回過頭去，恰好與她的目光撞個正著，短暫的幾秒過後她慢慢擁著錦被坐起來，然後扯他的面罩，並非像高手般突發奇襲，就是以尋常速度向前伸手，還帶著點沒睡醒的感覺，卻教薄湛怔住了，甚至忘記要躲。

這兩主僕是怎麼回事？半夜閨房裡闖進個身穿夜行衣的陌生人，居然不叫不躲，上來就動手，難道她們不知道就是普通毛賊也可能揣著利器，時刻都會讓她們血濺當場，就一點都不害怕？

答案很快就揭曉了。

衛茉在即將挨到他時突然停止不動，然後悄悄使了個眼色給留風，頃刻間，薄湛只覺得身後一股銳氣襲來，回過頭發現留光不知從哪兒摸出一把匕首，劃過一條冰冷的弧線，幾乎戮頸而過，薄湛略微後仰躲過這一擊，右手閃電般擒住她，只輕輕一捏，匕首便掉在地上。

眼看著又要落回劣勢，衛茉檀口輕啟指揮著她。「穿花入雲，攻他下盤。」

留風聽到指揮不禁微微愣了一下，轉念又想到小姐的生母曾淨原本就是一派的掌門人，她自幼也讀了不少武學寶典，所以會這些招式並不出奇，只是身體所限練不了罷了。思及此，留風立刻化掌為刀，攜著勁風向薄湛下身削去，他側身退了半步，順勢往後一拉，將她甩到角落裡，然後回頭瞪著衛茉。

她居然叫婢女削他那裡！

衛茉容色絲毫不改，就這麼筆直地盯著他，還不忘繼續指揮留風。「出掌再快些，重雲深鎖。」

很好，這次是要鎖他喉了。

薄湛劍眉一挑，看都沒看留風，直接向左送出一記掌風，又勁又疾，留風尚未近身便被彈飛了，撞到櫃子上暈了過去，屋子裡一頓叮咣亂響。

見狀，衛茉眼神驟沈，溢出絲絲冷意，薄湛卻似沒看見，伸手把她拖出被窩然後拉至自己身邊，鐵臂緊箍著纖腰不讓她動彈。衛茉豈肯輕易投降？一掌拍在他胸口，然後迅速拔出玉簪往下刺，令人吃驚的是薄湛居然沒有躲，簪尖淺淺地扎進肉裡，黑衣立刻被血濡濕。

兩人都呆住了。

衛茉沒想到自己會得逞，手懸在空中一時不知該往哪兒放，而薄湛則是滿目震驚，腦海裡還在重播她剛才的動作，雖然軟綿綿的沒有力道，但還是讓他看出熟悉的痕跡。

那是小知慣用的掌法！

因為衛茉不會武功，所以哪怕出招也只是個空架子，甚至不太標準，但他絕不會看錯，那神態、那習慣性的反應，與小知根本一模一樣！

他已經顧不得疼了，隨手拔掉簪子然後握住她的雙肩，想要再看仔細一些，衛茉一邊掙扎一邊在想，怎麼被刺傷了他好像還挺開心，這人是不是有病？

「這位兄台，」她冷著臉開口。「劫財還是劫色？」

薄湛低沈的嗓音在她額前泛開。「劫魂。」

衛茉一怔，旋即怒上心頭——大半夜的，你想要什麼倒是給個痛快！還打起啞謎來了？若不是身體所限，她早就一掌劈死他了！

「哼，黑白無常恐怕不長你這模樣。」

「我蒙著臉，妳怎知是不是我這模樣？」薄湛忽然貼近，與她白皙的面容僅有一寸之隔。「還是說，妳上地府走過一遭，見過他們本人？」

「你——」

衛茉怒極，不想再與他糾纏，眸光一轉，看見他身邊的銅爐，於是使勁踹了過去，頓時火星四濺，焦炭滿天飛，有兩枚燒得通紅的朝這邊飛來，薄湛連忙把她按進懷裡，腳下生風，剎那間移到門口，爾後拉開她打量著，眼中異樣的光芒讓她心驚不已。

她的心突突直跳，腦子裡閃過無數種可能，剛想再試探幾句，卻被周圍院落次第亮起的火光打斷了。

「什麼人！」

值夜的護院聽見動靜，舉起火把和棒子就往這邊圍攏過來，薄湛知道無法再留，深深地看了衛茉一眼，旋即閃身投入漆黑的夜幕之中，消失得無影無蹤。

一幫人撲了個空。

「四小姐，發生什麼事了？」

衛茉仍然沒有搞清楚是怎麼回事，但想也知道一個未出嫁的姑娘被劫持了這麼久，說出去可不是什麼好事，所以她毫不猶豫地吐出兩個字。「有賊。」

衛府遭賊了？

被吵醒的衛老爺正打著哈欠往這兒走，在圍牆邊聽見這麼一句瞌睡頓時全醒了，扒開人群吊著嗓子吼道：「一幫蠢貨！還愣著做什麼？快去庫房看看啊！」

護院們連忙拎著傢伙隨衛老爺原路返回，轟轟烈烈地來，又轟轟烈烈地走了，衛茉冷眼看著這一切，心裡百轉千回，卻未置一詞。

這個爹還真是讓她開了眼界，都走到女兒的院子裡了，不關心女兒有沒有事，聽到有賊就先跑去庫房，當真薄情。換作歐家人定會把她的安危放在首位，哪還顧得上什麼金銀財寶？不重活一世還真不知道這小門小戶裡人情有多涼薄，等有機會她定要想辦法離開衛家。

想到這裡，忽然聽見幾個女人在嘀咕，她抬頭一看，是住在隔壁院子的姨娘們。

「怎麼這賊哪兒都不去，偏偏跑來她房間？真是奇了怪了……」

「可不是？妳瞧瞧她，外衣都沒披，也不知道我們沒來的時候發生了什麼，依我看啊，怕是個採花賊吧？」

她們七嘴八舌地說著難聽的話，衛茉站在廊廡之下聽得一清二楚，扣著橫欄的手緊了又緊，最終驀然轉身回房，猛地甩上了門。

姨娘們被這突如其來的聲響嚇了一大跳，紛紛拍著胸口喘氣，然後隔空翻了個白眼，沿著牆調頭往回走。

「這四姑娘自從前陣子病好之後就像是變了個人，脾氣又冷又硬，像塊石頭似的，妳們覺得不？」

「對對對，我也覺得。」其中一個連忙附和。「有天峰兒調皮，讓人捉了幾條蛇扔進她院子裡，剛好被她逮到，她竟讓那個會武功的婢女把峰兒和蛇一塊扔到老爺書房去了，把他們嚇得要命，這要是換作以前，就憑她那個受氣包，哪敢動半根指頭？」

「該不會是發燒把腦子燒壞了吧？」

聞言，其餘的姨娘們都笑了。

「噗，哪有越燒越開竅的？有這等好事我也去試一試。」

幾個姨娘打著燈籠嘻笑著走遠了，彎曲的走廊又恢復了寂靜，就在這時，原本早該離去的薄湛忽然從花窗邊步出，想著剛才聽到的話，緩緩瞇起了黑眸。

看來王姝說得沒錯，衛茉很有可能就是小知，但他需要把她放在身邊多試探幾次，因為他知道，一旦錯認，他將再次跌落無底深淵。

暗沈無光的天幕下，寒風如刀劃面，薄湛佇立在廊下，神色透出幾許瘋狂，似乎做出了某種決定，隨後施展輕功掠過院牆往靖國侯府而去。

昨夜虛驚一場，雖未破財，衛老爺仍覺得不安，第二天便增加府裡的守衛，姨娘們見縫插針地說要去寺裡拜一拜，替他消災解厄，衛老爺立刻答應了，於是一大清早五輛馬車就離開了衛府，浩浩蕩蕩地駛向白馬寺。

這幫女人一走，家裡不知安靜多少，衛老爺待在書房看了一會兒帳本，正準備去店裡巡視，管家忽然來報，說是有貴客臨門。衛老爺理好衣衫走到客廳裡，看見一名男子負手立於正中央，一身軟革甲，手裡還提著劍，氣勢甚足。

衛老爺在天都城經商多年，眼光何其毒辣，立刻就察覺到男子不是普通人，緊接著又看到他腰間的精鋼權杖，上面印著的徽記讓他心頭一凜。

靖國侯府的人來這裡做什麼？

男子已經回過身，看衛老爺的表情便知他明白了，於是開門見山地說：「貿然來訪，實乃身受主子的命令，還請衛老爺見諒。」

衛老爺心裡正打著鼓，瞧見他這副神色越發不安，生怕是自己兒子在外頭惹了什麼事，

得罪了達官貴人，於是他連忙擺出笑臉並施禮道：「哪裡的話，既來便是客，不知閣下如何稱呼？」

「我乃靖國侯府的侍衛統領聶崢。」

衛老爺拱了拱手說：「聶統領，請上座。」

「不必了。」聶崢淡淡回絕，神色不見起伏。「我替主子來辦件事，辦完就走，不會耽誤太長時間。」

替主子辦事？那就是靖國侯薄湛讓他來的？

衛老爺在京中混跡多年，知道這可不是小人物，當下便扯著笑問道：「草民何德何能可以為侯爺效勞？您儘管吩咐，草民一定鞠躬盡瘁死而後已。」

聶崢沒說話，打了個清脆的響指，身後一幫侯府侍衛從大門口魚貫而入，每兩人抬著一只紅漆鑲金邊的木箱，如數擺在院子的空地上，粗略一數有三十多箱。

「這……」衛老爺愣住了。

「這是聘禮。」

短短四個字猶如驚濤駭浪席捲而來，將衛老爺拍懵了。

自家哪個女兒何時攀上這等高枝了？他怎麼不知道？

他默不作聲地盤算了半天，竟是毫無頭緒，直到管家低咳了一聲他才陡然回過神來，為掩飾尷尬，他搓了搓手賠笑道：「嗨，我這做爹的當真粗心，竟不知女兒已經悄悄長大了……不過今日實在不巧，姑娘們都陪著她們母親去白馬寺上香了，不知侯爺看中的是哪個？」

聶崢語出驚人。「侯爺聘的是留在府中的那一位。」

留在府裡的？

衛老爺怔了一陣，剛想要管家去看看是不是誰病了沒去，腦子裡突然蹦出個人，他旋即驚訝地張大了嘴，不敢置信地問道：「你、你是說小茉？」

「正是。」

「是不是弄錯了……」衛老爺下意識地提出心底的疑問。「我這個女兒身體不太好，平時大門不出二門不邁，侯爺怎會……」

聶崢有些不耐煩地打斷他。「沒有弄錯，就是衛四小姐，您若是同意的話就命人清點一下聘禮吧，有什麼不夠的可以適當再添。」

侯府侍衛將箱子挨個打開，金銀珠寶、綾羅綢緞，還有無數名貴的字畫和古董，輝光四射，無比耀目。雖說衛府也是富貴之家，見過許多寶物，但這聘禮的規格已經遠遠超過衛茉的身分地位所需，簡直讓他們目瞪口呆。

「夠了夠了……」衛老爺只掃了一眼箱子裡的東西就忙不迭地答應了，對這等天上掉餡餅的好事他只怕對方反悔，哪裡還敢挑三揀四？

聶崢唇角綻出一道譏誚的弧度，很快又隱去了。「既如此，您就讓衛四小姐好好準備一下吧，婚期定在一週之後，其他事項這幾天侯府會陸續派人過來接洽。」

對於如此緊湊的安排，衛老爺雖有些狐疑，但也沒有多想，能與侯府攀上親戚是他這等平民作夢都想不到的事，何況嫁的又是那個病懨懨的女兒，這筆買賣不管怎麼看都十分划算，於是他連連點頭，唯恐聶崢突然反悔。

「是是是，老夫一定會好生叮囑她。」

「那我就先告辭了。」聶崢略一拱手，然後領著其他侍衛轉身離去，猶如海水退潮一般，只留下一個空曠而寂靜的衛府。

眾人皆出現了短暫的失神，似乎還沒有反應過來。

管家清了清嗓子，欲言又止。「老爺，這些聘禮……」

「去把四小姐叫來。」衛老爺搓著手，聲音中隱含激動，管家剛行了兩步他又改變了主意。「等等，還是我自己去吧。」

說完，他健步如飛地朝後院走去。

此時的衛茉正躺在床上喝藥。昨天半夜那麼一鬧，剛治好的風寒又冒出了頭，她從早上起來就開始咳嗽，留光忙不迭去藥鋪抓了藥，仔細地兌上井水熬成了兩碗，又放了些甘草才端過來給衛茉服用。

「小姐，當心燙，我餵您喝吧。」

「不用了，拿來吧，我自己喝。」

厚重的簾幕裡伸出一截細白的皓腕，極準地抓來了留光手裡的瓷碗，不過幾秒之隔再度放回了原處，碗底只餘些許藥渣。留光轉手送上果脯，衛茉卻要喝水，她將將倒好，門扉輕掀，留風瞬間奪至跟前，面上略有驚慌。

「小姐，靖國侯府來提親了，老爺正往院子裡來呢！」

衛茉啜了口熱水，感覺苦味下去了些才徐徐開口。「哦？不知他看中的是衛芸還是衛芊？」

留風吞了口唾沫，緩緩道：「小姐，他看上的是您。」

杯子重重跌在床頭凳上，雖未倒，卻也濺出不少水花。

「妳說什麼？」

衛茉突然掀開簾幕，還沒來得及詳細詢問，衛老爺已經從門口進來了，聞見這一股藥味，他眉頭微微地皺了皺，很快又恢復如常。

「小茉，怎麼又生病了？爹來看看妳。」

所謂無事不登三寶殿，看他一副竭力掩飾喜悅的樣子，衛茉就知道這門婚事他多半已經答應了，思及此，她冷淡地說：「爹，我身體不太舒服，有什麼事您就直說吧。」

如此疏冷的語氣不禁讓衛老爺有些尷尬，他假咳了兩聲，自行坐在床榻對面的五足內卷矮凳上，隔著紗簾說道：「剛才靖國侯府派人來提親了，說是小侯爺很喜歡妳，要娶妳為妻，容爹問一句，妳……妳是什麼時候認識小侯爺的？」

「我不認識他。」

衛茉的答案教人意外，但卻是事實，歐汝知十六歲就去參軍了，一直駐守邊關，中樞官員多半未曾謀面過，而重生之後又變成這種身分，更不會與靖國侯這種高官貴戚有來往。

衛老爺怔了怔，試探性地問道：「是不是妳前幾天去白馬寺拜佛無意中碰到了卻不自知？」

衛茉聽出了他的意思，禁不住冷笑道：「您想多了，我那天並未遇到什麼官家男子，即便是我沒注意到，被站在某處的靖國侯看中了，那麼今天來提親的人應該是他，而不是什麼侯府侍衛統領，爹這點都沒注意到就應下了婚事，是不是有點太草率了？」

衛老爺對她的態度十分不滿，板著臉問道：「妳這是什麼意思？」

「沒什麼意思。」衛茉輕描淡寫地說。「我不想嫁而已。」

「放肆！」衛老爺氣得猛拍案桌。「以妳的身分能嫁進侯府當夫人是前世修來的福分，妳還敢拿喬？」

「既然是我的福分，我願不願意享受跟爹又有何關係？」

一句話把衛老爺噎得夠嗆，他伸手指著衛茉，連點了好幾下才道：「自古婚姻大事都要聽從父母之言，我已經答應這門婚事了，妳最好趕緊養好身體，風風光光地給我出嫁，否則我就是綁也要把妳綁到侯府去！」

衛茉絲毫不懼威脅，勾唇諷刺道：「爹這麼著急，不會是想借用侯府的勢力擴張自己的生意吧？」

衛老爺被戳穿了真實想法，有些掛不住臉，拔高了聲音喝道：「妳這是什麼話？爹是為妳好！小侯爺掌管著京畿守備營，既是皇親貴胄又是朝廷的中流砥柱，妳嫁過去只有享不盡的榮華富貴，還能受委屈不成？」

說者無心，聽者有意，衛茉一雙鳳眸陡然凝住，燃起幾簇不可思議的光芒。

京畿守備營的前身是京騎，負責護衛整座京郡的安全，當今聖上即位後還為其配備了火銃等武器，擁有極強的戰鬥力，沒想到統領居然是這個靖國侯，大大出乎她的意料。而且她之前也聽聞過靖國侯府的大概情況，當年長公主下嫁於老侯爺，膝下育有兩子一女，可惜全都早逝，在第三代中最出色的就是薄湛，是以繼承了爵位。如果嫁過去的話，她或許可以藉此回到上層圈子，然後查清父親的冤案。

衛茉被這突然竄出的念頭驚到了，忍不住咳了起來，留風連忙奉上熱水，還不著痕跡地瞪了衛老爺一眼，衛老爺沒有察覺，繼續軟硬兼施地念叨著。

「爹知道，妳從小跟妳娘在江湖漂泊，不願受拘束，但這可是打著燈籠都難找的好人家啊，只要妳能討小侯爺歡心，等妳當了家想要什麼沒有？」

衛茉陷入了沈思，不得不承認，嫁給靖國侯是突破眼前困境的唯一方法，或許離她的目標還有漫長的一段路，但為了冤死的家人她無論如何也該試試。

「不必再說了。」衛茉頓了頓。「你去準備嫁妝吧。」

衛老爺一愣，意識到她這是答應了，旋即狂喜，卻完全沒有注意到她冷凝的神色，他不會知道，此時此刻衛茉的腦海裡想的不是自己的未來，而是那遝血跡斑斑、把她家人刻在恥辱柱上的卷宗。

爹，女兒已經沒有其他路可走，但願這次沒有選錯。

吉日定在十二月二十八，只有七日時間準備婚禮，對靖國侯府這樣的皇親貴胄來說實在有些倉促，尤其是在慶嘉長公主——薄湛的祖母不中意這門親事的情況下，各項事情都遭到為難，所以薄湛已經焦頭爛額到好幾天沒露面了。

衛茉當然是不清楚這些，老實地留在衛府待嫁，偶爾聽到外面的閒言碎語也不理，通通拋諸腦後，病很快就好了。

難得迎來了晴天，驅散了多日的陰霾，被兩個婢女顧得密不透風的衛茉終於能出門透口氣了，但也僅限於在院子裡曬曬太陽，別的劇烈活動一概禁止，而且到點就得回房，多留片刻都不行。衛茉很少被人這樣約束，有些不習慣，但她心裡清楚婢女們是為了她好，所以很配合，一番擺弄之後，她坐在院子裡的鞦韆上看書。

說是鞦韆，其實就是個寬一些的搖椅，上懸橫樑，兩旁綴著藤蔓，留光還在座位上鋪了厚厚的墊子，再把絨毯搭在衛茉膝蓋上，反覆確認她不冷之後才去做別的事，而留風就站在一旁守著衛茉。

「小姐，您與靖國侯的婚事訂得如此匆忙，不用通知主人一聲嗎？他若是知道說不定會從邊關趕回來……」

她口中的主人自然就是衛茉的師兄了，兩人似乎十分要好，按理說是要傳個信給他，可衛茉擔心橫生枝節，便巧妙地拒絕了。

「不必了，家國大事為重，無謂讓他為難。」

經過這些日子的試探，她猜測衛茉的師兄應該是某位戍守邊關的將領，所以才這樣說，果不其然得到留光的認同。

「小姐說得對，是我考慮不周。」

衛茉沒再說話，把視線轉回書上，翻著翻著就見了底，她心中暗嘆，在滿屋子的話本裡能找出本《四國論》已屬不易，過些天可真得去城北的書鋪買些兵書回來，不然該如何打發這漫漫長日？

不過再過幾天應該已經在靖國侯府了吧？薄湛好歹也是掌管京畿守備營的人，家裡應不會沒有兵書……

想著想著她忽然一怔，馬上就要嫁給一個陌生人，自己的心態也太輕鬆了些，當初父親要把自己許配給秦宣時可完全不是這個樣子啊。

秦宣與霍驍一樣都是歐御史的學生，寒門出身，性格沈穩，頗受歐御史疼愛。自從王姝前年嫁給霍驍之後，這件事提起的次數就更多了，長輩們見她歲數大了心急也是正常的，可當時她一心只在軍機要務上，對情愛之事不甚上心，只是出於無法承歡膝下的愧疚才默認了這門婚事，就本身而言，她還沒有成親的想法。

雙方父母達成共識之後並沒有急著納采文定，只等她調回天都城，或許是因為對秦宣沒什麼感情，對於官職變動她一直保持著順其自然的心態，秦宣一等就是一年，直到後來歐家出事，她客死異鄉，婚約也就徹底作廢了。

她重生之後，聽聞他官升大理寺少卿還娶了駱相的二女兒駱子喻，竟有種鬆口氣的感覺，反觀現在，揣著查案復仇的心，她對自己與薄湛的婚姻竟抱有一絲期待，這種感覺著實有些說不清楚，莫名又怪異。

留風見衛茉看書看到走神，正想問她是不是累了，忽然聽到院牆邊傳來磚瓦碎裂的聲音，她倏地回頭張望，發現牆頭有個鬼鬼祟祟的身影，正欲將其擒來，那人卻自行飛了過來。

青衣綠裙，俏臉如花，來人居然是個姑娘。

「妳是誰？光天化日下竟敢擅闖他人宅院！」

鐘月懿瞥了眼留風，不予理會，逕自繞到鞦韆邊上問道：「妳就是衛茉？」

衛茉緩緩抬頭，與她四目相對，卻沒有出聲。

「哼，我道是個天仙美人，原來姿色不過如此，渾身上下還透著股藥味，真難聞。」

聽到她奚落自家小姐，留風頓時怒了，二話不說就衝過去跟她對上了，沒想到鐘月懿不躲不閃，正面接了她一掌，雙掌相擊，勁風四溢，吹得衛茉烏髮飛揚，膝上的絨毯也被颳上了枝頭。

留風一驚，連忙揮開鐘月懿返回衛茉身邊，緊張地問道：「小姐，沒傷到您吧？」

衛茉淡然搖頭，目光卻轉向鐘月懿。

雖然剛才她們兩人只過了一招，但看得出來這姑娘的武功不輸留風，論打扮和氣質也不像是普通人家的女兒，光天化日之下居然這般魯莽地翻牆入院，到底是幹什麼來了？

「沒想到妳的婢女還有兩下子，也罷，我先把她打趴了再來對付妳。」

鐘月懿菱唇微勾，輕點腳尖飄了過來，手腕如燦花翻轉，周遭氣流瞬間凝聚於一點，似龍捲風般襲至留風面前，留風欲躲，衛茉的嗓音卻輕輕淺淺地飄入耳簾。

「別怕，她的招式不過虛有其表而已，用流波掌可破。」

留風不疑有他，迅速出掌，只聽轟然一聲巨響，氣流散於無形，她毫髮無傷，鐘月懿卻臉色微白地倒退了幾步，然後滿目驚異地盯著衛茉。

這是她家傳掌法的最後一式，她確實練得還不夠火候，可這女人是怎麼看出來的？她也不像個練家子啊！

她不信邪，又換了自己拿手的招數再次攻來，衛茉仍然不疾不徐地指揮著。

「騰龍出海，攻其肋下三寸，退右下，躲開她的反勾，再進右上，碧波回潮。」

剎那間，留風像變了個人似的，身形飄忽，內勁暴漲，每招每式都威力大增，鐘月懿左支右絀，已然落於下風，一個閃躲不及被留風扣住了要穴，霎時動彈不得，呆愣過後，白淨的臉上明晃晃地寫著三個大字——不服氣。

她竟然被一個小小的婢女拿住了！

「說吧，妳是誰？」

衛茉掀起長睫望向鐘月懿，鳳眸略含冷色，氣勢凜人，鐘月懿心尖一顫，穩住聲線梗著脖子道：「剛才不是指揮得頭頭是道嗎？怎麼，看不出我武功是哪條路子的？」

「也不是看不出。」衛茉啜了口溫水，緩緩說道。「就是沒想到當年打遍西南十三條水路的鐘氏掌法也有這麼不頂用的時候。」

「妳——」鐘月懿氣得滿面通紅，這才明白被衛茉擺了一道。

「我素來崇敬鐘老將軍，看在他老人家的分上我可以不把妳送去官府，但妳得告訴我今天為何而來。」

鐘月懿身為鐘家大小姐，何時受過這等威脅？她使勁扭動了幾下，想甩開留風，沒想到她掐得更緊了，鐘月懿吃痛，不敢再掙扎，只瞪著衛茉說：「若不是因為妳要嫁給湛哥哥，這下等府邸請我來我都不來！」

衛茉拂著杯盞的手一頓，眸中升起點點探究之色。「妳喜歡薄湛？」

鐘月懿沒想到她問得這麼直接，半羞半怒地叫道：「喜歡又怎麼了！別以為妳馬上要成為薄夫人就了不起了，我不會放棄的！」

「哦。」衛茉沒什麼表情，就像個局外人一般，鐘月懿見狀差點一口氣沒提上來。

這女人沒病吧？別人當面表示對她未來夫君的覬覦，她卻一點反應都沒有，是太淡定還是對薄湛太有自信？

鐘月懿不甘心地放出了大招。「妳別得意，再厲害也抵不過他心裡的那個人，妳只是個替身而已。」

衛茉點點頭，表示自己真的聽到了。

鐘月懿看她神情不像是裝出來的，噎得徹底不出聲了。

「沒事妳可以走了。」

聽到衛茉趕人，留風立刻挾著鐘月懿轉向了門口，她卻賴著不肯走，掙扎道：「妳別碰我！我還有話沒說完！」

「我累了，不想聽了。」

衛茉淡然地轉過頭，不再看鐘月懿，留風立刻點了穴把她拖走了，她喊不出聲又不能動，頓時氣紅了眼，一路瞪著衛茉，直到拐過彎之後才不見身影。

留風做事非常乾淨俐落，直接把鐘月懿扔在衛府門前的大街上，解穴關門一氣呵成，任她在外頭氣得跳腳，頭也不回地走了。回到後院，發現衛茉又重新看起書，彷彿什麼事都沒發生過，她踮起腳尖飛上樹把毯子取下，又收拾好一地狼藉，終於忍不住發問。

「小姐，您就一點兒都不擔心嗎？」

「擔心什麼？」衛茉翻書的手一頓，抬眸望向留風。

留風脹紅了臉，不知是氣的還是羞於啟齒。「剛才那姑娘說，靖國侯他……他心裡有別人……」

「本來他讓人來提親就很突兀，若我確實長得像他心愛之人，倒有了合理的解釋。」

留風見衛茉神情淡泊，渾不在意，心中越發急躁。「您還沒嫁過去，他的心就不在這裡了，要真嫁過去還不知道會受多少委屈呢，要不您再跟老爺商量商量……」

衛茉難得見到留風如此著急的模樣，胸口湧起一股暖流，輕扯著唇角安撫她。「沒關係，這都不重要。」

「不重要？那什麼重要？」留風怔怔地望著她。

「侯爺夫人這個位置最重要。」

原本她還在想薄湛究竟為什麼娶她，如果真是鐘月懿說的這樣她反倒放心了，至少不是什麼齷齪陰暗的目的，她不必多費心思應對，一心一意專注查案就好。

留風卻不明白這些。「小姐，我知道您不是貪慕權貴之人，一定懷有苦衷，可您為何不找主人幫忙？至少不用搭上自己後半生的幸福啊！」

衛茉搖頭道：「這是我的責任，我不能交托給旁人。」

「可主人也說過您是他的責任，他與您相伴如此多年，又貴為王爺，難道不比這靖國侯更能幫到您？」

聞言，衛茉驟然睜大了眼睛，神色無比震驚。

當今聖上膝下有三名皇子，由皇后所出的煜王、蔣貴妃所出的齊王皆身在朝廷，而放眼天下，貴為王爺又長年出征在外僅有一人。

難道……她的師兄真是那位「懷王」？

第三章

成親這日，整座衛府張燈結綵，洋溢著歡天喜地的氣氛，然而最興奮的不是衛茉，也不是兩個忠心耿耿的婢女，而是衛老爺。

馬上就要跟靖國侯府成為親家了，怎能不興奮？

生了兒子的兩位姨娘更是誇張，平時連衛茉的院子都不進，今兒個一大早就帶著兒子來報到了，說是要他們揹著衛茉出嫁，結果雙方爭得面紅耳赤也沒分出個勝負，膠著之際，門忽然開了，無數雙閃閃發亮的眼睛頓時凝住。

衛茉身穿赤金雲霞鸞鳳裙，頭戴五彩雉冠，頸套天官鎖，腰銜芙蓉石，手裡還握著一柄玉如意，站在門檻邊望著眾人。隨後她向前邁了一小步，頭上的鈿瓔微微搖曳，珠簾半開，露出一張絕色容顏，彷彿不食人間煙火，在場的所有人都看呆了。

這是他們那個膽小怯懦、平凡無奇的妹妹嗎？

隨即他們立刻回神，爭先恐後地擠上去套近乎，毫無疑問，被面無表情的留風擋在廊下，而衛茉一句話也沒說，繞過他們直接往大廳去了。她可沒興趣做他們爭權奪利的籌碼。

姨娘們面色微變，三步併作兩步地攔在岔路口，還未開口，被那雙凜若冰霜的鳳眸冷冷一掃，喉嚨頓時像被什麼東西黏住了，半個音都發不出，見狀，衛茉勾了勾紅唇，留下一抹不屑的笑容，爾後便繼續向長廊盡頭走去。

彼時，衛老爺正在綴滿紅球彩帶的大廳裡來回踱步，滿心喜不自勝，見到衛茉居然自己走出來了，頓時臉一垮，上前指著婢女和喜娘喝道：「怎麼回事！怎麼沒讓少爺揹出來？」

「不需要。」

衛茉淡淡地回答著，外面已傳來鑼鼓聲，想必是迎親的隊伍到了，她沒有猶豫，轉身便要踏出衛府，衛老爺大驚失色，顧不得呵斥下人，親自跑過來擋在門口。

「小茉，這於禮不合，家中有哥哥自然要為妳送嫁……」

話語中斷在衛茉微帶諷刺的眼神中。

禮儀歸禮儀，衛老爺如此做多半還是想在別人面前展示一下兄妹間深厚的情誼，從而將衛府與侯府綁得更緊些，這種不入流的小伎倆怎瞞得過衛茉？就算他不提，她也要徹底斬斷這念頭，省得以後扯她後腿。

「爹，從我今天邁出這道門檻開始就不再是衛家人，今後也不會再跟衛家有任何關係，看在您養育我的分上我奉勸您一句，有些念頭還是趁早打消的好，別到最後撕破了臉，太難看。」

衛老爺面色變了幾變，有驚訝也有被人揭穿之後的羞愧，最後都化成深深的怒意。

「妳這是什麼意思？嫁了人就要數典忘祖了？」

衛茉噙著一縷冷笑反問道：「是又如何？」

「妳！」衛老爺從未料到這個唯唯諾諾的女兒會給他來這麼一齣，噎得一肚子火，立刻叫來家丁團團圍住她，惱怒地吼道：「那妳今天就別想出這個門！」

衛茉輕哼，站在原地不動，大有跟他耗到底的意思。

裡頭正是僵持之際，外頭的薄湛已經等得不耐煩了，於是撂了韁繩逕自踏進衛府，誰知道看見了這一幕，頓時面罩寒霜，抬腳就踹了過去，家丁如骨牌般層層翻倒，哎呦直叫，他踢開幾個擋道的，筆直地走到衛茉身側。

「衛老爺，你這唱的是哪一齣戲？」

衛老爺被他的氣勢震得渾身一凜，氣焰立刻熄滅，哈著腰賠笑道：「小女不懂事，草民須予以訓誡，耽誤了迎親的時辰，還望侯爺見諒。」

薄湛怒極反笑，偏過頭問衛茉。「妳犯什麼錯了？」

衛茉第一次見到自己未來的夫婿，並無羞怯，自然且直白地答道：「沒讓哥哥們揹我上轎。」

薄湛瞬間明白其中深意，眼風似刀，寸寸凌遲著衛老爺，然後牽過衛茉的手揚聲諷刺道：「做得好，他們算什麼東西？本侯的夫人自然要本侯送上轎！」

說完，也不管衛老爺是否嚇軟了腿，拉著衛茉就往外走，氣勢凌厲，無人敢擋。饒是衛茉這般清冷之人，被他這麼一鬧，雙頰亦泛起淺淺的粉色，只片刻晃神，薄湛已帶著她踏出了衛府，現身於迎親隊伍之中，歡呼聲霎時如潮水般湧來。

衛茉透過搖晃的珠簾望向薄湛，他已打開轎門，鬆開手讓她坐進去，然後深深地看了眼那張千嬌百媚的容顏，低聲道：「坐好了。」

她輕輕點頭。

放簾，起轎。

在這狹小的空間裡光線很暗，唯有簾幕隨風擺盪時才能射進來幾縷微光，衛茉輕輕掀開一角，發現薄湛正駕馬在側，頭頂鯤尾青玉冠，身著絳紅色祥雲蟠璃紋錦袍，眉目疏朗，鬢若刀裁，端地俊美無儔，正氣凜然。

他似乎很面熟……

衛茉垂眸深思，很快就找到了答案——她在霍府見過薄湛，而且不只一次！雖然只是匆匆經過，但他那雙攝人心魄的眼睛她絕不會忘記！

想到這她驀然抬眸，恰好撞進薄湛深沈的目光裡，與往日一樣，包含著太多她看不懂的東西，似條靈活扭動的蛇不斷往她心裡鑽，她微微一驚，唰地放下了簾子。

這個靖國侯實在太奇怪了……

她靜靜地回想著薄湛的一舉一動，不知不覺，悠揚的韶樂飄進了耳朵裡，軟轎也停止晃動，衛茉知道侯府到了，正要出去，一隻骨節分明的大掌伸了進來。

「手給本侯。」

他的聲音不大不小，旁邊的婢女和喜娘聽得清楚，只道是靖國侯疼愛新夫人，不約而同地捂著嘴笑了。衛茉深吸一口氣，猶豫片刻，把蓋頭掩實了才把手搭上去，薄湛略一使力將她拉出了轎子，手未鬆，牽著她筆直地走進侯府。

儀仗開道，獅舞引門，裡面賓客滿盈，見新人來了更是呼聲如浪，喧譁中聽見禮官唱道：「過火盆——」

衛茉挽著裙襬，踏過了熾熱的火焰，又走了幾步，禮官再次唱道：「跨馬鞍——」

透過半透明的紅紗可以看見那道馬鞍有些寬，她攥緊了手，借著薄湛的力道穩穩地跨了過去。

接下來就要去大廳拜堂了，還有一段路要走，衛茉趁此機會瞄了眼夾道的賓客，驚訝得差點停在半路——他們怎麼來了！

那幾張熟面孔分別是父親的好友陳閣老、霍驍和王姝、以及曾是她副將的梁東，他們雖然分坐在不同的位子上，但衛茉一下子全認出來了，不得不說，他們的出現在某種程度上彌補了她的遺憾。

她呼吸立刻沈了些，久久無法平復，掌心也有些發潮，薄湛只覺得像是握住一條滑膩的魚，側首看了看她，未置一詞。

進到內廳，鮮花引路，長明燈高懸，旁置雙鯉紋紅木太師椅，坐的都是皇親貴胄，正前方喜案端築，燃紅燭，焚藏香，赤金雙喜的浮雕下方坐著老侯爺和慶嘉長公主，衛茉微微抬眸，望見慶嘉長公主不苟言笑的臉，嬌軀瞬間繃緊。

就在這時，站在右側的一位姑娘對她眨了眨眼，模樣甚是古靈精怪，瞬間驅散了緊張的氣氛，衛茉還在猜她的身分，薄湛已領著她跪在蒲團上，循禮依次叩首。

「一拜天地——」

「二拜高堂——」

「夫妻對拜——」

禮成之後，席間歡聲雷動，一派喜慶祥和，衛茉正要起身，朦朧紗影間一團耀眼的光芒突然砸下來，她尚未看清是什麼，薄湛眼疾手快地攬著她往邊上一閃，只聽啪地一聲，整座鎏金燭檯摔得七零八碎，燭淚濺得滿地都是。

場面霎時安靜了，好端端的龍鳳雙燭莫名其妙摔爛了一支，實為不祥之兆，在座的幾位長輩臉色都有些難看。

衛茉神色沒什麼變化，那姑娘反倒急了，偷偷拔下簪子捅了禮官一下，禮官醒悟，立時唱道：「禮成！送入洞房！」

婢女們一擁而上，眾星拱月般簇擁著新人離開了內廳。

進入新房之後，薄湛挑開蓋頭拿來了合巹酒，衛茉接過來，右手從他臂間穿過，略一仰頭喝光了杯中酒，十分乾脆俐落，薄湛亦隨之飲盡，然後把酒杯往婢女手裡一扔就讓她們退下了，空曠的房間裡頓時只剩下二人。

四目相對良久，衛茉先開了口。「方才多謝侯爺相救。」

薄湛沒有說話，隔著一人寬的距離看著她，再三按捺，還是伸手撫上了她酡紅的臉蛋，溫熱而滑膩的觸感讓人捨不得放開。衛茉身體微僵，正準備躲開，他卻已經收回手，斂去熾熱的目光朝門外走去。

「我還要去外廳宴客，妳若累了就先休息吧。」

衛茉怔了怔，還未答話，背影已經消失了。

他走之後留風和留光就進來了，一個更衣一個按摩，衛茉折騰了大半天確實累壞了，斜倚在床頭昏昏欲睡，最後索性鑽進被窩躺下，兩人在一旁看得直瞪眼。

真的不等姑爺回來了嗎？

想歸想，她們也不敢違逆衛茉，只好放下喜帳默默退下了，床上的衛茉正是睏意綿長之際，腦海裡突然蹦出一件事，讓她倏地睜開了眼。

不對，還有一個多月才過年，梁東此刻不應出現在天都城啊！何況她從未聽過他與靖國侯府打過什麼交道，他今天是以什麼身分來的？

她想了半天也沒想通這問題，在床上翻來覆去怎麼也睡不著，直到夜幕降臨，薄湛回到新房，看見她睜著雙大眼睛抱膝坐在床頭，腳步一頓。

好幾個時辰了，她就一直這麼坐著？

他走上前掀開喜帳，側身坐在床沿問道：「吃東西了嗎？」

衛茉搖頭。「不太餓。」

薄湛微微皺眉，卻什麼也沒說，只道：「那就早些休息吧。」說完，他除去外衫攬被躺下，隨後彈滅龍鳳雙燭，屋子陷入黑暗的一剎那，身旁嬌軀明顯一僵。

雖然衛茉曾經預想過嫁人後會發生的事情，但當這一刻真的來臨她還是心生抵抗，好在薄湛並沒做什麼，任她隔著一尺寬的距離共枕而眠，似乎忘了今晚是洞房花燭夜。

儘管房裡燃著地龍，但被子中間呼呼漏風還是有些冷，衛茉縮緊身體，越發了無睡意，考慮良久，狀似不經意地問道：「我今天看見一名虯髯客，面容奇異，不知是誰？」

薄湛本來已經快要睡著，聽到這句話眸心陡然一跳，隔了須臾方道：「他叫梁東，原來在瞿陵關守關，半年前調回天都城，在我手下任職。」

他手下？那就是京畿守備營了，按理說她死了以後梁東是最有可能補位的人，怎麼會突然調回來？難道後面出現了什麼變故？

衛茉暗自思索著，心中的謎團越來越大，想從薄湛那裡多探聽幾句，又覺得他的語氣太過稀鬆平常，似乎並不知道什麼內情，想著想著，許是睏得狠了，只聽見一句模糊的快睡吧，她便沈入了黑甜的夢鄉。

薄湛收回拂過她睡穴的手，眸中升起一簇微光，又很快地隱去。

再等等吧，還需多加試探，若她真是小知他更不用著急，畢竟這難熬的一年都過來了，哪還在乎這幾天……

第二天早上衛茉醒來的時候，薄湛已經起床了，衣冠楚楚地站在木製的月洞門外，把一個四方紅木盒交給了眼生的婢女，那婢女福了福身便悄悄地出去了，走路沒有一丁點兒聲音。

薄湛回過頭，發現衛茉已擁被坐起，清澈的眸光猶如水波中打著旋兒的綠葉，在他身上繞個不停，他微微聳眉，淺聲道：「醒了？」

衛茉似沒聽到，盯著他身上熟悉的墨色虎銜艾草紋緞袍，想起在霍府第一次見面時他好像就是穿著這套，不知道自己為何會記得如此清楚，迷茫之際，那隻栩栩如生的白虎已躍至面前。

「拾掇一下，等下要去向祖父、祖母請安。」

充滿磁性的嗓音在衛茉額前泛開，她淡淡地嗯了聲，披上外衫下了床，喚來留風和留光為她梳洗，薄湛在後面默默看著那瘦得彷彿一吹就跑的身形，不自覺地想，小知那般要強的一個人，若真被困在這具身軀裡該有多難受。

很快，衛茉著裝完畢，略施粉黛，珠玉薄綴，一襲水藍色的折枝牡丹影紋長裙配奶白坎肩，整體雖素淡了些，卻如出水芙蓉，純淨而雅致，比昨日的盛裝還美上三分。衛茉端坐在銅鏡前望著嬌媚動人的自己，微微抿了抿唇，將所有不適應壓回心底，然後起身來到外廳。

薄湛早已坐在大理石桌旁，侯府的婢女正在上菜，兩碗八寶粥，一盤金絲酥餅，一籠蟹粉小籠包，六碟醬菜小食，還有兩杯羊乳，整整齊齊地擺了滿桌，待衛茉坐下後兩人便開始用膳了，婢女們都識趣地退到門外。

其間兩人並無交談，安靜地對桌而食，衛茉見到有自己愛吃的話梅鴨子和酒漬櫻桃不免多吃了一些，而對於從前喝了會過敏的羊乳則是碰都沒碰，這些小細節薄湛全都看在眼裡，眸色更深了幾分，似一團黑霧，虛虛實實，讓人摸不清後面究竟藏著什麼。

沈靜的氣氛中他們吃完了早飯，隨後就去薄老夫人所在的引嵐院。

時值深冬，外面還下著簌簌小雪，薄湛主動接過婢女手中的玉蘭花傘，撐開立於庭廡之下，衛茉望了兩秒，自覺地站到他旁邊，與他一同踏上被雪覆蓋的鵝卵石小徑。

侯府占地寬廣，從白露院到引嵐院要走一陣子，衛茉思來想去，終於開口問道：「侯爺，老夫人是否真如坊間所言不同意這門婚事？」

「是。」薄湛答得十分耿直，完全沒有顧及她的感受，她既不生氣也不失落，只是點了點頭，心中已有考量。

「我知道了。」

薄湛偏過頭看了她一眼，道：「記得一會兒把老夫人這三個字改了。」

衛茉頓了須臾，才道：「我會改口的，謝侯爺提醒。」

這句話說完沒多久，穿過一片假山和蓮池，引嵐院三個燙金大字就出現在眼前，兩人並肩行至廊下，還未踏進廳裡便聽見了訓斥聲。

「如此陽奉陰違，你眼中到底還有沒有我這個祖母！」

是薄老夫人的聲音。

薄湛遠遠望見跪在地上的那個背影，頓時眉頭一皺加快了腳步，衛茉緊跟在後，走進去粗略一看，除了老侯爺薄振全都到齊了。

正前方主位上坐的自然是薄老夫人，鶴髮蒼蒼，精神矍鑠，右下坐著大房一家，分別是大伯母馬氏、長子薄青和其夫人徐氏，而左下只坐了一名婦人，面容精緻、氣質柔婉，不必多猜，應該就是薄湛的母親喻氏了。

暫且忽略廳內緊張的氣氛，兩人走到中間彎身行禮：「孫兒、孫媳給祖母請安。」

薄老夫人顯然餘怒未消，只淡淡道：「你們且先坐到一邊。」

她咬字清晰，語調緩慢，卻有種深不可測的感覺。衛茉稍稍抬眸，瞧見一張不怒自威的臉，氣魄非比尋常，只一眼便教她驚出了細汗。

不知跪在堂下被她訓斥的倒楣鬼是誰？

答案尚未分曉，薄湛的大掌伸了過來，牽著她走到下方的第一個座位處，微微垂首道：「見過娘。」

衛茉跟著又施一禮，沒想到喻氏從太師椅上起身，托著她的手肘和藹地說：「無須多禮，這一路走過來有些冷吧？先坐下暖和暖和。」

說完，喻氏拉著衛茉坐在自己身邊，恰好正對著大廳中央的銅爐，熱氣蒸騰，飛快地驅散了寒意，而薄湛則自然而然地坐到另一邊去，眼睛卻沒離開過地上的人。

這時，薄老夫人身邊的嬤嬤彎腰低語了幾句，也不知說了什麼，目光頻頻掠過衛茉，就在她滿懷疑問之時薄老夫人開口了。

「也罷，就先呈上來吧。」

隨後，一名婢女捧著紅木盒從簾後款款步出，背對著眾人打開了盒蓋，薄老夫人略微掃了眼就讓她拿下去了。嬤嬤聞弦歌知雅意，立刻讓人奉上了朱紅色的雙喜杯盞，裡面的茶水還冒著煙，溫度正好。

衛茉霎時明白了一切，原來早上薄湛交給婢女的東西是貞操帕，她都忘了這碼事，不過既然順利過關，想必是薄湛做了手腳吧？

她不動聲色地端起杯盞，跪在地上恭謹地向薄老夫人敬茶。「祖母，請喝茶。」

薄老夫人接過來飲了一口，命嬤嬤遞上紅包，衛茉謝過便退下了，一切就像是走了個流程，她雖懷著誠摯的敬意，薄老夫人卻沒什麼好臉色，歸根結底還是對這門親事不滿意。

也是，薄家和衛家在身分地位上差了豈是一星半點兒？說她是上輩子拯救了天朝才撞上這等好事都不為過，在薄老夫人眼裡或許她就是個攀附權貴的商賈之女，可只有她自己才明白，她圖的根本不是薄湛這個人和他的身分。

緊接著她聽到薄老夫人朝跪在邊上的姑娘問道：「妳可知錯？」

「玉致知錯，不該頂撞祖母。」

原來她就是薄湛的親妹妹薄玉致，怪不得昨天婚禮上會為自己解圍，衛茉這般想著，不禁對她略有好感。

薄老夫人聽出她的言外之意，登時把杯盞往案几上一擱，磕出極重的響聲。「妳覺得私自練武沒錯？」

薄玉致咬著唇不說話。自從她爹和伯父戰死沙場後，薄老夫人就明令禁止小輩們習武，薄湛軍職在身不受約束，而她只能偷偷練，這下不小心被發現了，薄老夫人要沒收她爹送給她的佩劍，她心裡著急，頂撞了幾句，惹得薄老夫人震怒，才有了現在這番對話。

「祖母……」薄湛太瞭解她那耿直的性子了，知道再這麼下去只怕收不了場，欲替她求情，誰知剛開口就被打斷了。

「不必再說了！」

薄老夫人吩咐嬤嬤拿來家規，逐一放在薄玉致面前，厚厚的兩卷竹簡，積灰夾塵，看上去有年分了。

「妳就跪在這唸家規，直到明白自己錯在哪兒為止。」

薄玉致本來就不認同薄老夫人因噎廢食的做法，更別提還要拿走她爹留給她唯一的東西，倔脾氣冒上來的她抓著竹簡一抖，一字不落地開始唸。

大伯母馬氏樂得看戲，此時卻不鹹不淡地插了句嘴。「母親，新媳婦剛進門，不如讓她跟玉致一起讀，多瞭解一下府裡的規矩，省得日後行差踏錯。」

薄老夫人的目光緩緩轉向衛茉。

衛茉知道自己腳下出現了一個坑，正在考慮裝傻還是反擊，見到薄湛一臉山雨欲來的模樣，心想這才進門的第一天，若真與大房撕破臉恐怕今後的日子不好過，於是她毅然跳進了坑裡。

「伯母說得對，我該向您好好學學。」

最後幾個字衛茉咬得極輕，似有另一層意思，馬氏聽出來了，沒料到這個軟柿子居然砸了自己的手，正要發作，衛茉已走到薄玉致身邊跪下，捧起另外半截竹簡從頭開始唸起。

期間喻氏多次想開口求情都被薄湛攔住了，只能心疼地看著兩個姑娘受罰，半個多時辰過去，好不容易唸完，還沒等薄老夫人開口，薄玉致便主動說道：「祖母，我先前不懂事，不能體會您的苦心，您就原諒我吧，我真的知錯了。」

薄老夫人轉著手裡的紫檀木核桃，不疾不徐地說：「那妳說說看，妳犯了哪幾條家規？」

這下可把薄玉致難住了，說實話，她妥協只是因為不想連累衛茉陪她受罪，所以家規唸是唸了，卻半分都沒往心裡去，如今薄老夫人讓她答覆簡直比登天還難，她只能憑著記憶瞎扯幾句。

「回祖母，是違逆親長、進退有失、不慎言語這三條。」

應該是蒙到了，薄老夫人的臉色終於陰轉晴，沒有再繼續訓斥她，正當她以為要過關了，又聽見馬氏笑呵呵地說道：「到底是我們薄家的女兒，知錯能改善莫大焉，只是不知道新媳婦聽進去多少？」

衛茉垂著眸子波瀾不驚地答道：「自然都聽進去了。」

馬氏略一挑眉，笑意逐漸斂去，本就平庸的相貌越發不討人喜歡，甚至溢出幾分刻薄之色，衛茉背對著她看不到，卻能從聲音中聽出她不懷好意。

「哦？那剛才玉致說的三條在家規中分列第幾，妳可還記得？」

衛茉沈默了。這明顯屬於刻意刁難，偏偏薄老夫人視而不見，也許是不喜歡衛茉，也許是想借著馬氏的嘴考驗她，不管怎樣都能夠看出薄湛提出要娶她時，一定在家中掀起不小的風浪，得罪了不少人。

她暗自嗟嘆，突然聽到熟悉的男聲在背後響起。

「伯母，妳進薄家幾十年都沒背下來的家規，要求茉茉讀半個時辰就倒背如流，恐怕不太適合吧。」

薄湛還是發話了，字句皆似暗潮湧動，一點沒給馬氏留面子，老實的薄青現在才聞出兩房之間的火藥味，剛要打圓場，清淺的嬌音突然滑入耳簾。

「分別是第十三條、第五十六條和第一百零二條。」

嬤嬤上前翻了翻家規，確認無誤，向薄老夫人微微點頭，一時之間，四座皆沈默。

衛茉先是回過頭望了薄湛一眼，然後勾唇哂笑道：「我生性愚鈍，想久了些，伯母見諒。」

馬氏猶如生吞了一隻活蟲下肚，臉色難看得緊。

「行了，都閉嘴吧。」薄老夫人擺擺手，似有疲倦之意。「該領罰的領罰，該自省的自省，都下去吧，折騰了一早上我也累了。」

眾人紛紛起身告退，大房的三人率先離開了引嵐院，薄湛則上前扶起衛茉和薄玉致，走出去了才問道：「都沒事吧？」

衛茉還沒說話，薄玉致兩步跳到她跟前滿含歉疚地說：「對不起嫂嫂，都是我連累了妳，妳一定跪疼了吧……」

喻氏也急道：「快去我院子讓吳大夫瞧瞧，這大冷天的可別留下什麼病根了。」

衛茉心中騰起暖意，儘量自然地喊道：「娘，我沒事，您和玉致先回去吧，不是還要來送劍嗎？可別遲了，不然一會兒祖母又要生氣了。」

薄玉致嘶著嘴說：「知道了……」

喻氏嘆口氣，又多叮囑了幾句，這才領著薄玉致返回院子，衛茉轉過身與薄湛對視須臾，只聽他道：「我們也回去吧。」

衛茉頷首，深吸一口氣踏出了引嵐院。

這嫁到薄府的第一關……算是過了吧？

第四章

深夜，明月別枝，萬籟俱靜。

衛茉突然從夢中驚醒，迷濛中蜷起身體摸向膝蓋，微微一碰就疼得滿頭冷汗，瞌睡蟲霎時全飛了。她欲起身看看是怎麼回事，才支起胳膊，黑暗中倏地響起了低沈的男聲。

「怎麼了？」

她驚得胳膊一滑，恰好跌在薄湛的臂彎裡，膝蓋卻撞到他的腿，頓時疼得說不出話來。薄湛聽到她呼吸加重，立刻點燃了床頭燈，發現她臉色蒼白地捂著膝蓋，捲起銀綢褲腿一看，雙膝竟又紅又腫，他愣了片刻，旋即明白這傷是早上弄的。

「白天問妳怎麼不說？」

「那時候不疼。」

衛茉話說得雲淡風輕，胸中卻有股躁鬱之氣，一是因為沒睡醒，二是因為這具身體再一次弱得超越她的底線，薄湛聽出來了，短暫的靜默之後起身走到桌前，從屜子裡拿出一個瓷瓶，用食指挖出一塊水晶凍般的藥膏，打著圈塗抹在她的膝蓋上。

藥膏又涼又滑，立時舒緩了燥熱，只是按壓之下痛意越發深入骨髓，衛茉長睫深垂，半張臉埋在枕頭裡看不出表情，只默默地揪緊了被子，薄湛瞥了眼被攥成一團的花朵，低聲道：「忍一忍。」

「我受得住，多謝侯爺。」

聽到她刻意穩住聲線拉開距離道謝，薄湛黑眸閃了閃，在換到另一隻膝蓋時刻意加重了手勁，果然感覺到嬌軀一顫，她卻仍然死咬著唇一聲不吭，這性子跟他印象中的歐汝知簡直如出一轍，他的心忽然隱隱作痛。

他這般試她，若她真是小知，會不會怪他？

想到這，薄湛加快速度搽完藥，邊擦手邊說：「明早我差人去娘那裡說一聲，妳就別去請安了，若起來還不舒服，就請大夫來看看。」

「知道了。」衛茉頓了頓，聲音無甚起伏。「我身子骨不爭氣，讓侯爺費心了。」

「無須客氣，說到底也是因為玉致。」

說完這句，薄湛熄滅燭火攬被躺下，旁邊的人兒不動聲色地往床內縮了縮，他毫不在意，很快就沈入了夢鄉。

第二天一大早薄湛就出門了，也不知去哪兒，倒是囑咐聶崢請來大夫，一看之下說是冷熱交織引起的毛病，調了些外敷的藥就走了，大半天下來，留光給衛茉換了兩次藥，眼看著漸漸消腫，心終於落了地。

「小姐，還疼不疼？要不我給您揉揉？」

「不用了，沒什麼事。」

衛茉斜倚在榻上看著兩個婢女躥來躥去有些眼花，乾脆穿鞋起身，留光連忙來扶，擔心地問道：「小姐，您腿還沒好呢，這是要上哪兒去？」

「房裡太悶了，我去書房找些書看。」

練不了武，出不了門，暫時就只能看書打發時間了，好在侯府每個院子都設有書房，而白露院的離臥房僅有尺椽片瓦之隔，穿過迴廊就到了，她走這點路沒有大礙的。

衛茉推門進去時屋裡已燒起了紅爐，銀絲炭中溢出絲絲瓊蜜，暖香撲鼻，留風放下羅幕遮去翻湧的寒風，剛倒好熱水就聽見衛茉說：「下去吧，我自己待會兒。」

「是，小姐。」

留風依言退下，出去剛好撞見抱著絨毯匆匆而來的留光，於是朝她擺了擺手，拉著她掉頭一塊走了。

「妳怎麼不讓我進去？我毯子還沒送呢，小姐萬一凍著怎麼辦？」

「走吧。」留風並未多作解釋，只是隨口聊著。「妳有沒有覺得小姐最近總喜歡獨處？有時候我進去她都沒察覺，也不知在想些什麼，那麼入神。」

留光點頭表示同意，又道：「會不會是有什麼心事？」

「有可能。」留風無奈地嘆了口氣。「自從上次大病過後小姐就這樣了，可別憋出病來，到時主人肯定又要擔心了。」

「是啊……」

兩人漸漸走遠了，這些長吁短嘆並沒有傳到衛茉耳裡，她正抬頭仰望著覆蓋了三面牆的樟木書櫃，縱橫交錯聳入天頂，甚是壯觀，她一小格一小格地搜尋過去，在經過了國學、藥典和雜集之後終於看到了自己喜歡的兵法，細翻之下居然還有前朝孤本，她眼睛一亮，立刻踮起腳尖把那本《韜戰》取了下來。

薄湛倒是個識貨的。

她如此想著，撣了撣封皮上的灰塵，正要移步桌前閱覽，周圍忽然捲起一陣冷風，她倏地抬眸，發現側面彈開了一道暗門，縫隙裡黑黢黢的，透著某種神秘的氣息，她眯眼凝視片刻，緩緩放下手裡的書，舉起一盞燭燈朝裡探去。

正方形的石屋，內置一張月牙桌，堆著十幾卷卷宗，除此之外再無其他。

衛茉的心跳逐漸慢下來，卻不由得生出疑問，這密室看起來跟普通書房沒什麼區別，薄湛是用來幹什麼的？

畢竟窺視別人的秘密並不是什麼好事，她退了一步欲闔上暗門，推到一半的時候又停下了，那深邃的幽光似乎化成一雙手，撩撥著她的心、她的神智，血液上湧的一剎那，木蘭花裙襬悄悄滑過了石牆，不知不覺地攀上桌角，走了進去。

一股潮濕的味道竄入鼻尖，衛茉回過神來，對自己魔怔般的舉動有些詫異，正要返身出去，不小心撞到桌沿，卷宗七零八落地撒了一地，她蹲下身去撿，封面的大字頓時映入眼簾。

軍備造假案、京畿守備營軍費明細、兵部制械坊帳本……

衛茉屏住呼吸，心提到了嗓子眼，這裡面的東西全都涉及重要人物，隨便曝光一本都能在朝野掀起驚濤駭浪，殺傷力極大，怪不得要藏在密室之中！今天居然被她誤打誤撞地開啟了，若是被薄湛發現，她肯定要吃不了兜著走，還是趕緊出去為好。

思及此，她更不敢久留，三兩下收拾好卷宗就要離開，正在此時，眼角劃過一個熟悉的名字——《御史通敵案》。

衛茉腳步猛地頓住，回身將那本卷宗拿至眼前細看，突然面色大變。她抖著手翻開了第一頁，略微停頓之後翻到了第二頁，緊接著速度越來越快，如勁風狂掃，沙沙聲不絕於耳，見底的那一剎，她膝蓋一軟跪在地上，雙手緊握成拳。

那上面寫著歐御史處斬當天被囿於籠中遊街示眾，彼時邊疆鏖戰，民怨沸騰，故多有悍民擲物洩憤，致其頭破血流，狼狽不堪。斬首之後由於百姓暴動，一家三口及若干家僕皆死無全屍，曝於荒野，被蒼鷹啄食，腐臭熏天，而歐宅也被好功者付之一炬，斷壁頹垣，甚為淒涼。

後面的字已被水漬暈開，再也看不清。

衛茉死咬著自己的手臂，抖得如同風中落葉，她不敢大聲哭喊，只能低聲嗚咽，似一隻受傷的孔雀，即便痛得無法忍受，脊背仍然挺得筆直，因為她知道，她的父親是冤枉的，不曾愧對朝廷社稷一絲一毫，她不該低這個頭！

「爹……女兒對不起您……連讓您入土為安都做不到……嗚……」

衛茉哭得撕心裂肺，血從手臂蜿蜒而下，她卻感覺不到，整個人都陷入了麻木，然而她不知道的是，暗門後有道偉岸的身影同樣也快隱忍到極限，恨不得立刻掀開門衝進去，一把將她抱入懷中！

小知，真的是妳……

薄湛此時此刻不知有多後悔設了這個局，一顆心幾乎裂成兩半，痛得彷彿扎進了一千根針，可他什麼都做不了，為了保護衛茉，也為了留下她，他絕對不能讓她摻進這些事來，只能維持著現在的身分默默守護她。

小知，再忍忍，我會儘快查清一切幫妳報仇的，相信我。

望著密室內那個哭得梨花帶雨的人兒，薄湛閉了閉眼，勉力抑住內心的痛楚，悄然步出書房隱身於假山後，然後隔空擊碎了一盆蘭花，不出意料，隔壁的兩個婢女匆匆趕來，衛茉聽見腳步聲霎時清醒，迅速擦掉淚水關上了暗門，婢女們進來之時看到的便是她安然坐在桌前看書的場景。

「怎麼了？」她淡然相詢，瞥到自己手腕還在滴血，悄悄縮回了袖子裡。

兩個婢女見她無事，以為自己聽錯了，頓時有些訕訕，留光較為機靈，順嘴說道：「小姐，若是選好書了就回房看吧，正好一會兒也該換藥了呢。」

「好。」

衛茉答應得很快，隨手拿了本別的書，然後一點點把那本《韜戰》塞回了原處，連書頁和封皮都撫得平平整整，完全沒有被動過的痕跡，但願薄湛不會發現。

於是她就這麼惴惴不安地度過了一整天，直到夜闌人靜，躺在床上許久還是無法入眠，目光時不時地飄往書房的方向，後來薄湛就出現了。

昏黃的燈光中，他的面容模糊不清，衛茉忘了要躲避，定定地凝視著他的每一個動作，除衫脫鞋，掀被上床，爾後眼前陡然一暗，龐大的影子覆上來，遮去一室光華，將她圍攏在層層絲幔垂下的床角。

他想幹什麼？

衛茉後知後覺地想著，還沒做出任何應對，薄湛突然大手一撈，將她整個人抱到懷裡，緊實的肌肉貼著她只穿了件薄衫的身體，炙燙無比，她呼吸一窒，正要掙脫，他卻在她耳邊輕輕呼氣。

「腿還疼嗎？」

「不、不疼了。」

難得見她緊張到結巴，薄湛低低一笑，俊臉又靠近幾分，道：「那就睡吧，明日還要陪妳回門。」

說完，他把衛茉放到一邊躺了下去，衛茉暗暗鬆了口氣，心想他應該沒發現書房的事，正準備面朝裡側睡下，腰間被什麼東西一扯，滑不溜丟的絲衣帶著她滾向薄湛的胸膛，她尚處於暈眩狀態，一隻手臂已牢牢地鎖上腰間。
「晚安，茉茉。」
月光灑進窗櫺的瞬間，一個灼熱的吻印在衛茉的額頭上。

「爹，娘，不要走！」
衛茉鳳眸緊閉，不停發出囈語，雙手時而揮舞時而緊攥，驚醒了身旁的薄湛，他翻身覆在嬌軀上，輕拍著她柔嫩的臉頰喚道：「茉茉，醒醒。」
叫了好幾聲衛茉終於醒來，胸口微微起伏，盯了半天才認出他是誰，爾後迅速豎起了心防，所有情緒都斂得涓滴不漏，好像什麼都沒發生過一樣。
「侯爺，你壓著我了。」
薄湛無奈地拉開些距離說：「妳作噩夢了。」
束縛解除，衛茉立刻坐起身，冷靜地表達著歉意。「對不起，吵醒你了。」
薄湛暗嘆，揉了揉她汗濕的鬢髮溫聲說道：「天色還早，去淨池沐浴一下吧，免得一會兒出門染了風寒。」
衛茉點頭去了，銀絲睡裙長長地曳在地上，像條頑皮的小蛇一聳一聳的，拐個彎就不見了。內室很快傳來嘩嘩的水聲，薄湛在青色的幔帳外聽得心猿意馬，衛茉卻渾然不覺，整個人閉上眼睛沈入水底，彷彿緩慢的水流聲更能讓她平靜下來。

昨天她情緒失控沒來得及細想，既然薄湛將她爹的案子放在這些秘密卷宗之中，那就說明這件事絕對沒有表面那麼簡單，或許是牽涉到某個大人物，或許是朝廷政爭中一枚致勝的棋子，不管怎麼說，她要想辦法弄清楚是怎麼回事。

不過為什麼薄湛會要調查她爹的案子？是想從中找出什麼證據來牽扯某些人，還是另有其他目的？她暫時還弄不清楚，所以更不能漏了底細，萬一薄湛是幕後黑手那邊的人就麻煩了。

就如今情況看來，試探薄湛雖然是最好的方法，但風險非常大，且不考慮他的立場究竟是什麼，主要她剛嫁進來，昨天又翻動了密室，冒冒失失問起肯定會引起他的懷疑，等過一陣子關係穩定下來再找機會也不遲。

說到兩人的關係，衛茉幽幽一嘆，也不知薄湛吃錯了什麼藥，明明前兩天還是保持距離的謙謙君子模樣，從昨夜開始就完全變了，又是抱又是親的，她躲都躲不及，真要命，再這麼下去恐怕肌膚之親是避不過去了。

罷了，早晚都有這一天，她來之前都做好了心理準備，現在又彆扭個什麼勁？

衛茉從水中冒出頭，雙頰被熱水泡得泛起淡淡的粉色，比剛醒來那會兒要好看不少，她半坐在池邊，拿來香胰抹遍全身，復又沈浸在池中，泡沫從白皙的肌膚上剝離，緩緩浮出水面，散發著晶瑩的光芒。

不久，薄湛的聲音遠遠傳來了。「茉茉，洗好了嗎？」

衛茉兀自閉目靜思，耳邊波瀾滾動，什麼也聽不到，是以半天沒有回應，薄湛有些擔心，顧不得太多就闖了進來，隔著七彩琉璃屏風望去，後面竟無人影，他忙不迭繞到池邊，只見一片海藻般的墨髮在水面浮沈，嚇得他立刻跳進池裡把衛茉拉出來，心驚肉跳地吼道：「妳這是幹什麼！」

身邊突然濺起巨大的水花，衛茉也嚇了一大跳，眨了眨眼睛發現是薄湛，正欲發怒，卻被他眼中的驚惶震住，腦袋緩慢地運轉幾秒之後，她啼笑皆非地反問道：「侯爺以為我是在幹什麼？」

薄湛見她神智清醒，唇邊還噙著一抹若有似無的嘲弄，頓時有些發懵。

衛茉謔笑道：「侯爺未免也太小看我了，我才進門三天，還不至於為了引嵐院那點事就尋死覓活的。」

「我——」薄湛有口難言，他擔心的是昨天書房的事。

見他垂眸不語，衛茉便也不再多言，誰知一低頭突然意識到自己正未著寸縷地倚在他懷中，立刻捂住胸口將他使勁一推，聲音低得不能再低。「請侯爺先行出去。」

薄湛回過神，漆黑的瞳眸盯著那綴滿水珠的香肩，倏地燃起了火光，衛茉越看越心驚，下意識後退，卻被他一個跨步重新鎖入了臂彎。

「妳我是夫妻，怕什麼。」看著她如臨大敵的模樣，薄湛越發起了挑逗之心，貼近她耳珠低聲道。「叫聲好聽的我就出去。」

衛茉的臉瞬間黑了。

什麼叫好聽的？他鬧了個烏龍，她還得誇他？

無奈人在屋簷下不得不低頭，感覺到薄湛的手正慢慢下滑，衛茉只好忍耐地說：「侯爺，您英明神武，可否容我先行更衣？」

薄湛沒說話，挑著眼角看她，明擺著不過關。

衛茉被他看得渾身不自在，微微扭動著想縮出去，他反而收緊了臂膀，健碩的身軀與她貼合得沒有一絲縫隙，彷彿要融為一體，衛茉頓時血氣上湧，忍不住腹誹，要換作以前她早就一掌甩出去了，哪會被他輕易制住？

「茉茉，再磨蹭我可就不走了。」

又來了，他一這麼叫她就耳根子發麻，忍不住瞪他，他一副滿不在乎的樣子，目光依舊火熱，似有什麼東西蠢蠢欲動，衛茉靈光一閃，突然明白他想聽什麼了。

她尚在遲疑，餘光裡的黑影陡然放大，攜著熾熱的氣息灑上她的臉頰，她心跳驟停，抵住薄湛傾來的身體急喊道：「相公！」

薄湛的動作停頓了下，還是從頰邊偷了個香，這才滿意地勾唇道：「嗯？有什麼需要為夫效勞的嗎？」

衛茉從齒縫中擠出幾個字。「出、去、就、好。」

「哦，好啊。」薄湛認真地點頭，倏地摟著她飛到地上，順手扯來浴巾裹住。「快些穿衣，我在外頭等妳。」

說完，他也不管身後的衛茉是什麼表情，穿著一身濕衣滴滴答答地離開了浴池，明明狼狽得很，神情卻格外愜意。

衛茉愣是半天沒吭聲。

等她拾掇好再次看見薄湛人的時候，已經是在侯府大門外了，照尋常說來，嫁出去的女兒回門時都要帶上好些禮物以示婆家的重視，普通人家尚且要挑幾擔子的東西，何況是侯府，可怪的是門口就一輛孤零零的雙轅馬車，連僕人都沒有，別提有多冷清了。

「少夫人，請。」

聶崢垂首立於鎮宅石獅旁，引著衛茉上了馬車，甫掀開簾子，一雙溫暖的手就伸了過來，拉著她坐在腿上耳鬢廝磨。

「冷不冷？」

經過浴池那麼一鬧，衛茉已經非常淡定了，愛答不理地回道：「不冷。」

薄湛像是沒聽見一樣，抓來她的手放在自己手裡捂著，她微微一怔，不由自主地掰開了他的手指，然後就聽到他微帶歉意的聲音。

「是不是刮疼妳了？」

衛茉瞅著他掌心那習武之人獨有的薄繭，又看了看自己的手掌才道：「沒有。」

想當初她也是練劍練得一手繭子，每次王姝看到都直呼心疼，從鄰國搜羅來的蜜露自己捨不得用，一盒盒往她那送，都被她糟蹋了。而今她的手光滑細嫩，再也不需要那些東西，可她卻分外失落，這輩子或許都不能再握劍了吧？

薄湛看她神遊天外的樣子就知道她肯定又想起了往事，於是故意岔開了話題。「還有兩個時辰的路要走，妳昨晚沒睡好，瞇一會兒吧。」

兩個時辰？

衛茉掀開簾子，發現走的竟是出城的路，頓時回過頭詫異地問：「不是去衛府？」

「那種地方不回也罷。」薄湛嗤之以鼻，隨後又問了一句。「我帶妳去見個前輩，妳不介意吧？」

衛茉本就不想去衛府，見他面容嚴肅而深沈，猜想那位前輩對他一定很重要，便慨然應允了，出於好意她問道：「不帶見面禮？」

「不用，人去了就好。」薄湛淺笑著把她按進懷裡，眼底悲涼一縱而逝，無人察覺。

衛茉不習慣如此親密，規矩地坐到一旁，在馬車的搖晃下昏昏欲睡，薄湛見狀又把她抱回腿上，她眼皮子發沈，無力抵抗，很快就歪在他肩頭睡著了。

下車時精神抖擻，只是萬丈蒼茫入眼，教她分不清身處何方。薄湛牽著她穿過瓊林小徑，撥開不起眼的枝椏，眼前豁然開朗，一棟宅院矗立在巍峨的山壁之下，覆雪凌霜，孤寒僻靜，似乎已久無人煙。

雪下得很大，他們的腳印很快被淹沒，聶崢進了門就停住了，盡職地守護著宅子的安全，薄湛則拉著衛茉繼續往前走，衛茉一路觀察，發現四周雖然整齊乾淨，但盆栽已枯萎，井中多浮萍，顯然乏人打理，那薄湛口中的前輩……

她滿腹疑竇，偏過頭欲詢問，瞧見薄湛肅穆而冷寂的側臉，只得把話吞回肚子裡。

走進屋內，似乎比外面還要陰冷，陳設也很簡陋，一張方桌兩把籐椅，蛛網密佈，塵飛如絮，薄湛筆直走到盡頭，雙手貼在牆壁上摸索著，按出兩個凹槽，隨後地面一陣晃動，裂出一條狹窄的密道。

薄湛率先走下樓梯，然後向衛茉伸出手，見衛茉遲遲不肯動，他低聲哄道：「別怕，這只是為了避人耳目。」

衛茉端視良久，終是把手交給了他。

走過漆黑而漫長的階梯，盡頭的房間十分整潔，還閃著幽光，細看之下竟是數十顆鵝蛋大小的夜明珠散發而出，其圍繞的中心擺著一張八仙香案，插著滿滿一叢白菊，上置四個牌位，如山丘起伏，只是被白紗蓋得嚴嚴實實，不知供奉的是何人。

原來薄湛說的前輩已經過世，他只是帶她來拜祭。

「茉茉，過來跪下。」

薄湛拈了一支香，跪在茶白色的蒲團上鄭重叩首，衛茉雖然不知內裡，懷著對逝者的敬意也磕了個頭，轉頭便收到薄湛欣慰的目光。

「這裡葬著我的義父義母，因為種種原因無法公開祭拜，如今我已成家立室，理應帶妻子過來見一見他們。茉茉，妳與我一起再給他們磕三個響頭吧。」

衛茉頷首，又是三聲悶響。

隨後薄湛攬著她起身把香插好，煙霧飄渺中聽見他對著靈位說道：「爹，娘，我既有了妻子，一定好好待她，不會再像從前那般醉生夢死，你們九泉之下可以安心了，以後若有時間，我會多帶她來看你們。」

衛茉在邊上聽得眼皮子直跳，醉生夢死？薄湛還有這一面？沒工夫細想，薄湛已拉著她往外走了。

回到車上，沿著山道返回天都城，馬兒顛顛地跑了一路，衛茉晃得難受，心裡越發憋不住話，正欲問個明白，薄湛卻忽然一言不發地抱住她，手臂緊了又緊，似乎這樣才能真切地感受到她的存在。

衛茉雖然冷眉冷眼，心卻極為柔軟，以為他仍在為逝者心傷，不忍推開他，只好默默地由他去了。

罷了，來日方長，有機會再問吧。

第五章

過了幾天平靜的日子，宮裡忽然來召，說是皇后設宴款待靖國侯夫婦，於是衛茉換上宮裝與薄湛一起進了宮。

其實打心裡來講，她是不喜歡這種場合的，但薄家畢竟是皇親國戚，這些事總少不了，與其費盡心思抵抗不如好生應對，說不準還能對她查案有所幫助，如此想來，她越發心安神定，只是薄湛看她沈默以為她緊張，一路念叨個沒停。

「茉茉，只是幾個人吃頓飯而已，皇上不會出現，別害怕，禮儀記錯了也不要緊，萬事有為夫在，聽到了嗎？」

衛茉瞥了他一眼，打掉了偷偷摸上後腰的毛手，眼觀鼻鼻觀心，全當沒聽見他說話。

皇上出現又怎樣？她又不是沒見過！

馬車駛到禁宮外就停下了，本來是要步行至儀鸞宮，皇后為表寬厚特地遣了雕花玉輦來，一路護送他們至殿前，省了不少腳力，此舉倒是正中薄湛下懷，他一直擔心衛茉身子不好走不了這麼遠的路。

宮人引著他們穿過蜿蜒的迴廊，轉過拐角踏入門廳，皇后已赫然位列上席，左手邊還坐著一對男女。男的溫文爾雅，渾身貴氣，女的明麗動人，直率灑脫，看起來十分般配。衛茉只掃了眼便記起來，那是煜王和煜王妃。

煜王乃是皇帝的嫡長子，為人穩重仁厚，在朝中頗受擁戴，而煜王妃則是將門之後，父親雄踞一方，手握十萬強兵，這門婚事當年轟動朝野，可謂強強聯合。

「你看，正說著人就到了。湛兒，快領你夫人進來，讓本宮好好瞧瞧。」皇后和藹地對他們招手，一點架子也沒有。

薄湛從善如流地走進來，然後牽著衛茉跪下行禮，齊聲道：「參見皇后娘娘，王爺，王妃。」

「快起來、快起來。」皇后命人賜座，爾後嗔道。「都說了是家宴，你這孩子，如此多禮做什麼？」

煜王也笑道：「母后說的是，這宴席本也是為了祝賀你二人新婚而設，三表弟切莫拘禮。」

薄老夫人乃是當今聖上的親姑母，而煜王又是嫡長子，輩分與薄湛相當，故有此稱呼，薄湛卻沒有因此忘形，做足了禮數才落座。

離晚膳還有一會兒，皇后便與他們聊起家常。

「前段時間本宮甚是發愁，這皇室宗親裡，榮國侯府的遜哥和昕親王府的熙哥都成親兩年了，就你靖國侯府遲遲沒有動靜，本宮正想送幾本貴女圖冊去讓姑母挑一挑，婚事倒悄無聲息地成了。你啊，保密功夫做得可真到位！」

薄湛彎了彎嘴角道：「讓娘娘擔心了，是我不對，該早些報備的。」

聽到他的用詞，煜王妃頓時捂嘴輕笑。「還報備，你當是報備軍餉呢！母后的意思是你早該帶來給我們看看，也好讓我們知道，平時正經八百、不苟言笑的薄小侯爺到底喜歡什麼樣的姑娘，是不是母后？」

她快人快語，皇后和煜王都被逗笑了。

「可不是，難得有姑娘能入他的眼。」皇后笑咪咪地打量著衛茉，稱讚道。「不錯，文文靜靜，長得也標緻。」

衛茉紅著臉低下頭，雙手還絞著水袖，似頗為羞澀，薄湛見狀頓時有些好笑，以往只見過她風姿颯爽的模樣，沒想到裝起小家碧玉來也挺像那麼回事，到底是他的小知，濃妝淡抹總相宜啊。

「謝娘娘誇獎，內子臉皮薄，不善言談，失禮之處還望娘娘恕罪。」

他淡淡地告著罪，皇后卻擺擺手，滿臉寬容，但門口站著的幾個宮女就不一樣了，眼底分明有鄙夷之色，儘管一晃而過，還是被衛茉看到了，她斂去眸中精光，頭垂得更低了。

既然商賈之女這個卑微的身分擺脫不了，不妨以退為進，讓他們都覺得她是個沒見過世面的草包就好，對這樣的人他們往往不會防備，更利於她探聽想知道的事情。

「瞧瞧，還沒說什麼就護得這麼緊，我可沒見過這樣的靖國侯，莫不是誰假扮的吧？」

「越說越沒邊。」皇后笑看了煜王妃一眼。「煜兒剛娶妳的時候不也是這樣？進個宮都巴巴地跟著，生怕母后把妳吃了。」

聞言，煜王爽朗大笑，神色坦蕩，毫無申辯之意，煜王妃反倒紅了臉，不依地喚了聲母后便沒再說話。

一派喜樂祥和的氣氛中，眾人移至偏廳用膳。

飯桌上是分開坐的，煜王妃親暱地拉著衛茉的手坐到皇后右側，與薄湛隔著一整張紅木葡紋嵌石圓桌，他的眼神時不時飄過來，似頗為關心，衛茉被盯得煩了索性避而不看，安安靜靜地低頭用膳。

另一邊，兩個男人坐在一起，總免不了談到政事，酒過三巡，煜王問到了京畿守備營的事。

「聽說最新一批的火銃已經送到你那兒去了，怎麼樣，效果如何？」

「本來這個月要去京郊試火的，只是……」薄湛聲音頓了頓，略含愧色地說。「只是近來一直忙於婚事，實在分身乏術。」

煜王眼底閃動著了然的笑意，拍了拍他的肩膀說：「成家是大事，那些東西晚幾天試也無妨，橫豎跑不了，再說父皇也放了你一個月的假，且踏實地過你的新婚日子吧。」

薄湛拱了拱手，道：「多謝王爺體諒。」

衛茉聽見這番對話不禁暗暗腹誹，薄湛還真夠狡猾的，這段時間明明每天都去了大營，火銃恐怕也早就試過了，不想把軍機透露給煜王就把婚事搬出來當擋箭牌，等傳出去估計又會有人嚼舌根了，無非是說她太過狐媚或是給薄湛下了降頭，真是冤枉。

說實話，這些謠言衛茉都聽膩了，她還挺希望鐘月懿站出來幫她闢謠，讓大家知道其實薄湛心裡裝的另有其人，可這只是個美好的願望，自從上次鐘月懿去衛府鬧過之後，薄湛就堅決不讓她進門了，縱然兩家交好，誰說情都沒用。

想到這裡，又聽見煜王說道：「再過幾日守關軍隊就要相繼返京了，往年都是父皇委任京畿守備營負責接待，今年……」

「我尚在休假，恐怕要辜負皇上的重用了，不過既然有王爺在，定能為皇上分憂，我就先預祝王爺一切順利了。」

說完，薄湛向煜王舉杯，兩人皆笑著一飲而盡。

之後他們還說了什麼衛茉都沒聽進去，只記得去年自己就殞命在回京述職之前，如今卻端端正正地坐在這裡，還嫁了人，真是世事難料。還有，也不知今年瞿陵關會派遣哪位將領回來，自己認不認識……

就這樣，她揣著亂糟糟的心思吃完了這頓飯，所幸沒讓人察覺出來。

晚宴過後，皇后賜了好些東西，兩人推拒不得只能收下，隨後施禮告退。

一走出宮門，衛茉立刻覺得空氣新鮮了不少，一整晚的正襟危坐讓她有些疲憊，剛倚上車壁準備閉眼休息一會兒，下一刻就被人擁入懷抱。

「累了？」

她沒力氣掙扎，垂著眸子冷冷地回了兩個字。「累了。」

薄湛低低一嘆，撫著她的髮絲安慰道：「我們剛成親，按規矩是要覲見一次的，妳若不喜歡，今後的大小宴會我都推了便是。」

「侯爺要怎麼推？新婚燕爾這藉口可用不了太久。」

她顯然是在諷刺他剛才借此糊弄煜王，薄湛聽明白了，笑著攬緊她說：「娘子果然聰明，聽出我是在敷衍他們，不過我說的也是實話，有妳在身邊，我的確不想做別的事。」

衛茉只當他油腔滑調，不予理會，語調越發冷淡。「你既然選了邊站，又何必對他們遮掩掩的？」

「選了邊站？」薄湛疑惑地揚起眉梢，旋即意識到她在說什麼。「妳看見蔣貴妃差人送來的帖子了？」

衛茉默然點頭。

「在煜王和齊王爭得如火如荼的當下，皇后和蔣貴妃的確都有拉攏我之意，我選擇赴皇后的宴並不代表我要歸順煜王，僅僅是因為我不願意去蔣貴妃那裡而已。」

薄湛的解釋聽起來不明不白的，似乎蘊含著某種深意，衛茉皺起柳葉眉，想了半天也沒想通，不由得追問道：「為什麼？」

「以後妳會明白的。」薄湛深邃的目光中閃過一絲凌厲，快得讓衛茉以為是自己眼花，正欲分辨清楚，薄湛卻將她按進懷裡。「不是累了嗎？乖乖閉眼休息，一會兒到家了我再喚醒妳。」

衛茉哪還睡得著，前幾日她眼裡的薄湛還是個紈袴子弟，今天卻搖身一變，變得既有城府又有心計，安然棲身在朝廷複雜的派系爭鬥中，談笑自若，說到底還是她想得簡單了，能執掌京畿守備營的人哪會是什麼一般角色？

可他們成親還不到一個月，他如此掏心掏肺也太匪夷所思了。

「侯爺，為什麼同我說這些？」

「娘子瞭解相公在朝中的立場不是應該的嗎？我既省了心，也能讓妳在獨自面對一些場合時更能保護自己。」薄湛停頓了下，捧起衛茉的臉，在她額間印下一吻。「更何況我們才做幾日夫妻，而我要的是一生一世，所以要讓妳一開始就走得穩當些。」

他說的每個字她都聽得懂，但合在一起反而成了一團亂麻，根本無法理解。

「侯爺，你知道我是誰嗎？」

言下之意，我不是你心裡的那個人，你別再自欺欺人了。

薄湛笑了，猶如朗月清風，令人目眩神迷，大掌摩挲著衛茉的粉頰，溫熱襲來，彷彿置身於春暖花開的季節，教她的心微微顫動。

「妳是我的妻，此生唯一，至死不渝。」

衛茉一大早就被隔壁院子敲敲打打的聲音吵醒了，遣了留風去看，說是侯府二少爺即將遠遊歸來，薄老夫人命人將院落翻新，又依著馬氏從庫房調了許多家具古董過來裝點，二十幾個工人和奴僕裡裡外外地倒騰，無怪乎聲響如此之大。

「小姐，我把門窗都掩實了，要不您再睡一會兒吧？」留光瞅著衛茉眼下一圈烏青擔憂地勸道。

衛茉一手揉著太陽穴，一手扶著留光起身，道：「睡不著了，去布早膳吧，早些去那邊請安也好。」

她這麼說是因為另有安排，今日薄湛早早去了大營，要忙一整天，讓她不必等他吃飯，她表面上沒什麼反應，心裡卻想著不如趁此機會再進密室探一探，上次時間太短，沒找出什麼線索，這次把裡面的卷宗仔細翻一遍，興許會有別的收穫。

打定主意，在請完安之後衛茉支開了兩個婢女，獨自進了書房。

半月沒來，書房裡的擺設絲毫未動，看來薄湛最近不曾踏足此處，這個認知讓衛茉稍微安心了些，她深吸一口氣，踮起腳尖撥動了機關，一陣磨擦聲過後，密室再次向她敞開了大門，她穩步走進去，翻開了那堆熟悉的案卷。

內容與上次並無差異，都是她看過的，但這次不同的是，她沈心靜氣地把細微末節都重新審視了一遍，在看到口供那頁時，她忽然皺起了眉頭。

案卷上記載了兩份口供，皆是歐御史親口所言，內容卻截然不同，第一份還在力證清白，第二份已經供認不諱，中間隔了十天，發生了什麼不得而知，但這實在太蹊蹺了，完全不符合歐御史的性格，衛茉捏著那兩張輕薄的白紙，手微微發抖。

難道他們對父親用刑了？

她閉了閉眼，強迫自己鎮定下來，餘光瞥到探視二字，突然靈光一閃——她可以看看有哪些人去見過父親，或許他們會知道些什麼！

衛茉急急翻開探視表，食指一路掃至改口供那天，後面列有四個名字，一覽之下，她整個人都懵了。

全都是她熟悉的人，陳閣老、秦宣、霍驍……還有薄湛。

衛茉腦子裡出現短暫的空白，視線凝在最後那個名字上半天無法挪開，其他三人她能理解，他們是父親的好友和學生，去探望是正常的，可薄湛去那裡做什麼？在她的印象裡父親與薄家從沒有過什麼來往，雙方完全是不相識的啊！

她又掃視了一遍之前的記錄，果然，薄湛來了不只一次，次次都與霍驍一起，皆在半夜三更，絕非正常的探視時間，一看便知是買通了關係私自進入天牢的，可這些怎能光明正大地寫在案卷上？

衛茉的瞳孔倏而緊縮。

她明白了，這份案卷上記載的都是真實情況，應該是薄湛和霍驍想方設法弄到手的，當作留存的證據，如此說來，當初在父親的案子上他們一定出了不少力，霍驍與父親情同父子，會這樣做也屬正常，而薄湛恐怕是受他之託才來幫忙的吧，沒想到他們如此要好，這種抄家滅族的渾水也敢一起蹚。

想到這，衛茉頭一次對自己的枕邊人充滿感激。既然薄湛對歐家有義，她定不能為了查案而拖累侯府，所以接下來要更加小心，從薄湛和霍驍那裡探聽消息是不可能了，他們太警覺也太聰明，很容易察覺她的意圖，倒是可以從陳閣老和秦宣身上下手，至於怎麼接近他們，她想她還需要一個適當的契機。

衛茉把案卷放回原處，靜悄悄地關上密室，剛坐下沒多久門扉就傳來了咚咚聲。

「嫂嫂，妳在裡面嗎？」

是薄玉致。

衛茉一怔，婉聲答道：「我在，進來吧。」

薄玉致推門而入，狐毛兜帽裡的小腦袋探了探，發現衛茉坐在案牘前，於是快步走來，手裡還捧著一疊冊子，待放到面前衛茉才看清楚，藍底白面，燙金小楷，分明是帳簿。

「我先去了花廳，兩個丫頭說妳在書房我就上這兒來了。沒有打擾妳看書吧？」

薄玉致笑咪咪地坐到衛茉身邊，恰好留風和留光也到了門口，衛茉便吩咐她們端些零嘴來，未多時，一壺熱騰騰的花茶和幾碟糕點呈上桌子。

「有什麼打擾的，我也是閒來無事看著玩。」衛茉彎了彎唇角，一手挽袖一手執壺，滾燙的茶水在空中劃出一道優美的弧線，隨後落入薄玉致的杯中。「妳找我可是有何要事？」

「嫂嫂猜得不錯，我來是要把這些帳本交予妳。」
「這是做什麼的？」
薄玉致抿了口花茶說：「這是哥哥名下所有田莊商肆的主帳，之前一直由我代為掌管，如今嫂嫂來了，我總算能鬆口氣了，吶，物歸原主。」
衛茉拂著茶盞沒吭聲。雖然她名義上是侯爺夫人，但侯府當家的仍然是高高在上的老夫人，名下的財產輪不到她過問，所以薄玉致拿來的這些應該是薄湛的私產，可那帳冊疊起來足足有半個人高，衛茉只瞄了一眼便知不是小數目，她身為外人還是不要插手的好。
「玉致，妳知道我身體素來不好，恐怕……」
薄玉致連忙搬出想好的說詞。「嫂嫂妳放心，妳不需要做太多事，下達命令就好，其他的我會差人去辦的。」
她的言下之意是要把決定權交給自己這個新來的嫂嫂，也不知是薄湛的授意還是她的想法，不管怎麼說，他們對她還真是一點都不設防啊……
面對那張真誠而執著的俏臉，衛茉也不好再直接拒絕，只能婉轉地說：「玉致，此事妳可問過侯爺的意見？」
「問哥哥做什麼？」薄玉致嬌笑著抱住衛茉的胳膊。「娘同意就行了。」
「娘同意了？」煙眉微微上揚，勾勒出衛茉詫異的面容。
「對呀，妳上次在引嵐院露的那一手把娘震住了，她說妳聰慧過人，把這些東西交給妳來管再適合不過了。」
聞言，衛茉在心底默默嘆了口氣。
在府中半個月，她大致摸清了各人底細，知道二房之所以不被老夫人喜歡，一是因為大房挑撥，二是因為喻氏和玉致性格耿直善良，總是吃啞巴虧，這樣心無城府的母女，今天做這一番事定是把她當成家人看待，她一再推拒只會傷了她們的心，也會傷了自己，畢竟……她已經很久沒有感受到家人的溫暖。
「好吧，這些帳本暫時留給我看，若有不懂的地方……」
薄玉致立刻舉手搶答。「問小妹就是！」
衛茉無奈地看著她，眼底綻出細微笑意，只是一閃而過，卻被薄玉致精準地捕捉到了，她親暱地靠在衛茉肩膀上細語道：「嫂嫂，妳應該多笑，那樣好看。」
「知道了。」她還是頭一次正經回答這種問題，心裡說不上來是什麼感覺。
薄玉致走後，衛茉一直待在書房看帳本，雖然有很多複雜的地方，但並沒有難住她，說來還多虧在邊關歷練過，那時軍餉吃緊，她成天抓著管帳的士兵較勁，一來一往的倒是學會了看帳，沒想到進了侯府再度有了用武之地。
不知不覺，窗外就華燈初上了。
說是讓衛茉別等他用飯，薄湛還是提早回來了，心裡想著哪怕沒備他的飯，看衛茉吃也是好的，誰知房裡房外都找遍了，最後在書房的西窗上看見一抹剪影，細弱嬌小，微垂著頭，被昏黃的光團所籠罩。

門吱呀一聲開了。

衛茉抬頭見是他，輕聲打招呼。「侯爺。」

薄湛踱步走近，一團薄翳爬上桌角，遮去半邊水藍色的綢裙，最後包圍了衛茉，她不習慣與他如此貼近，不得已站起來往後退了幾步，暈眩陡然襲來，她失手打翻了珊瑚筆架，還沒摸到桌子，一隻手臂已牢牢地勾住纖腰，將她捲進堅硬卻溫暖的胸膛。

「沒事吧？」薄湛沈聲道。

衛茉站直了身體，垂下雙眸淡淡解釋。「沒事，起急了。」

薄湛眯著眼盯了她半天，不經意掠過桌上的帳簿，覺得甚為眼熟，伸手翻了兩頁又甩回原處，冷哼道：「這個臭丫頭，我交給她的事，她倒拿來折騰妳。」

門外的留光抓緊機會告狀。「侯爺，小姐看帳簿看了一下午，到現在晚飯還沒用呢，奴婢們勸都勸不動。」

「留光。」

遭到衛茉低斥，留光頓時不敢作聲了。

薄湛眸心微縮，低頭瞪著衛茉，卻只看到她光潔飽滿的額頭，他無奈，只好對留光吩咐道：「端吃的來，本侯跟夫人就在書房用膳了。」

「是。」留光歡歡喜喜地去了。

「明天我就把東西扔回玉致那兒，不會再讓她來吵妳。」薄湛拉著衛茉坐到圓几旁，將她的手放在自己掌心揉搓著。

衛茉神情莫測地問道：「侯爺不喜歡我做這件事？」

「我怕妳傷神。」薄湛撫摸著她略顯蒼白的臉頰，忽然覺得有些不對，片刻寂靜之後他恍然大悟。「妳想做這個？」

甚少表達自己需求的衛茉這一次讓薄湛感到驚喜。

「侯爺娶我回來也不只是為了當個觀賞植物吧。」

「觀賞植物可不能親親抱抱。」薄湛伸手摟住她，語調軟了下來。「妳願意管事就管，別累著自己就行。」

「那明天這帳本侯爺送是不送？」衛茉淡淡掀眸看著他。

「娘子決定就好。」某人一點即通，笑得甚狡猾。

第六章

這日，靖國侯府喜氣盈門，因為遠遊北戎的二少爺薄潤終於歸家了，最高興的當屬馬氏，一大早就開始張羅，要為兒子接風洗塵。

晚上設有家宴，闔家上下都會出席，這種場合自然怠慢不得，饒是衛茉平日喜歡穿素，今天也挑了件水紅色的如意雲紋雀羽裙穿在身上，省得招了馬氏的晦氣，鬧起來沒完沒了。

「小姐，您穿這個顏色真好看，人顯得越發嬌豔了，一會兒侯爺見著肯定喜歡！」

衛茉抿唇望著鏡中的自己，確實明豔照人，但她並不在意留光所言，只淡然問道：「侯爺出門時說過什麼時候回嗎？」

留光想了想答道：「唔……說是去了城外，說不準幾時回。」

衛茉沈默須臾，起身道：「那我們先去引嵐院吧。」

「是，小姐。」

此時出門，正好趕上日薄西山，一大片火燒雲飄在侯府上方，如滾滾赤焰，溫暖而壯麗，衛茉緩步前行，渾身似鍍了層霞般朦朧，惹人注目。

踏進引嵐院，下人皆圍繞著燈火璀璨的花廳來回奔走，忙作一團，衛茉帶著留光悄無聲息地穿過了露天庭廡，正好與另一個方向過來的徐氏碰上，兩人腳步微微一頓，皆沒有主動開口打招呼。

衛茉僅望了一眼就將徐氏的冷傲和鄙夷看得一清二楚，倒不吃驚，只是有些好笑。徐氏本家原是天都城的八大世家之一，雖說聲名顯赫，可如今沒落得連飯都吃不飽，靠侯府接濟勉強度日，在這種窘境之下，徐氏到底哪來的傲氣和歧視？

她懶得理會，率先邁開步子朝花廳走去，還未踩上台階便聽見馬氏得意的笑聲。

「我前些日子去璞玉軒買首飾的時候碰到了薛夫人，一聽潤兒要回京了，她高興得不得了，暗示了好幾次潤兒和她三女兒的婚事，我都沒應承下來，想著還是要回來讓母親敲定才好。」

衛茉略感驚疑，天都城裡頭姓薛的不多，能讓馬氏如此炫耀的恐怕也只有皇后的娘家薛氏了，沒想到他們還有這層關係，真是讓她始料未及。

緊接著又聽見馬氏說：「不過我想母親應該也是同意的，薛三姑娘知書達理，人品相貌可謂萬里挑一，我打心眼裡喜歡。話說回來，到底是世家培養出來的女兒，跟那些小門小戶的就是不一樣。弟妹，不是我說妳，這挑兒媳的眼光可得多向我看齊……哎呀，瞧我這記性，妹妹是江湖兒女，可能與三媳婦這樣的更談得來呢。」

衛茉面無表情地聽著，餘光見徐氏走了上來，嘴角噙著一抹嘲弄的笑，似乎在說：妳是侯爺夫人又如何？薄湛不在場，妳遇著這種事還不是要忍？

廳裡又傳來一陣騷動，似乎是薄玉致要與馬氏理論，被喻氏制止了。

徐氏見她不動，臉上笑意漸深。「三弟妹，怎麼不進去？」

衛茉慢慢轉過頭，冰冷的眸光直射過來，似一壺雪水澆灌而下，徐氏不由得一激靈，嘴巴似凍住了，再也說不出半個字，就在她心臟狂跳的時候，衛茉已經轉身朝裡走去。

「伯母，此言差矣。」衛茉拉著躁動的薄玉致坐下，對馬氏冷笑道。「世間萬物此消彼長，儘管我比薛小姐略遜一籌，可我嫁得比她好啊。」

言下之意，薄湛比薄潤強多了。

馬氏向來容不得別人說她兒子不好，這句話算是戳中她的死穴，她臉色驟沈，厲光畢現，正欲怒斥衛茉，門口卻突然有人喊道：「老夫人到，六小姐到——」

廳內氣氛頓時一滯。

眾人朝聲音來源看去，只見一老一小相依而來，老的滿面紅光，神采奕奕，小的身段玲瓏，嬌俏可愛，仔細一看，竟有八分神似，小的一開口，那甜軟的聲線更是讓人骨頭都酥了。

「祖母您慢些，這裡門檻高，別絆著了。」

老夫人失笑。「妳這傻丫頭，這是祖母的院子，天天走這兒過，還能摔了不成？倒是妳，當心自個兒腳下，別摔了碰了。」

薄玉嬈笑嘻嘻地纏緊她的手臂說：「那嬈兒也要攙著您，做您的小跟屁蟲！」

「淨胡說，都是要嫁人的大姑娘了，還跟個小孩子似的。」

薄玉嫣被說得紅了臉，不依地跺了下腳，那模樣嬌憨十足，惹得薄老夫人笑聲不斷，安撫地拍了拍她的手才往裡走來，眾人見狀，立刻各自起身行禮。

老夫人四下掃了一圈，行至主位坐下，薄玉嫣跟著塞了兩個軟墊在她身後，低聲詢問著是否舒服，老夫人卻把她也拉到身邊坐著，這才說道：「都站著做什麼，坐吧。」

「是。」

剛才劍拔弩張的氣氛頓時消散了，大房、二房分成兩邊坐下，馬氏的臉色依然不太好看，但暫時沒有跟她們繼續吵下去。衛茉坐在喻氏和薄玉致中間，看著薄玉致時不時擠眉弄眼的樣子，微冷的容色漸漸緩和。

她們把她當作家人，她自然也不能讓她們被別人欺負，這座侯府畢竟還是薄湛當家，豈能容他們大房踩在頭上？

她心底冷嗤，不料上方突然傳來一個聲音。

「這位就是三嫂吧？」薄玉嫣一刻也閒不住，好奇地打量著衛茉。「前些日子我在太學女院讀書，錯過了三哥和三嫂的婚禮，至今未能向你們好好道賀，還請三嫂原諒小妹。」

她微帶歉意地福了福身，衛茉卻連手指都沒動，坦然受了這一禮，淡淡道：「哪裡的話，六妹有心了。」

見她說完這句話就再也不看自己，逕自端起茶盞啜飲，薄玉嫣的臉色頓時僵住，緩了一陣才重新展開笑容朝馬氏問道：「母親，妳們剛才在聊什麼呢？我和祖母老遠就聽見您的笑聲了。」

「在聊妳哥哥的婚事。」說著，馬氏若有似無地瞟了衛茉一眼。

薄玉媱驚呼。「哥哥要成親了？我怎麼不知道？」

「問得好，我怎麼也不知道？」

聲先至，人後到，兩名身材挺拔的男子出現在門口，一個是薄青，另一個穿著白衫，身形高大，倜儻不羈，不必說，應該就是薄潤了。

「哥哥！」薄玉媱開心地撲上去與他擁抱。「媱兒好想你，你可算回來了！」

薄潤揉了揉她的頭髮，把她放到一邊，先上前與各人見禮。「見過祖母，母親，嬸母。」

「潤兒不必多禮，坐吧。」老夫人的目光在他身上繞了一圈，嘆氣道。「黑了，也瘦了，北戎到底是蠻夷之地，山水不養人啊……」

薄潤順著她的話笑道：「即便北戎遼闊富足，那也不如自己的家好。」

「知道就好。」馬氏嗔了他一眼。「今後可不許再去了。」

「是，兒子遵命。」

薄潤誇張地作揖，惹得眾人大笑。就在她們的目光都集中在他身上時，他卻敏銳地發現了一個與眾不同的存在，那人穿著水紅色長裙，身姿窈窕，嬌靨如嫣，從他進門起就一直靜靜地拂著茶盞，目不斜視，彷彿心早就飄到別處，留在這兒的不過是具應付場面的軀殼而已，卻莫名勾人心魄。

她就是薄湛新娶進門的妻子？

薄潤瞇起眼，精光一閃而過，視線正黏著之際，突然插入一道頎長的身影，把衛茉遮得嚴嚴實實。

「見過祖母，母親，伯母。」

遲遲歸來的薄湛向長輩們行過禮之後望向了衛茉，她與之對視三秒，然後識時務地放下了手中的茶——從上週開始薄湛就禁止她沾染任何涼性食物，今兒個只喝了幾口茶就被他盯上了，真是頭疼。

不過正好也到了吃晚飯的時間，老夫人讓人去請老侯爺，並率先移步偏廳，大大小小都跟了過去，薄湛牽著衛茉走在最後，摸了摸她的掌心，又暖又滑，這才稍微滿意了些。

辰時，家宴正式開始。

偌大一張柏木雕花圓桌坐了十來個人，海棠紅瓷的碗箸杯碟整齊地羅列在上，婢女們端著精緻的菜品魚貫而入，即便立刻掩上房門，那喧笑聲還是毫不停歇地傳了出去。

老侯爺薄振身穿藏青色蟠螭紋錦袍坐在主位上，容光煥發，聲如洪鐘，怎麼看也不像個古稀老人，席間興起，還與三個孫兒飲了幾杯酒，談了些許政事，但最後還是繞到了最關心的事上。

「潤兒，你遊歷北戎一年，總歸是長了見識和本領，祖父且問你，對今後有何打算？」

薄潤微微一笑，尚未說話，馬氏喜不自勝地插嘴道：「父親，潤兒已獲煜王舉薦，年後即將上任都察院右副都御史。」

老侯爺有些驚訝，求證道：「潤兒，此事當真？」

「祖父，孫兒不敢誇言，確已收到都察院的任命書。」

「好，好！」

老侯爺露出喜色，又進一杯酒，老夫人想勸他少喝些，最終還是作罷，她看得出來，老侯爺對薄潤積極入仕的行為深感欣慰，因為這說明了當年傳爵之事造成的矛盾或許已時過境遷，這個家再次完整了。

薄湛對此事卻沒太多反應，慢悠悠地給衛茉挾好菜，然後象徵性地舉了舉杯道：「恭喜二哥。」

薄潤狹長的眼眸溢出一縷微光，繼而笑道：「多謝三弟。」

為了迎合場面，薄玉致也不得不向薄潤道賀。「二哥，恭喜你成為朝廷命官，我連同五妹的一起敬你，你知道，她身子一向不好，沒法參加家宴。」

她口中所說的五妹乃是薄玉蕊，因身體孱弱，甚少參加家宴，薄潤也是心知肚明的，便輕快地點了點頭，飲盡酒液方道：「四妹有心了。」

酒過三巡，觥籌交錯，氣氛正是熱鬧，薄玉媱讓婢女斟滿了酒，嬌笑著起哄道：「二哥入仕，三哥娶妻，小妹耍個賴，一杯酒同時敬三人，但求哥哥們和嫂嫂賞臉！」

「妳這鬼丫頭。」薄潤笑罵著，卻乾脆地與她碰了杯。

薄湛自然也不好推辭，剛準備把衛茉的也喝了，她卻同他一塊站起來向薄玉媱舉杯，隨後一飲而盡。

她這麼做不為別的，而是因為薄湛實在太不避諱了，挾菜盛湯樣樣親力親為，活脫脫一個寵妻狂魔，老夫人都看了她好幾眼，那眼神簡直讓她不寒而慄，再讓薄湛代為喝酒，恐怕明天她就該被家法伺候了。

不過她還是高估了這具身體的承受力，就這麼一小杯下肚，立刻渾身發燙，面色酡紅，眼睛更似蒙了紗，一片雲裡霧裡，好在宴席已至尾聲，老侯爺和老夫人離開之後，薄湛立刻帶著她出了門。

吹著冷風瞬間清醒不少，衛茉任薄湛牽著，輕飄飄地挪著步子，沒走多久，薄湛停下來回頭看她，軟聲道：「茉茉，我抱妳回去吧。」

衛茉非常冷靜地搖頭，又走了兩步，腿忽然一軟，跌入薄湛早已準備好的懷中。

「還說不要我抱，嗯？」薄湛好笑地瞅著她。

「你家的酒太烈。」衛茉倚在他肩窩喘著氣，覺得沒什麼說服力又加了一句。「我從前……千杯不醉……」

都提起以前的事了，看來確實醉得厲害，薄湛如此想著，笑著吻上了她的額頭。

「我知道。」

小知，妳從前什麼都好，我一直知道。

衛茉沒想到那一杯金沙漿後勁這麼足，一覺醒來已過了請安的時辰，她連忙從床上爬起來，一邊套著襦裙一邊喚來留風為她梳洗，正納悶她們怎麼沒叫醒她，一雙寬厚的手掌已圈上腰間。

「別著急，我跟娘說好了，今兒個直接過去用午膳。」

衛茉拈著盤扣回頭問道：「侯爺沒去大營？」

薄湛輕笑道：「再過幾日就是除夕，朝中上下皆已休沐，妳相公當然也不例外。」

衛茉一怔，半晌無言，是啊，她怎麼忘了，往年這個時候她都已經回到家中，換下戎裝穿上便服，與母親一起上街採辦年貨了，哪還上什麼朝？這才過多久她就已經不記事了，真是越活越像衛茉了……

「怎麼不說話？是不是頭疼？」薄湛讓留風端來了醒酒湯，親手遞到衛茉面前。「把這個喝了。」

衛茉盯著那碗褐色的湯水，半天才接過來啜了一口，澀得舌頭都麻了，她乾脆一口氣喝光，剛放下碗，薄湛問了一句話，害她差點嗆住。

「茉茉，聽說昨天妳當著好多人的面誇我來著？」

「侯爺想多了。」她移開視線淡淡說道。「當時伯母實在太過分，我不過還以顏色罷了，遣詞用句侯爺不必放在心上。」

「我已經放心上了。」薄湛抱住她，鼻尖蹭著她的耳垂，帶來微癢的觸感。「他們都以為妳嫁給我是高攀了我，其實是我撿了個寶才對。」

衛茉不自在地躲開他，然後轉移了話題。「侯爺，差不多該去娘那裡了，容我先行下床洗漱。」

薄湛深深地看了她一眼，答了聲好便離開了房間。

之後兩人相攜來到拂雲院，行至門扉半敞的花廳外，裡頭隱約傳來了薄玉致微惱的低喊聲，兩人不由得停住了腳步。

「母親，我都說了今天不想去請安了，您就別逼我去了，行嗎？」

說完，門倏地拉開，薄玉致埋頭奔出來，見到薄湛和衛茉先是愣了愣，繼而眼睛發亮，彷彿找到救星一般，迅速藏到衛茉身後開始裝委屈。

「嫂嫂，救我……」

尾隨而出的喻氏無奈地瞪著她。

被當作擋箭牌的衛茉實在有些為難，又不清楚到底發生了什麼事，走開不是站著也不是，但在薄玉致堅持不懈地扯了無數下袖子暗示她之後，她只得向喻氏說道：「娘，聽說您鍾愛寒梅，花園裡的玉蝶龍遊都開了，我去採兩株來插在偏廳的花瓶裡。」

「我也去、我也去！娘，我們一會兒就回來！」

不等喻氏說話，薄玉致拉著衛茉逃也似地奔出院子，兩個婢女連忙跟上去，薄湛在後頭虎著臉喊道：「跑什麼跑，別摔著妳嫂嫂！」

薄玉致沒應聲，但分寸還是有的，出了院門就放緩了腳步，然後對衛茉抱歉地笑了笑。

衛茉喘了口氣，挑起鳳眸睨著她道：「說吧，究竟是什麼事？」

「也沒什麼……就是今天尚書府的邱夫人帶著二公子來做客，我嫌人多不願去罷了。」

姓邱？看來是兵部尚書邱元項的夫人了，帶著兒子來侯府，莫非是……

衛茉知道薄玉致故意沒把話說全，也不明問，扭身就往回走，道：「我忽然有些累，不想採花了，我們回去吧。」

「哎？別別別！」薄玉致連忙拉住衛茉，瞧見她眼底的戲謔頓時跺了跺腳，又氣又好笑地說。「嫂嫂妳太精了，什麼都瞞不過妳！」

「怎麼不說自己抓擋箭牌抓得飛快？」

「因為我知道嫂嫂最好了，一定會袒護我的！」某人及時拍起馬屁。

衛茉眼中升起幾縷柔光，彷彿在古靈精怪的薄玉致身上看到弟弟歐宇軒的影子，他比薄玉致還小了幾歲，更愛調皮搗蛋，每次都是她替他收拾殘局，從前她還嫌煩，現在卻盼望能回到那段時光裡去，然而她知道，這是個永遠都無法實現的念想。

「嫂嫂？」

薄玉致掐了朵紅梅在衛茉眼前搖著，衛茉恍然回神，這才發現已步入花園，晴空之下，數十種花朵齊齊盛放，粉的甜美，紅的嬌豔，令人目不暇接。呼吸間，醉人的香氣縈繞鼻尖，三分醒目，七分醒神，舒暢得無法言喻。

「嗯？妳剛才說什麼？」

「我說，邱夫人是來與侯府聯姻的。」

衛茉意料之中地點點頭，道：「那妳為什麼不去？妳是府中最年長的姑娘，按規矩而言，要談婚論嫁也是從妳說起。」

薄玉致眼中倏地竄起幾點星火，諷刺道：「這府中哪還有什麼規矩？只要是她薄玉媱喜歡的，通通都要給她讓道！」

「她喜歡邱二公子？」

「豈止！」薄玉致越說越來氣。「從小到大，只要跟我有關的她都喜歡，一盞花燈，一根玉簪，甚至是太學的念書名額，祖母說給就給，完全不在乎我的感受，如今到了終身大事還是這樣，儘管我看不上那個什麼邱二公子，但我就是嚥不下這口氣！」

「妳真是傻。」衛茉折下一束挺翹的梅枝放入留風提著的籃子中，雲淡風輕地說。「既然看不上就任她趕緊嫁出去吧，到時就沒人礙眼了，還是說……妳喜歡那個邱二公子？」

「我才不喜歡他呢！」薄玉致哼了一聲，又想了想她說的話，滿腔怒焰瞬間熄滅。

好像確實是這麼回事……薄玉媱嫁出去了可不就沒人找麻煩了嗎？她之前怎麼沒想到這一層？

一把剪子放到薄玉致手裡，她抬眸一看，衛茉正指著上面搆不著的地方，讓她踩輕功上去折，薄玉致頓時笑出聲，姿態做足才一個旋身掠上了枝頭，步法靈動，矯如燕雀，須臾之間便落回衛茉身旁，奉上她要的梅枝。

衛茉揚起唇角說：「我道也是，有如此俊的功夫，怎會看得上文弱書生？那些個軟腳蝦就留給她玩去吧。」

「嫂嫂說得極是，是小妹太浮躁了。」薄玉致裝模作樣地拱了拱手，看得邊上的留光忍俊不禁。

採夠了梅花，也差不多到了午膳時間，幾人正準備原路返回，途經中央空地，兩個影子遠遠斜伸過來，薄玉致抬頭一看，好死不死，正是薄玉媱和邱二公子兩個冤家，她本想轉身就走，卻被衛茉拉住了。

「三嫂，四姊！」薄玉媱招呼打得響亮，眸底卻悄悄溜過一抹幽光。

「六妹。」衛茉輕輕翕動著菱唇，目光轉向邱二公子。「這位是？」

邱二公子一身錦衣華服，面如冠玉，儼然是個俊俏的公子哥，尤其那雙狹長的鳳眸，比女子生得都美，頗引人注目，只見他輕掃袖袍，彎身施禮道：「三少夫人，四姑娘，邱瑞有禮了。」

薄玉致一副愛答不理的樣子，讓他頗為尷尬，衛茉適時出聲。「我們出來已久，就不奉陪了，邱公子且盡興，告辭。」

她婉婉轉身，剛行了兩步，不出意料，身後的薄玉嫿果然開口了。

「三嫂，別急著走啊，這裡景色宜人，又沒有長輩們在，不如多聊一會兒吧！」

衛茉回過身，眼底一片幽深，似笑非笑地說：「不會打擾妳和邱公子嗎？」

「不會不會！」薄玉嫿側首看了邱瑞一眼，嬌羞地低著頭支吾道。「反正……反正今後日子還長……」

看來兩人婚事已定。

衛茉暗中捏了捏薄玉致的手，爾後淡淡地勾著唇說：「既然如此，我們就一同去亭子裡賞花吧，留光。」

「在。」留光應了一聲，從籃子裡抽出幾塊軟墊放在石凳上。

衛茉率先走過去坐下，薄玉致跟著坐在她身旁，薄玉嫿拎著湖綠色的裙襬款款而來，不料在石階上絆了一下，整個人向前撲去，幸好邱瑞眼明手快地拉住她，待她站穩之後又親自蹲下來替她拂去裙角的灰塵，一舉一動甚是貼心，薄玉嫿霎時紅了臉。

衛茉盯著這曖昧的一幕，目光掠過邱瑞微微翹起的小指，停頓了幾秒，爾後若無其事地問道：「六妹可無妨？」

「無妨，多虧了瑞哥哥……」

兩人對視一眼，情深意濃，不知擦出多少火花，薄玉致看戲看得有些不耐煩，拔身欲走，背後突然傳來薄玉嫿幽怨的聲音。

「四姊，妳還在生我的氣嗎？」

薄玉致深吸一口氣，轉過身說：「薄玉嬌，妳別沒事找事啊。」

薄玉嬌嘴巴一癟，眼睛裡水光閃閃。「妳看，妳分明還在氣我搶走了瑞哥哥……」

邱瑞有些搞不清楚狀況，只心疼地瞅著薄玉嬌，沒想到接下來薄玉致的一句話頓時讓他氣紅了臉。

「我不生氣啊，我又不喜歡手不能提、肩不能扛的軟腳蝦，謝謝妳挺身而出啊。」

「玉致，休得胡說！」衛茉回頭冷聲斥責著，並向邱瑞致歉。「邱公子，舍妹有口無心，還請你海涵。」

邱瑞胸口微微起伏，右手緊捏著袖口，指節泛白，顯然已經怒極，卻勉強扯出個笑容說：「沒關係，我……」

「四姊，妳太過分了！我要告訴祖母！」薄玉嬌紅著眼大喊。

薄玉致聳聳肩，一副滿不在乎的樣子，隨後抽身往外走去，衛茉也同時站起來向二人告辭，待她們離開之後，薄玉嬌的臉色陰沈了一瞬，轉眼又抽噎著撲進了邱瑞的懷抱，彷彿受委屈的人是她。

「瑞哥哥，對不起，我不知道四姊會……」

「沒事、沒事。」邱瑞撫上她的肩膀細聲安慰著。

另外一邊，越走越遠的兩人直到進了拂雲院還在竊竊私語。

「嫂嫂，妳為什麼讓我故意激怒邱瑞啊？」

衛茉抿著唇，表情有些神秘，沈默了一會兒才道：「是為了驗證一件事，還不能確定，下次再告訴妳。」

「不嘛，我現在就想聽。」

薄玉致抓著她的手臂搖來搖去，衣襟突然一緊，整個人被憑空提溜到一步之外，隨後衛茉便被保護地摟住了，薄玉致定睛一看，正是自己哥哥。

「鬧妳嫂嫂鬧個沒完了是吧？」

面對兄長的威嚴，薄玉致只能甘拜下風，吐了吐舌頭，識相地溜走了。

衛茉剛舒了口氣，黑影壓了下來，在她頰邊吻了吻，道：「餓了吧，我讓廚房做了妳愛吃的花雕鹿肉燒冬筍。」

衛茉狐疑道：「你怎麼知道我愛吃這個？」

薄湛學她剛才的口氣說：「下次再告訴妳。」

衛茉睜大眸子瞪著他。他朗聲大笑，攬著她走進了偏廳。

第七章

歲逢除夕，瑞雪消鴛瓦，花信上釵股，為這寒冷的冬日平添一份美感。

明明中間已經隔了一年，但時間卻銜接得十分巧妙，導致衛茉總有種剛從邊關趕回天都城的錯覺，只是身邊的一切都變了樣，以往有家人、霍驍夫婦和秦宣相聚一堂，笑語喧天，今年卻只能對著心懷叵測的侯府眾人，與其說是過年，不如說是過關。

不過幸好，這一方窄院還是溫馨十足。下午喻氏把衛茉叫了過去，衛茉本以為是要去聆聽新年教誨，沒想到一進門喻氏就拿出來好些禮物，讓婢女挨個捧到她面前。

「小茉，妳剛嫁進薄家，娘也不知道妳喜歡什麼，就選了這些小玩意給妳當新年禮物，妳看看合不合心意？」

衛茉順著她的手看過去竟是眼花繚亂，有幾疋上等的蜀錦和天蠶絲絹，一套五彩寶石蝴蝶首飾，還有纏枝蓮紋銀盅、紫金浮雕手爐等精緻的小物件，質地皆屬上乘，一看便知價格不菲，衛茉哪敢收她這麼貴重的禮物，連忙開口推辭。

「娘，這太多了，我一個人也用不完，不如……」

「不多不多。」喻氏笑咪咪地說道。「小姑娘家就是要打扮得漂亮些，衣裳首飾每天都不重複才好呢，等到了娘這個年紀可就晚嘍！」

這語氣像極了衛茉的親娘，她聽著聽著胸口似堵住了一般，又酸又澀，但很快就被洶湧而來的暖流淹沒了心房。

「那……謝謝娘。」

「謝什麼，傻孩子。」喻氏慈愛地摸了摸衛茉的頭髮，笑意越見深濃。

這時，一個紅裳俏人兒似團火焰般捲了進來，拉起衛茉就往外走。「嫂嫂，跟我和哥哥一起來寫楹聯吧！」

衛茉就這樣被她拖去書房，進去時薄湛恰好收筆，她走近一看，兩行龍飛鳳舞的行草躍然紙上，筆法蒼勁有力，渾厚大氣，她眼中劃過讚許之色，沒想到薄湛轉手把筆放到了她手中。

「茉茉，妳也來寫一副，貼在我們的院門上。」

衛茉試著動了動手，字跡瘦小而忸怩，完全寫不出以前的感覺，也不知道是不習慣這個身體還是因為握劍太久已經荒廢了筆法，總之是不堪入目，她忽然沒了興致，懨懨地對薄湛道：「還是算了，你來……」

話還沒說完，薄湛整個身軀圍攏過來，前胸貼著她的脊背，左手撐在案桌上，右手握住雪白的柔荑，姿勢十分親密。

「為夫跟妳一起寫。」

衛茉扭了扭手腕沒掙開，被他呼吸噴灑的後頸越發覺得燥熱，微惱之下她故意不配合地說道：「我還沒想好要寫什麼。」

「沒關係，為夫想好了。」

薄湛潤了潤筆，行雲流水般寫下兩行字——芝蘭茂千載，琴瑟樂百年。

薄玉致伸了伸脖子，看清內容之後眼底興味更濃了，這哪是什麼春節楹聯，分明就是示愛，字裡行間充滿了柔情密意，看得她都臉紅了。

「侯爺要把這個掛門上？」衛茉轉過身挑眉看著他，沒有說出口的半句話是不知老太太看到了又要作何感想。

薄湛卻毫不在乎地說：「當然，現在就去掛起來。」

他抖開了丹紙，正準備交予婢女，忽然動作一滯，緩緩扭過身看向衛茉，黑眸閃動著魅人的光芒。

「好像還缺了橫批。」他湊到跟前與她咬耳朵。「不如就寫早生貴子？」

衛茉本來清冷的面容驟然泛起紅暈，嘴邊緩緩擠出一句話。「侯爺還真是……文采過人，妾身佩服。」

薄湛大笑，信手一揮，果真就添上那四個字，然後讓婢女一一裝裱好，堂而皇之地送去白露院。衛茉忿忿地撇開臉，不想理會，薄湛又把她扳了回來，笑得越發歡暢。

薄玉致在旁邊看著這一幕不禁暗自偷笑，比起去年那愁雲慘霧的春節，今年有了嫂嫂，似乎一切都不一樣了。

夜幕很快來臨，萬家燈火，星河璀璨，無不洋溢著喜慶的氛圍，爆竹聲更是聲聲不絕，直到晚膳時分才停歇。

今日是靖國侯府人最齊全的一天，除了一年不見的薄潤，還有長年臥病的五姑娘薄玉蕊，以及衛茉尚未見過的薄青之女薄思旗都齊聚一堂，享受著極其豐盛的團圓飯。

大廳比較寬敞，一左一右擺了兩條長席，左邊坐著長輩們，右邊則是小輩的位子，先入座的幾個人笑鬧著，尚未開席，嬉笑聲就已經飛出了窗外。

薄湛和衛茉算來得遲的，一進大廳，八台柏木羊角桌椅映入眼簾，上面擺著兩副鶴紋景泰藍的碗碟，旁設矮几，列有暖爐和箸瓶，下層的案台上還放了一盆南天竹，綴以鵝卵石，織成細密的翠色，袖珍又討喜。

兩人向老侯爺和老夫人行過禮後安靜地坐到自己的位子上，在周圍姹紫嫣紅的映襯下，兩人素淡的衣裝反倒格外顯眼，各種視線一陣陣掠過，有好奇、也有嘲弄，衛茉略感不適，才皺起眉頭，桌下便伸來一隻手，輕輕揉捏她的掌心，無形中給予她安撫。

兩步之隔的桌旁坐著薄玉致，見他們來了，立刻拽了拽薄玉蕊的袖子，隔空向他們示意，並悄聲介紹：「玉蕊，那是嫂嫂，怎麼樣，跟哥哥很相襯吧？」

薄玉蕊怯怯地看了衛茉一眼，點頭道：「很相襯。」

衛茉離得近，聽得一清二楚，不由得望向薄玉蕊，見她五官娟秀，面容白皙，似弱柳扶風，舉手投足間，裙角的兩隻蝴蝶也隨之舞動翅膀，甚是靈動，但儘管衣容俏麗，還是能看出內裡的虛弱。
聽薄玉致說，薄玉蕊是她姑姑的女兒，當年不顧老夫人的阻攔嫁給一個窮書生，日子雖苦了些，兩人感情卻很好，不幸的是，他們在幾年前的一場地震中雙雙殞命，留下一個年幼的女兒，老夫人便派人將她接來府中撫養，並改了姓名。
後來年歲漸長，在侯府富裕的生活下薄玉蕊的身體養得十分健康，如今這副模樣全是因為去年冬天生了一場大病，之後精神就不太好，看了不少大夫，都找不出病因，不過薄玉致完全沒把她當病人，一有時間就拉著她到處晃，感情非常好。
「吶，這是宮中賜下來的炙羊腿，聽說是用草原進貢的羔羊做的，妳嚐嚐看，別總吃素的，一點都不長肉。」薄玉致一邊擺出姊姊的口氣訓著薄玉蕊，一邊挾一筷子肉放到她碗裡。
「嗯。」薄玉蕊張嘴咬了一小口，隨後蹙起了娥眉。「好膻……」
「不膻還是草原羊嗎？」薄玉致見她懨懨地放下了銀箸，又讓婢女端了另一樣菜品來。「這個玉枝焙豬頸是妳最喜歡的，總能多吃點吧？」
薄玉蕊對她笑了笑，乖順地吃了好幾片。
衛茉看到這裡終於轉過頭，心中莫名悃然，欲飲一盞酒，手卻被薄湛擋在半路，只見他溫柔地奪過酒樽，讓婢女換成了果漿，然後才交回她手裡。
「喝這個吧，不然今天又要我抱回去可怎麼是好？」

衛茉被他說得有些羞臊，冷冷地扭過臉不理他，那點惆悵卻不知不覺散去了。

很快，宴席過半，大家興致都高了起來，薄玉嫣上前說了祝詞，又倚在老夫人身旁撒嬌了一會兒，逗得老夫人笑聲連連，直說她是個鬼靈精，馬氏作勢說了她兩句，見老夫人護得緊便由她去了，最後還是薄潤把她叫回來的。

「妳呀，擾得祖母都沒辦法好好用膳了，快回來，乖乖坐好。」

「知道啦，二哥。」

薄玉嫣蹦蹦跳跳地往自己桌前走，繡著火紅錦鯉的繡花鞋突然停在衛茉面前，衛茉稍稍抬眼，見她溫純一笑。

薄玉嫣讓婢女斟滿了酒，滿懷敬意地舉到衛茉和薄湛面前。「如此團圓美景，小妹敬三哥三嫂一杯，祝你們琴瑟和鳴，白頭偕老。」

薄湛輕扯著唇角道：「六妹的心意我領了，不過酒就免了吧，醉了可不好。」

薄玉嫣眨眨眼，俏皮地說：「那怎麼行，我還想把三嫂灌醉了，乘機問問她什麼時候能生個姪兒給我玩呢！」

眾人頓時都笑了，唯獨馬氏不屑地嘀咕了一句。「哼，且等著吧。」

這話不偏不倚地傳到了老夫人耳朵裡，她面色一滯，緊盯著馬氏問道：「惠兒，妳說什麼？」

馬氏一驚，目光有些躲閃。「母親，我沒說什麼……」

「放肆！」老夫人厲聲喝道。「我還沒老到癡聾的地步，妳那話什麼意思，當著大家的面再說一遍！」

霎時間，所有人的注意力都集中在馬氏身上，她面有難色，猶豫了許久才囁嚅道：「母親您別生氣，我……我也是聽丫鬟說，說湛兒和小茉尚未……尚未圓房……」

老夫人立刻轉頭質問薄湛。「湛兒，此事是否屬實？」

薄湛緊抿著唇，並未立刻答話，衛茉的臉色卻迅速冷了下來，望向薄玉媱的鳳眸中溢出絲絲寒光。

原來是場鴻門宴。

片刻寂靜之後，薄湛的聲音緩緩散落在大廳之中，每一個字都格外清晰。

「此事屬實。」

老夫人胸口一陣起伏，猛地拍案道：「給我跪下！」

薄湛默然站起來走到大廳中央，身側光線折了折，一抹麗影跟了上來，與他一同跪在大理石地板上，他偏過頭，給了她一個安心的眼神。

「孫兒並非有意欺瞞祖母，只是因為茉茉身體不好，孫兒想先讓她調養一陣子。」

「身體不好？」老夫人冷哼了一聲。「那就讓嬤嬤檢查吧，做薄家的媳婦總得給人一個乾乾淨淨的說法，你自己不驗就讓別人來驗！」

衛茉猝然抬頭，玉容微白，還沒來得及說話，身旁的薄湛就已斷然拒絕。

「祖母，茉茉是孫兒的枕邊人，她的清白孫兒再清楚不過，您也該相信孫兒。」

「相信你？好，那我且問你一句，若她的身體調養不好，你是不是這輩子都不圓房不要孩子了？」

老夫人話是對著薄湛問的，眼睛卻一直盯著衛茉，威嚴中帶著凌厲，無形施壓，衛茉卻有些恍惚，因為她聽到薄湛沈聲回答了一個字。

「是。」

「混帳！」

這一聲嚴厲至極的呵斥讓整個房間都被低氣壓籠罩，所有人都噤若寒蟬，不敢在老夫人的盛怒之下出頭。

「你是靖國侯，身上背負著整個薄家，為了一個女人做出如此悖逆之事，實在太教我失望了！你趁早把這心思給我消了，該圓房圓房，該生子生子，不然過完年我就做主給你納妾！」

聽到「納妾」二字，薄湛突然變得靜默，心似沈入了漆黑的深海，無聲無息，唯有暗潮湧動。

衛茉仍處於僵硬狀態，薄湛今天說的話已經超出她的認知，她再遲鈍也該明白了，沒有人會為一個替身做出這種事。

薄湛是真心喜歡她。

忽然之間，一個人把她從地上拽起來，轉身就朝門外走去，步伐沒有絲毫停頓，她踉蹌地跟著，隨後便聽到老夫人的怒吼聲。

「湛兒，給我站住！你幹什麼去！」

薄湛腳下停了幾秒，頭也沒回，低沈的嗓音遠遠傳至大廳。

「您不是非要孫兒做出選擇嗎？孫兒這就去圓房。」

薄湛和衛茉就這樣走了，老夫人雖然餘怒未消，一時卻做不出什麼懲罰，這讓費盡心機演了一場大戲的馬氏非常不滿足。

「弟妹，湛兒也太胡來了，妳瞧瞧，都把母親氣成什麼樣了，妳回去可得好好說說他。」

喻氏淡淡說道：「大嫂，孩子已經大了，有自己的想法，我干涉不了。」

馬氏斜挑著眼角不懷好意地說：「那妳的意思是默許他這麼做？我說他哪來的膽子跟母親作對，原來……」

「行了！」老侯爺把杯盞重重一撂，疾言厲色地斥道。「好好一個除夕，非要鬧得雞犬不寧！此事到此為止，誰都不許再煽風點火！」

馬氏面色一白，認定老侯爺是在袒護薄湛，忍不住爭辯道：「父親，國有國法，家有家規，若此事就此作罷，今後小輩們都有樣學樣怎麼辦？」

老侯爺冷哼道：「湛兒雖我行我素了些，但妳母親方才已訓斥過他，相信他自有分寸，妳有空擔心那些，不如多關心下妳即將上任和嫁人的一雙兒女。」

馬氏被噎得夠嗆，心中越發憤憤難平，差點不顧一切頂撞老侯爺，幸好薄潤及時出聲化解了難堪的局面。

「祖父說的是，三弟只是一時氣盛，過後會想明白的，我替三弟敬各位長輩一杯，權當賠罪了。」說完，他略一仰首，酒盞頃刻見底。

馬氏的眼神閃了閃，沒再說什麼。薄玉致卻不屑地翻了個白眼，心中暗道，哥哥不過是愛護嫂嫂了些，何罪之有？你們大房一個扮無辜下鉤子，一個演反派窮追猛打，現在又蹦出一個裝好人的，角色還真齊全，不去唱戲真是可惜了！

想到這裡，她一陣氣悶，巴不得像薄湛一樣立刻離開這個烏煙瘴氣的戲台子，可被喻氏若有似無地掃了一眼之後，她只好打消了念頭。

罷了，勉強當個乖孩子吃完這頓年夜飯吧，省得大房又藉機尋他們家的不是。

另一廂，薄湛已經帶著衛茉回到了白露院。

揮退了下人，他把衛茉安置在床上，然後在她旁邊坐下，默默地凝視她片刻，忽然說出一句就讓衛茉渾身僵硬的話。

「把衣服脫了。」

衛茉沒動，就這麼直勾勾地盯著他，心底的最後一道防線如臨大敵，抵抗還是投降，這是個問題。

面對薄湛那張滿是寵溺的臉，她忽然想到之所以變成現在這個狀況，是因為薄湛拒絕納妾，或許這足以證明他的情意，可她只想弄清楚一件事。

「侯爺，你究竟喜歡我什麼？」

薄湛不明白她怎麼突然問起了這個，卻撫摸著她的粉頰溫聲說道：「只要妳平安健康地待在我身邊，一靜一動，嬉笑怒罵，哪怕是掀翻了天，我都喜歡。」

他答得自然且隨意，與平時聊天一般無二，聽在衛茉的耳朵裡卻不亞於雷聲轟鳴，她不明白，為什麼一個人能將表白說得寡淡如水，卻點點滴滴淌進心房，融入骨血，彷彿扎了根生了芽，轉眼即是參天大樹，揮之不去。

平安健康，這要求卑微得有些奇怪……

衛茉腦海裡忽然閃過一道異光，似能驅散那團若有似無的迷霧，她奮起直追，眼看即將抓住，卻被薄湛一個濕漉漉的吻打斷了。

「乖，快把衣服脫了。」

還是回到圓房的事情上來了，罷了，早來晚來都是要來，不如鼓起勇氣面對。

衛茉攥著衣襟，臉上泛起迷人的紅暈，略一咬牙，盤扣便如數被解開了，裙裳滑落，露出素白的褻衣，細如蠶絲的肩帶勾勒出誘人的曲線，可仔細看去，一雙凝脂香肩正微微顫抖著。

薄湛一開始還沒有察覺到，握住她的胳膊正欲將她轉過身來，忽然覺得手中觸感有些不對，抬起頭，見她俏臉含霜，如遭酷刑，他頓時有些愕然，想了片刻，不禁放聲大笑。

「哈哈哈……我的天，妳想到哪兒去了？我不是……」

餘音消失在衛茉羞惱的瞪視中。

「怪我怪我，是我沒說清楚。」薄湛溫柔地把她摟進懷裡，淺聲解釋道。「之前我發覺妳體內有一道極寒之氣，後來卻怎麼都摸不著了，我想催動內力在妳經脈之中探一探，這才讓妳除下衣物的。」

「不勞侯爺大駕。」衛茉冷冷地推開他，嬌容一片通紅，不知是氣的還是羞的。

薄湛連忙又把她拉了回來，軟聲哄道：「別生氣，我不是故意挑在這個時候讓妳誤會的。」

懷中的人兒半天沒有動靜，顯然不接受這個說法，他嘆了口氣，認真道：「茉茉，我知道妳還沒準備好，慢慢來就是，我們有一輩子的時間。」

衛茉沈默了許久，既沒承認也沒否認，又如往常冷面，淡淡開口。「侯爺，我冷。」

薄湛二話不說用被子裹住她，道：「房裡是有些冷，下次還是去淨池運功吧，現在去換身輕便的衣物，我帶妳去個地方。」

「去哪兒？」

他愛憐地親了親近在眼前的粉唇，輕笑道：「去了就知道了。」

於是在這月朗星稀的除夕夜裡，兩人悄然踏上了出城之路，蹄聲達達，響徹空曠的大街，很快就被震耳欲聾的爆竹聲蓋了過去，而馬車也逐漸化為一個肉眼難辨的黑點，消失在城門的盡頭。

前日的積雪還未化，馬車一路凌寒飛馳，道旁松蘿含翠，冰凌如筍，在煙花籠罩之下美得驚人，最耀眼當屬天上那輪皓月，隨著道路的起伏不斷穿梭於岩岫之間，光輝絲毫不減。

不知不覺就到了目的地，薄湛先行下車，要抱衛茉下來，她卻自己跳了下來，濺了滿腳的雪泥也不管，徑直往前走去。薄湛長臂一伸就把她勾了回來，在她耳旁低語。「一會兒不許叫我侯爺，聽到了嗎？」

衛茉睨了他一眼，水眸中倒映著冰晶，清寒透澈，語氣也似裹了層薄冰，一點情面都不講。「那我就當個啞巴好了。」

「不行。」薄湛好氣又好笑地說。「要叫相公，不然我就當著他們的面親妳。」

他們？這大年夜的還真有人跟他一起出來瘋？

衛茉滿臉懷疑地看著薄湛，他也不解釋，牽著她往山居走去，走到近處，沒了密林的掩蓋，星星點點的燈火立時從簷角瓦隙露了出來，衛茉這下子信了七分，抿著唇隨他邁進院子，將將繞過照壁，一個熟悉的聲音震得她停下了腳步。

「湛哥，你們也來得太晚了，煙花都快被我放完了。」

「抱歉，有事耽擱了。」薄湛笑著迎上去，一手攬過衛茉的腰為他們介紹。「這是我娘子衛茉。茉茉，這是我的好友霍驍和他夫人王姝。」

「還用你介紹，我們早就相識！」王姝飽含深意地笑嗔了他一眼，伸手拉過愣怔狀態的衛茉說。「走，茉茉，我們放煙花去！」

衛茉喉頭哽住，微微點了點頭，又看了眼霍驍，才隨王姝去了院子那頭的空地。

待兩個姑娘走遠後，霍驍伸手拍了拍薄湛的肩膀，取笑道：「看來你這夫妻關係培養得還不夠啊，說走就走，理都不理你。」

薄湛望著那抹茶白的背影低喃道：「不理便不理吧，往年春節她都是與你們一起過，今天意外見著了，這會兒怕是心裡的衝擊還沒過呢。」

「你啊……真快把她慣成溫舍裡的花朵了。」霍驍有感薄湛一番苦心，不由得笑嘆。

「從前沒護好她，現在自當加倍。」薄湛雙目深沈，溢出涓滴痛色，隨後飛快地略過這個話題，淡然問道。「可還有吃的？晚上沒吃好。」

「早就讓廚子備好了，來吧。」

兩個男人並肩步入花榭，下人立刻端來佳餚，還有一罈陳年碎玉酒，兩人乘興小酌，十分愜意。薄湛偶爾望向空地那邊，白衣從眼角蕩過，隨風泛起微波，衛茉雙足並立，仰望著漫天花火，清絕得猶如仙子一般，看得薄湛竟有了醉意。

「咻」，又一束煙花打著旋兒竄入雲霄，綻出五彩繽紛的花朵。

不一會兒，衛茉與王姝攜手而歸，許是玩得盡興，衛茉額角還掛著幾滴汗珠，以防著涼，幾人一齊回到屋內，圍著火壁喝酒談天。

「柳兒，去把灶上溫著的薑茶端來。卉兒，再去拿條絨毯。」

王姝逐一吩咐著，生怕山裡的寒氣凍著衛茉，關心之情溢於言表，與從前一模一樣，衛茉也任她安排，不知有多聽話，看得薄湛醋意橫飛，攬過她在耳邊低語。

「何時在家也能如此聽我的話？」

衛茉敷衍道：「侯爺，你喝多了。」

剛說完，黑影立刻欺上前來，呼吸中帶著酒香噴灑在頰邊，衛茉驚覺不對立刻改口。

「相公，你……你喝多了。」

薄湛低低一笑，沒有計較她的敷衍，道：「這才對。」

王姝隔著一張桌子瞧，雖然聽不到他們說什麼，但表面看來衛茉是被薄湛壓制著，於是她瞪了薄湛一眼，扭頭對衛茉說：「茉茉，妳怕他做什麼，萬事有姝姊姊給妳撐腰，他欺負妳，妳就上霍府來住。」

「好。」衛茉一本正經地點頭。

薄湛立刻揚起劍眉討伐道：「驍，管管你夫人，我這捂了一個多月剛捂熱乎的人，她說搶走就搶走了，算怎麼回事？」

霍驍哈哈大笑。「說明你功力還不到家啊！」

薄湛沈吟了一陣，道：「那我也去你們霍府住吧。」

這下如同沸了鍋，霍驍和王姝笑得前仰後合，連衛茉都忍不住彎起了唇角，睜著雙晶亮的眸子看著薄湛，悅色從中淺淺流過。

後來四人一直聊到深夜，似乎許久不曾這麼暢快了，直到衛茉睏得瞇起眼，薄湛才抱起她回了臥房。房間裡的一切都是嶄新而陌生的，但身側那個固定暖源的氣味卻十分熟悉，衛茉陡然生出一種莫名的安全感，本來快要睡著，卻強打起精神說了一句話。

「侯爺，謝謝你。」

謝謝你給了我一個如此溫馨的除夕之夜，儘管你並不知道，能跟霍驍和王姝一起過年這對我而言有多重要。

床畔傳來了熟悉的三個字。

「叫相公。」

「……」

第八章

衛茉早上醒來時，薄湛已經不在旁邊了，床畔沒有餘溫，想必已經離開一段時間，只不過她身上又加了塊厚厚的毯子，把周圍的縫隙都掖得嚴嚴實實，一絲涼氣都鑽不進來，應該是他離開時怕她冷醒才加的。

她披衣下床，正準備走到外面看看，經過窗邊時忽然一愣。

原來薄湛在跟霍驍練拳。

院子裡的積雪比昨夜又厚了幾寸，中間的空地卻被下人打掃得乾乾淨淨，連塊小石子都沒有，專給他們練武用。獵獵風聲之中兩人衣袂翻飛，身形來回碰撞，須臾之內就過了十幾招，動作行雲流水，看起來極為過癮。

王姝捧著熱茶坐在亭子裡笑咪咪地喊道：「相公加油，快贏下湛哥，我們好去狩獵！」

怎麼，還有賭注？不知他們賭了什麼？

房內燒著地龍，一時半會兒倒也不覺得冷，衛茉興味盎然地倚在窗邊繼續觀戰，不曾落下薄湛的每一個動作，越看越忍不住想鼓掌叫好。

當初她是因薄湛是京畿守備營統領才嫁給他的，卻未曾深想這頭銜背後隱藏著什麼，看到他和霍驍練武她才發現自己有多後知後覺，原來他的武藝如此精湛，毫不遜於朝中任何一名武官，若自己還是從前的歐汝知，也忍不住想跟他練練手呢。

思及此，王姝的笑聲又遠遠地傳了過來。「相公，你快加把勁，我今天能不能玩個痛快就全靠你了啊！」

霍驍格開薄湛的拳頭，趁著空隙回道：「放心吧，看我的！」

說著，他忽然化拳為掌甩出一套連環招式，兩旁積雪皆被內勁帶至半空中，化作寒霰迅速射向薄湛，薄湛不知怎地居然愣了愣，反應過來時氣流已逼至身前，他蘊足內力猛地出拳相擊，只聽砰然一響，雙方各退了半步，不相上下，只是薄湛弄了一身雪，看起來甚是好笑。

「罷了罷了，讓你們去狩獵便是，下次若還是只有一副弓箭，我可不來你們這山居了。」

他斂氣收拳，把笑得前仰後合的王姝和霍驍扔在身後，滿臉無奈地往屋裡走去，才一開門，那抹素淡的麗影就撞進了眼簾，他頓時挑起了眉頭。

「什麼時候醒的？」

「醒了一陣了。」衛茉闔攏窗戶，轉過身正對著他，目光灼灼，深入他的眸心。

如果她沒看錯，方才霍驍使的正是她慣用的那套掌法，可薄湛為什麼突然愣住？若不是停了那一下他根本不會輸的，然而這個問題注定沒有答案，她從薄湛眼中看不到任何蛛絲馬跡。

「也不把衣服穿好，山中寒氣迫人，小心凍著。」薄湛走過去習慣性地伸手抱她，忽然想起自己身上既是雪又是汗的，旋即又把手縮了回去，轉而囑咐道。「我去沐浴，妳冷的話就回床上待著，等會兒吃完飯帶妳去釣魚。」

衛茉輕輕頷首。

薄湛脫下外套隨意扔在椅子上，從櫃子裡拿了要換的中衣便朝浴池去了，走到一半似乎想起了什麼，又回過頭問她。「茉茉，妳是不是不喜歡釣魚？」

衛茉看著他的眼睛，從中瞧出了一絲小心翼翼，她的心不由得一軟。

換作以前她定是不喜歡這種安靜乏味的活動，但現在這個身子是肯定禁不起折騰的，與其讓他們玩得不痛快，倒不如老老實實選擇力所能及的事來做，大家都舒坦。

想到這，她淡然答道：「我喜歡吃魚，能釣幾條就要仰仗侯爺了。」

「好。」心中顧慮消失，薄湛露出笑容，轉身撩起簾子進去了。

用過早膳之後，兩對夫妻約好午時回山居碰面，然後就各自出發了，山裡積雪有點深，薄湛一手拎著釣具，一手牽著衛茉緩緩往前走，起初衛茉對這親暱還有些不習慣，可見他時不時回頭叮囑幾句，生怕她累了摔了，她也收起對他的冷待，反而不厭其煩地回應著他。

到了湖畔，放眼望去天地同色，結冰的湖水就像面光滑的鏡子，潔白如玉，毫無瑕疵。伸手貼近冰面立刻就能感受到裊裊上升的霜氣，調皮地撓著掌心，帶來冰涼而刺癢的觸感。

兩人先在岸上生了火，又選了個淺灘鑿冰砸洞，衛茉從未這樣釣過魚，不免有些好奇，就蹲在冰面上看著薄湛弄。薄湛手裡拿的機關甚為小巧精緻，下端抵在冰面上再扳動左右的齒輪，一下子就鑿出個裂縫來，來回個十幾次一個狹窄的釣洞就打好了。

「想不想試試？」

薄湛拎起釣竿看向衛茉，她遲疑須臾，旋即點了點頭，薄湛揚唇而笑，伸手將她拉至懷中坐好，然後把竿子交到她手裡。

「中午吃什麼可就看你的能耐了。」

「若是一條也釣不上來怎麼辦？」

衛茉偏過頭看著他，卻見他一派輕鬆地答道：「那就等著吃霍驍他們的好了。」

「這天寒地凍的他們能打到什麼野味？可別抓些亂七八糟的東西回來。」衛茉正過身子握緊了魚竿，一副靠他們不如靠自己的模樣。

薄湛見她認真起來遂將雙手覆了上去，牢牢裹住那對細嫩的柔荑。

「抓穩了，魚要上鈎了。」

這鈎子才剛下水不久，怎麼會立刻就有魚來？衛茉以為他在糊弄自己，誰知手心猛地一沈，一股力量拽著她往前跌去，同時魚竿劇烈地抖動起來！

薄湛抽出一隻手把她勾回懷裡，隨後又握回魚竿上，擎制著魚線不緊不慢地畫著圈，任冰窟窿裡的水花翻得再高都紋絲不動。衛茉的手被他夾在中間，很快就滲出了細汗，連帶著魚竿上也滑膩膩的，幾欲脫手而去。

「我抓不住了。」又抵擋過一波魚的掙扎，她如是道。
「不要緊，有為夫在。」薄湛托住她的手肘，穩如泰山。
未過多時，狂肆掙扎的魚兒終於失力，水面的漣漪也漸漸散去，薄湛略一使勁，魚竿高高揚起，帶出一條活蹦亂跳的肥魚。
這也太快了……
衛茉有些目瞪口呆，卻不知這般模樣落在薄湛眼裡有多可愛，他忍不住攬緊了她的腰，貼著她的臉頰低聲問道：「要不要再試試？」
她剛要說話，突然腳下一陣地動山搖，清脆的碎裂聲響起，似千里之堤驟然開裂，令人毛骨悚然。薄湛面色微變，眨眼間攬著她掠回岸上，緊接著巨大的轟隆聲在遠處炸響，彷彿有什麼東西重重砸在地面，隨後一切都沈寂了下來。
衛茉回頭看去，冰面四處龜裂，猶如摔爛的鏡子一般，倒映出支離破碎的光影。
薄湛眺望片刻，找了個安全的背風處，把她帶到那裡，然後說道：「我過去看看，妳待在這裡等我，別亂跑。」
說完他騰起輕功往來時的方向飛去，不久便折返。
「怎麼樣？」衛茉急急上前詢問。
薄湛沈著臉說：「山腰上發生了小雪崩，路被堵住了。」
衛茉聞言愣住了，從山居到湖畔只有這一條路，再就是冰冷的湖水和茂密的樹林，這叫他們怎麼回去？

「這雪一時半刻化不了，我們只能另謀出路了。」薄湛安撫著她，目光在四周繞了一圈，很快就有了主意。「湖面已經裂開了，我們不能從那兒走，反倒是樹林裡安全些，趁著天還亮，走出去應該沒有問題。」

「也只能如此了。」

衛茉任他牽著走入樹林中，沒走多久便發現要繞遠路，只因剛才那下震動路面憑空多了許多碎石，好在薄湛方向感很強，沿途還用樹枝標記了，所以他們才沒在裡面迷路。

就這樣走了半個多時辰，光線越來越暗，枝蔓橫生，巨木擋道，衛茉漸感吃力，腳下一個沒注意差點被絆倒，幸好薄湛眼明手快地撈住了她。

她忽然有些氣悶。憑薄湛的武功而言，獨自掠過湖面回到山居是一點問題都沒有的，就因為帶著她才要在這林子裡轉來轉去，她完全無法接受這樣累贅的自己。

薄湛豈會不知她心裡在想什麼？

「茉茉，過來。」

他輕聲喚著，把陷入厭己情緒中的衛茉拽了出來，她不想讓他看出些什麼便垂下眼眸走了過去，剛一走近就被他扯進懷中，俊顏在眼前不斷放大，直至鼻尖相抵，他微一側頭，就這樣吻上了她的唇。

她愣愣地杵在那兒，從頭冰涼到腳，熱氣卻一直往嘴裡灌。

「還累嗎？」片刻過後薄湛突然問了這麼一句話，還意猶未盡地舔了舔唇。

反應過來的衛茉立刻推開了他，氣血直往腦門上湧。

他當他是蟠桃轉世嗎？啃一啃、咬一咬就精神百倍？

薄湛瞅著她那張因羞怒而變得嫣紅的臉蛋，恨不得把她拽過來再吻一通，卻是硬生生忍住了，轉手解下狐皮大麾罩在她身上，幫她繫好絲帶，然後背過去微微蹲下了身子。

「我倒是不累了，上來吧。」

衛茉呆了呆，腦子這才轉過彎來——敢情在他眼裡她才是那顆蟠桃？

薄湛見她不動便回身拽了下她，她一下子撲倒在他背上，他立刻揹著她站起來，邊走邊道：「抓穩了，一會兒就到了。」

衛茉遲遲沒把手伸過去，滿心彆扭地說：「你放我下來，我自己能走。」

「聽話，茉茉。」薄湛聲線柔和，似溫水化藥般一點點化開她難解的心結。「妳我是夫妻，何必分得那麼清楚？現在我尚有力氣揹妳，以後老了還要靠妳來扶我。乖，把手給我。」

老了……他們會有那一天麼？她從未想過這個問題。

「侯爺，或許我們……」

「沒有或許，茉茉，我們會白頭偕老。」

後來兩個人在林子裡繞了一個多時辰才出去，到達山居與霍驍王姝會合之後四人迅速離開此地返回天都城。

一路上衛茉被薄湛妥善地照顧著，除了有點累倒也沒別的事，反而是薄湛不小心染上風寒。為免傳染給衛茉，薄湛白天甚少與她待在一起，晚上便主動搬到書房去睡，只是偶爾過來看看她有沒有按時吃飯睡覺，誰知下人傳來傳去的竟演變成兩口子為了同房之事在冷戰，頗讓人哭笑不得。

衛茉從留光口中也聽到了傳言，卻懶得解釋，她腦袋裡正想著更重要的事。

嫁進侯府月餘，薄湛每日與她同床共枕，形影不離，她根本沒有單獨出去的機會，眼下卻是個好時機，她想藉此機會回歐家老宅看一看，希望能找出與案情有關的線索。

當天夜裡，她讓留風引開後門的守衛，獨自溜出了侯府。

歐家老宅在城西，從這邊過去要走一段不近的路，而且門前有條極其寬敞的大馬路，就這麼不加遮掩地闖進去很容易被人注意到，好在春節未過，家家戶戶都閉門不出，這個時間點街上連打更的人都沒有，所以她只要繞開城中巡邏的士兵，再從宅子的側門溜進去即可，肯定不會被人發現。

雖說要冒些風險，但衛茉並沒有帶上會武功的留風，畢竟這是她的底牌，一旦暴露就全完了，所以她只能靠自己。

寒風襲來，颳得臉頰生疼，她裹緊了暗色斗篷，沿著長街一路埋頭疾行。

蒼穹如墨，星燈杳杳，當整座天都城都沈入甜美的夢鄉之後，衛茉終於到達了歐府門前，她不動聲色地走進去，然後闔上門，回過身來，眼前的一幕讓她愣了半天。

焦黑的門框，碎裂的瓦礫，幾條樑木歪歪斜斜地橫在道上，將斷未斷。庭院之中的雜草已長至小腿，夾雜著積雪和枯葉，幾乎無從落腳，她從前最喜歡的那池鯉魚已經不見蹤跡，只剩下半池渾水散發著陣陣惡臭，令人作嘔。

這哪裡還是她住了十幾年的家？

復生後她打聽過歐家的情況，知道在父親被處斬之後自家宅子就被憤怒的百姓點火燒了，雖然京兆尹及時派人滅了火，但宅子已被毀去大半，就這麼狼狽地矗立在城西的大街旁，沒人去管，也沒人敢買下這塊地重新築屋，就這麼廢棄了。

聽歸聽，誰曾料到親眼目睹會讓她這般難受？

衛茉邁開發僵的腿從圍牆下緩緩繞到後院，依次走過寢居和偏廳，最後來到書房前，她掏出懷中的夜明珠，柔和的光暈下只見門扉在風中搖搖欲倒，不時發出吱呀的響聲，莫名驚人，她揮袖撣開纏繞在上面的蛛網，彎下身子走了進去。

相比於前院，書房算是保留得比較完好的，可無論是筆墨紙硯還是壁畫玉雕都不見了，想必是被毛賊趁亂偷走了，屋子裡什麼都沒有，衛茉翻遍了能裝東西的地方，皆是空空如也，找不到丁點兒有用的線索，實在令她有點沮喪。

時間不多，她不能浪費在這上面，遂又打起精神回憶起父親生前的習慣，暗自猜測著他可能會把重要的東西放在哪兒。想了一會兒，她突然轉身走到博古架前開始上下摸索，蹭得滿手都是焦灰。

依稀記得這裡是有個暗格的，如果沒被賊人發現的話應該還會存了些東西……

她正皺著眉頭，只聽咔的一聲，掌心貼著的地方有什麼東西彈了出來，她眼神驟亮，迫不及待地掏出那個盒子，打開之後卻怔住了。

什麼都沒有。

她尚且來不及失望，耳後風聲驀然凌厲起來，直往她後腦勺而來，她敏銳地察覺到了危險，立刻彎下腰就地一滾，只可惜這具身體跟不上她思考的速度，瞬息之間兩枚鋼釘就戳到了她身上！

呼吸停止了幾秒，隨後衛茉忽然吐出一口濁氣，竟在這危險無比的氣氛中生出一種哭笑不得的感覺。

這暗器是連在暗格上的，只要有人打開暗格就會觸發，設定此物的人參照的是普通人的身量大小，衛茉這個病秧子太瘦了，活脫脫被卡在鋼釘中間，居然毫髮無損……

儘管如此，她還是被定在博古架上動彈不得，以防萬一還是盡早離開這裡的好，說不定埋下機關的人很快就會趕過來。

衛茉撕開外衣迅速從中間滑了出來，撿起夜明珠就往外走，將將走到院中，幾抹白光倏地從角落裡閃過，她立刻把夜明珠藏入袖中，誰知還是被人發現了，劍氣從四面八方湧了過來，她連連後退卻撞上了廊柱，再也無路可退。

糟了！

她臉色煞白，正要咬牙迎著一波劍氣突圍出去，有個黑影突然從天而降，撈起她幾個飛落便竄出了包圍，隨後騰起輕功躍上屋簷，一個轉身便不見了，幾名持劍的黑衣人露出了真身，緊追幾步沒有追上，霎時都沈下臉來。

不知奔跑了多遠，停下來的時候衛茉頭暈目眩，站都站不穩。

「誰讓妳來這兒的！」那人低聲斥責著她，聲音明顯壓低了，卻帶著一絲不易察覺的焦急。

衛茉後知後覺地抬起臉，盯著那人蒙首遮面卻格外熟悉的打扮，像是突然通了竅似地睜大了雙眼。

他是那天晚上闖進衛家的那個人！

她一句話都沒說，直接伸手去扯他的面罩，他反手擒住，卻是輕柔地扣在掌心之中，也沒有計較她的唐突之舉，反而低笑道：「就知道妳要來這招。」

衛茉既羞惱又心驚，當下便忍不住開口問道：「你究竟是誰？為何會尾隨我到此？」

那人沒答，只沈聲道：「以後不要再來歐府。」

衛茉冷冷道：「用不著你管！」

這人話裡話外竟像是知道她來歐府的目的一樣，她越想越覺得後怕，遂使勁掙扎起來，豈料那人閃電般抽出一隻手劈在她頸間，她立刻失去了知覺，軟軟地倒進他懷中。

「為夫不管誰來管？」薄湛扯下面罩低聲嘆了口氣，打橫抱起她往侯府而去。

這女人，一晚上沒看住她就鬧出這麼大的動靜來，真是要把他嚇死才甘心！

說起來是巧，他半夜醒了，怕自己不在身邊的衛茉又踢了被子，便想著去房裡看看她，這一看可好，枕頭是涼的被衾是空的！他當場就變了臉色，抓來兩個婢女一問，竟告訴他衛茉單獨出去了，差點沒把他氣出心病來！

外頭天寒地凍又烏漆抹黑的，她一個人是要去哪兒？

他在房中來回踱步，細細思量著侯府守衛和兩個婢女的說詞，突然停了下來。

她肯定是去歐府了！

思及此，他臉色更加難看了，衛茉不知道那件事，他和霍驍卻很清楚，歐府早就被人設下了陷阱，就是想藉此看看還有沒有御史案的漏網之魚，她這一去正好中計！一想到她有可能已經被人抓住或是直接殺死，他的胸口就似被戳了一個洞，止不住地發涼。

於是他馬不停蹄地趕到城西，進門剛好看見衛茉被黑衣人圍攻，嚇得他的心差點從嗓子眼裡蹦出來，連忙一個俯衝下去救走她，奔出幾里地之後見沒人追上來才微微鬆了口氣，她卻像是不知道自己剛剛死裡逃生，轉過背就來掀他的面罩，簡直讓他無奈。

他真是不知該拿她怎麼辦才好了，想到回家還有一場戲要演，頓時又嘆了口氣。

回到侯府不久，衛茉就悠悠醒轉，四下打量之後發現自己居然睡在外間的搖椅上，正當她滿頭霧水之際，薄湛竟然推門而入，她霎時渾身一僵。

他不會已經發現自己偷偷出去過了吧？

衛茉迅速思索著對策，怎奈腦子裡一團亂麻，完全拼湊不出後來發生的事，突然一道暗影籠罩下來，她被擁入一個溫暖的懷抱之中。

「怎麼躺在這兒？是不是沒有為夫在身邊睡不著？」

衛茉沒想到他一上來就油腔滑調，自己準備好的說詞全都堵在喉嚨裡，一時臉色發青，半天沒吱聲。

薄湛輕笑著去吻她的面頰。「我也睡不著，搬回來算了。」

把風寒傳染給她總比被黑衣人捅幾刀好。

他斂去情緒微微使勁將她抱了起來，手臂不經意抽痛了下，眸光一轉，發現雪色寢衣竟染上了斑斑點點的血跡，想必是方才在歐府弄傷了手，換衣裳時又沒注意，這才帶了過來。

他不動聲色地把衛茉放在床上，迅速彈滅燭火，然後跟著爬上去擠進了被窩。

「你幹什麼，我還沒換……」衛茉忽然摸到了自己身上滑溜溜的絲衣，剩下的話全吞進肚子裡。

難不成是蒙面人送自己回來被留風和留光看到了，鑑於她昏睡著，所以她們就主動替她換了衣服？

薄湛在黑暗中觀察她的神色，不消片刻便知道她在想什麼了，那兩個丫頭已被聶崢嚴肅地威脅過，諒她們也不敢把今夜的事告訴衛茉，她要猜就去猜吧。

「茉茉，過幾日我帶妳去賞花燈可好？」

薄湛翻過身把她挪進懷裡，嘴唇貼在她後頸廝磨著，儼然一副夫妻聊家常的模樣。

衛茉卻沒這個心情，只淡淡道：「侯爺想去就去吧。」

「不是我想去，是想和妳一道去。」他頓了頓，語氣中帶著若有似無的悵然。「很久前就想帶妳去，只是未能成行。」

衛茉正琢磨著那些黑衣人的來歷，並未注意到他說了些什麼，所以也沒答話，他卻突然將她壓在身下，強行中止她的思緒。她心頭火氣不斷往上拱又不斷被壓下去，最後閉了閉眼，吐出一句話。

「侯爺，你不睏嗎？」

「睏啊。」

薄湛輕巧地答著，看似要從她身上翻下去卻陡然吻住她的唇，她先是驚得睜大了眼，在他的手覆上額頭輕輕撫摸一陣之後竟生出些許睏意來，長睫搧了兩下然後深深垂低，任他的淺吻滑過眼角，再未曾抬起。

「睡吧，小知。」

第九章

每年元宵節天都城都會舉辦花燈會，輝光綿延數十里，四處可見銀花絳樹，翠羽明璫，護城河上更是浮起萬盞金蓮，燦若龍鱗，既點綴了佳節，也點綴了人們雀躍的心。

如此盛景自然不能錯過，平時不大出門的世家小姐都傾巢而出，薄玉嬌也不例外，還沒到傍晚就開始梳妝了，只為在那一片浮翠流丹中更引人注目。

「小姐，是戴這支翡翠玉蝴蝶簪子還是這支嵌寶牡丹金步搖？」

薄玉嬌瞥了眼婢女手裡捧著的兩個盒子，道：「戴金步搖吧，新製的那條煙水百花裙拿回來了嗎？」

「小姐放心，早就拿回來了，梅兒正熨著呢。」

薄玉嬌嗯了聲就把頭轉回去了，婢女繼續為她梳理雲鬢，邊上的馬氏看著女兒一門心思全撲在打扮上不禁略微心急，忍不住舊事重提。

「嬌兒，娘下午跟妳說的話，妳聽進去沒有？」

「聽進去了。」薄玉嬌懶懶地答道。

「那妳再想個辦法啊，現在都拿不住二房，等那小蹄子生出個嫡重孫來就完了，妳哥哥這爵位還有什麼盼頭？」

「您急什麼？這爵位是說搶就搶的嗎？」薄玉嬌一邊撥弄著塗滿蔻丹的指甲，一邊慢悠悠地說。「哥哥剛回來，正是在家中建立聲望和威信的時候，我們貿然對二房下手反而容易拖累他，萬一讓祖父祖母察覺到可就前功盡棄了。」

馬氏噎了噎，反問道：「那……那難道我們什麼都不做？」

薄玉嬌勾起紅唇深沈地笑了笑，與之前展露在眾人面前的嬌憨模樣判若兩人。「過年時宮中御賜下來的那些東西，您都照我所說的幫祖母分發到各房去了吧？」

「幾天前就發完了，怎麼？」

薄玉嬌站起來攏了攏高聳的髮髻，笑得越發深邃。「沒怎麼，您就等著看好戲吧，邱瑞約我看燈，我就不與您多說了。」說完她就走進內室更衣去了，留下一臉茫然的馬氏，半天都沒弄明白自己女兒葫蘆裡賣的是什麼藥。

此時侯府的另一邊——

「嫂嫂，妳拾掇好沒有，燈會馬上就開始了，我們得快點！」

「來了。」衛茉隔著門簾虛應著，然後瞅了眼手裡喝了一半的補品，嬌容寫滿無奈。

薄湛見狀奪過玉盞放到一邊道：「過幾日我就要開始給妳運功驅寒了，娘送來的這些東西不喝也無所謂的。」

「……算了，我還是喝吧。」衛茉又把玉盞端了回來，咕嚕幾口喝光了剩下的湯水。這些珍貴的補品都是喻氏精挑細選的，每天變換花樣熬好了送來，無非是想給衛茉補補身體，她不忍心拂了喻氏的這番好意，即便不愛喝也照單全收。沒辦法，誰叫她是個體虛氣弱的病秧子呢？

「漱漱口吧。」

薄湛倒了杯溫水給她，喝完兩人便走出房間，外頭的薄玉致早就等急了，一邊催她們上馬車，一邊跟婢女嘀咕些什麼。衛茉仔細一聽，頓時啼笑皆非，因她在問婢女有沒有把薄玉蕊綁上車。

那婢女自小陪薄玉致練武，也會些拳腳功夫，對付十個薄玉蕊都不在話下，所以答案是肯定的，只不過剛點頭就遭到了薄湛的訓斥。

「玉蕊身體不好，這天寒地凍的，妳老攛掇她出去玩幹什麼？」

薄玉致梗著脖子回嘴。「什麼身體不好，我看她就是在前年的宮宴上受了驚，回來就落下了心病，這才一直病怏怏的，多出來玩玩說不準就好了呢！」

「淨說些歪理。」

薄湛一記眼風颳來，她頓時躲去衛茉身後，從肩膀上伸出小腦袋對薄湛做著鬼臉。薄湛彷彿已經習慣她拿衛茉做擋箭牌了，也懶得理她，轉頭就拉著衛茉出去了。

上了馬車，薄玉蕊果然已經等在裡面，抱著懷爐怯生生地打著招呼，薄玉致湊過去坐在她邊上，摟著她的肩誇她打扮得漂亮，她立刻甜甜地笑了，就在這一瞬間，衛茉忽然覺得薄家三姊妹裡最像老夫人的其實是薄玉蕊，只不過平時一直被羞怯的神態掩蓋，讓人看不分明罷了。

待四人坐好之後，聶崢便駕著馬車向天街駛去，約莫過了一炷香的時間，馬車的速度漸漸慢了下來，聶崢隔著帷幕稟報說前方人潮洶湧，只能步行過去，於是他們逐一下了車。

一年一度的花燈節確實盛況空前，不光道路擁擠，連兩旁的亭台樓閣上也全是人，薄玉致嫌他們二人走得慢，拉著薄玉蕊飛快地竄得沒影了。薄湛護著衛茉小心前行，心裡有點後悔帶她來這人擠人的地方，不過一轉頭看到她臉龐上閃著愉悅的光芒，又覺得值得了。

此時，正中央的人流忽然分開了，一個雜耍團從遠處緩緩走來，有魁梧大漢手持鋼絲掠過篝火在胸前背後來回旋轉，將火球舞得風生水起，還有穿著奇裝異服的高蹺人沿街唱跳，寬大的水袖一甩，竟抖落出無數糖果，引得眾人紛紛彎腰去拾。

一片熱鬧之中，衛茉獨被後方那條栩栩如生的火龍吸引了，從身前遊過時更是眼都不眨地望著，薄湛伸手為她遮了遮光，柔聲問道：「喜歡這個？」

她點頭。「紮得很精緻。」

薄湛攬目四望，發現遠處有個攤子上有類似的火龍燈，只是人山人海，難以成行，於是他把衛茉安置在邊上的巷子裡，道：「我去買一個回來給妳，妳站在這裡別亂跑。」

這還是第一次有人要買花燈給她，往年別說買了，看的都少，唯一一次是與秦宣一起，她性子冷不愛說話，弄得他十分局促，一路上小心翼翼，唯恐逾矩，在這種氛圍下自然不會有什麼令人愉悅的互動。

而薄湛則與他大不相同，即便衛茉時時冷面以對他也毫不放在心上，要麼霸道，要麼耍無賴，她氣歸氣，卻是一點辦法都沒有，甚至越來越習慣這種方式，真真是應了一句話——烈女怕纏郎。

拉拉雜雜地想了一堆，衛茉這才發現已經被人潮擠到巷子的另一頭，出口是條老街，安靜許多，只有幾座茶寮和紅樓還疏落地亮著燈，偶爾經過幾個提燈的少男少女，正嘀嘀咕咕地抱怨著人太多，看樣子也是被擠過來的。

衛茉正準備回頭去找薄湛，眼角一道光影晃了晃，她下意識轉過頭望去，登時瞠目結舌——薄玉蕊正孤零零地站在隔壁的巷子口，提著一盞白兔燈遠遠地望著她，表情與白兔如出一轍。

「玉致呢？妳與她走散了？」

薄玉蕊泫然欲泣地點點頭。

衛茉嘆了口氣，上前挽住她的手，心想真是碰得巧，讓她撿到了薄玉蕊，不然這茫茫人海的，她嗓子哭啞都不見得能找著他們。話說回來這薄玉致也真是糊塗，明知道薄玉蕊身體不好又沒什麼自理能力，怎麼也不看緊點？萬一出了什麼事，回去不被長輩們罵死才怪。

想到這裡，衛茉露出些許無奈之色，主動牽過薄玉蕊的手說：「我先帶妳去跟侯爺會合，再一起去找玉致。」

見薄玉蕊再次點頭，於是衛茉拉著她往回走，就在這時，長街深處突然響起了馬蹄聲，短促而急切，片刻間就已飛奔到身後，好巧不巧的，白兔燈的紅鼻子掉了，叮叮噹噹一直滾到了路中央，薄玉蕊低身就去撿，絲毫沒意識到危險，騎馬之人閃避不及，瞬間臉色大變。

「讓開！快讓開！」

在他驚慌的吼聲中一抹素影撲了過來，抱著薄玉蕊就地一滾，堪堪避開了飛馳的駿馬，直到撞在路旁民宅的石墩上才停下來。

黑暗中半晌無聲。

薄玉蕊頭昏腦脹地爬起來，看見衛茉橫倒在旁邊才明白發生了什麼事，頓時嚇得眼淚都出來了，抖聲問道：「嫂嫂，妳要不要緊？」

「我沒事。」衛茉隨口安慰著她，試著撐起身子，肩胛處忽然傳來劇痛，眼前頓時金光亂閃，她手一鬆往地上倒去，一道穩健的身影及時趕到，接住了軟倒的嬌軀。

「茉茉！怎麼回事？傷到哪兒了？」

衛茉看見薄湛頓時心口一鬆，喘了幾口氣才道：「肩膀……好像脫臼了。」

薄湛面色一變，伸手覆上她的肩骨，只輕輕一碰她就白了臉，他狠下心按了按，發現骨頭確實錯位了，而衛茉已疼得癱軟在他懷裡，渾身都是汗。

「茉茉，妳現在不宜移動，我先幫妳正骨，妳忍一忍，很快就好了。」

以往打仗受傷都是家常便飯，只是不知為何到了這具身體上就這麼疼，但儘管如此，衛茉眼睛眨都沒眨，只輕聲道：「來吧。」

薄湛小心地讓她趴在自己肩膀上，一手扶著她的背一手握著她的肩，沈聲道：「疼就咬我。」說完，未等衛茉反應過來他猛地按住肩骨一推，只聽一聲脆響，骨頭順利復位，而衛茉也在同時狠狠地咬住他的肩膀，儘管痛入骨髓，他卻低沈地笑了。

「下嘴真重。」

衛茉嚥下一口血腥，聲音微弱地說：「你讓我咬的。」

「是，別咬著自己就好。」薄湛笑意不絕，略微使力將她打橫抱起。「別亂動，我抱妳回車上，還要去醫館固定一下。」

薄玉蕊立刻小碎步跟上，眼角還掛著淚。衛茉看了看她，又看了看她手裡的白兔燈，心裡只覺累得慌，倚在薄湛肩頭不說話了。

之後三人一起回到車上，又在醫館折騰了許久，戌時才回到侯府，彼時薄玉致已經到家了，薄湛沈著臉訓斥了她一頓，然後抱著衛茉回了房間，直到燭火熄滅衛茉才想起一件事。

「侯爺，我的火龍燈是不是沒了？」

薄湛一怔，想起自己走出巷子看見她橫躺在石墩下早已嚇得魂飛魄散，哪還顧得上手裡的燈？估計是甩到哪個角落裡去了吧。

「趕緊睡覺，明天再買一個給妳。」

衛茉閉上了眼。

過完元宵節，薄湛每天都要上朝了，院子裡冷清了不少，可令衛茉意外的是從不主動與人接觸的薄玉蕊過來探望了她好幾次，或許是心有歉疚，都不太敢說話，衛茉把她當作小孩子安慰了幾句，顯然十分受用，言談舉止也逐漸放開了。

不過話說回來，同樣都是十六歲的年紀，薄玉蕊跟薄玉媱完全是兩種作風，怎麼看都不像是同一個屋簷下走出來的姊妹，衛茉每想到此便覺得幸好不必經常應付她們，否則不知該有多費神。

就這樣又過了半個月，衛茉的肩傷好得差不多了，她猶豫著是不是要去霍府串串門，看能不能找到契機跟陳閣老或秦宣搭上線，誰知念頭才起就被突如其來的噩耗掐斷了。

這天，薄湛比往日回來得都要晚些，衛茉已經睡著了，他在黑暗中躺下，習慣性地將她輕輕挪到懷裡，沒想到摸來一手黏膩，彈亮燭火才發現她渾身是汗。

他有些奇怪，早春尚冷，衛茉的體質又偏寒，按理說不會熱成這樣，但見她睡得迷迷糊糊的也不好多問，只悄然下床去衣櫃裡取了件絲衣來，準備替她換上，誰知剛扯開腰間的絲帶她就醒了，鳳眸迷濛了一瞬間陡然睜大，防狼似地盯著他。

換作平時薄湛早就笑出聲了，今天卻只是揉了揉她的臉，淡淡道：「醒了？正好換件絲衣再睡。」

衛茉也感覺到自己濕汗連連，於是從被窩裡爬出來，一邊接過薄湛手中的絲衣一邊推了推他，待他轉過身去，她立刻乾淨俐落地換好了衣服，神態無一絲忸怩，彷彿已經習慣了這種模式。

明明才過幾個月同床共枕的生活，卻像是相伴數十年的夫妻一樣，這種感覺奇特到她也找不出原因來，從一開始有些抗拒到至今卻極為適應，甚至是……有些喜歡的。她能感覺到薄湛也很中意這樣的模式，可不知為何，他今天並沒有像之前那樣笑嘻嘻地來挑逗她，似乎有心事。

薄湛把髒衣扔進竹簍，轉身躺下來摟她入懷，也不睡覺，失神地盯著天頂，似要將那螺旋花紋盯出個洞來。

到此刻，衛茉終於能夠確定不是自己敏感，而是他心裡確實藏了事，於是掐去了最後一絲睡意，輕聲相詢道：「侯爺？」

薄湛回神，微微側首，薄唇劃過她光潔的額頭，漏出幾個低音。「嗯？怎麼不睡？」

「發生什麼事了嗎？」她直截了當地問道。

薄湛沈默了許久，久到衛茉以為他睡著了，誰知他忽然側過身緊緊地抱住她，力道之大，似要將她揉入骨血一般，她被箍得動彈不得，勉強抬起臉來，瞧見那雙深不見底的烏眸，心底忽然有不好的預感。

「茉茉，近來天都城不太平，好幾個朝廷要員都死於非命。」他緩緩頓住，語聲直線下降，沈重得猶如被雨點打濕的紙船一樣。「今天上朝的時候霍驍告訴我，昨天夜裡，陳閣老也不幸身亡了。」

衛茉渾身一顫，呼吸瞬間停止。

他一定是在開玩笑，那個當年在四國論道中舌戰群儒的人，那個德高望重深受無數官員敬仰愛戴的人，那個待她如親生女兒一般的人……怎會如此輕易就死了？

不可能，這消息定是假的。

她身形驟然拔起，欲直奔霍府親自向霍驍求證，在視線對上薄湛的一剎那，所有理智如數回籠，於是不知不覺地軟下身子，垂下頭不作聲了。

不能忘了她現在的身分，她是衛茉，不是歐汝知，也不認識什麼陳閣老，所以即便一顆心被丟進海沙裡磨得鮮血淋漓，表面上還是要維持鎮定。

薄湛看著她強抑痛楚的模樣著實難忍，卻又不敢向她坦白，因為這是他和霍驍、王姝共同商量後的決定，意在保護衛茉，不讓她涉足其中。現在的她顧慮著身分不敢亂來，若知道他們早已發現她是小知，肯定不顧一切追問歐家的舊案，到時便什麼都藏不住了。

「凶手查出來了嗎？」衛茉垂著長睫輕聲問道。

「還沒有。」薄湛一下下撫著她的墨髮，語調沈緩如水。「朝中現在人心惶惶，皇上已委任三司徹查此案，十日之內會還他們一個公道。」

三司？……這麼說來大理寺、霍驍所在的刑部和薄潤剛剛上任的都察院都會參與此案，如此龐大的陣仗，應該很快就會查到凶手吧？

衛茉揪著一顆心，腦袋裡翻來覆去想的都是這些，她實在不明白一個致仕多年的閣老會對誰造成威脅，殺了他又能得到什麼。

「其他幾個被殺的官員是位高權重之人嗎？」

「不盡然，大大小小的都有，沒什麼規律可循。」

薄湛答得很真實也很模糊，有刻意安撫之嫌，衛茉卻沒聽出來，還想多問些什麼他卻打了個哈欠說：「睡吧，別怕，我已讓聶崢增加了守衛，侯府很安全。」

說完，他手臂緊了緊，半截身子從背後壓過來，沈沈地覆在她背上，像似倦極，如此一來她也不好再問，只得默默閉上了眼睛，某個想法卻從心底油然而生。

翌日。

薄湛照舊晚歸，不是去大營，而是去了霍府。

書房裡，霍驍早已等待多時，面容冷肅，兩指不停地叩擊著案桌，發出陣陣鈍響，薄湛一到，他無聲地抽出一摞案卷遞到他面前。

薄湛閱覽良久，放下時臉也冷了下來。「北戎刺客？」

霍驍長長一嘆，眼角眉梢深埋著無力。「刑部已經查不出什麼了，大理寺本就是牆頭草，說出什麼鬼話都不出奇，怪就怪在都察院也堅持是北戎刺客所為，你那新上任的弟弟從中可出了不少力。」

「薄潤？」薄湛眼角銳色一閃，透出些許危險的光芒。

「就是他。本來陳閣老、京兆尹和幾位知府的屍體上都查不出東西，他到案發現場只走了幾圈就發現了端倪，然後讓手下去買了幾味藥混在瓷缸裡點燃了，不過半炷香的時間，屍體上浮現出幾個綠點，仵作割了一小塊下來餵白鼠，三秒暴斃，這才知道是毒殺。」

「可他又是怎麼知道的？」

霍驍冷笑三聲，道：「他說這是北戎特有的毒藥，他遊歷時曾見過當地人研製，故而知曉其特性。」

薄湛皺著眉頭。「皇上信了？」

「能不信嗎？煜王和齊王這兩個向來不對盤的人都一致支持他，朝中上下誰還敢打反口？這不，三司的人都已經秘密派到天都城各大藥鋪去了，說是要找出製毒之人。」

「不對，事有蹊蹺。」薄湛瞇起眼，扣著桌角的五指緩緩收攏。「薄潤是煜王舉薦的，齊王不使絆子就不錯了，怎會支持他？可見這些官員的死一定沒有那麼簡單。」

霍驍沈吟了一陣，道：「那幾個芝麻官我都查過了，上任不足三年，沒背景沒身家，平平無奇，京兆尹張勤也是清清白白之人，從不涉入黨派，所以他們之間根本沒有能聯結起來的地方。」

「若其他人都是為了掩蓋凶手真正的目標而被殺的呢？」

薄湛此話一出，兩人都心下一驚，視線在空中交會，共同的答案呼之欲出。

「看來，我們唯有上陳府走一遭了。」

兩人一拍即合，於是在這月黑風高夜各自換上夜行衣，秘密潛入了城北的陳府。

之所以沒有光明正大地來，是因為薄湛有種強烈的預感，凶手很有可能就在他們身邊，且布有眼線，一旦他們懷疑現有的結論就會被凶手盯上，危險且不說，還很容易被人發現他們在秘密調查歐御史的案子，到時就麻煩了。

除開安全的考慮，一方面也是省事，這要是換成霍驍藉公務之由前來搜查，恐怕嘴皮子都要磨半天，而此時此刻不過一壁之隔，幾個飛落便到了目的地——東南角的藏書樓。

月色皎潔，灑滿玉階，薄湛長身立於門前，輕輕掀開一條縫隙，見內裡無人立刻閃身而入，霍驍緊隨其後，順手把門關緊了。

裡面一片漆黑又無法點燈，兩人只能就著微弱的月光翻找著，一炷香的時間過去毫無所獲，無論是表面擺的還是屜子裡收的，全都是再正常不過的書籍資料，沒有任何跟案件有關的東西。

「湛哥，你說凶手會不會已經把關鍵證物拿走了？」

黑暗中，霍驍壓低了聲音問著，薄湛卻未回答，只是緊抿著唇，雙手不斷在書架和牆壁之間摸索，一陣窒息的沈默過後霍驍突然聽到喀噠一響，眼睛頓時亮了起來。是暗格。

薄湛收回扳動機關的手，與霍驍一起走到暗格前，裡面裝的東西不多，只有薄薄的幾張紙，兩人各抽出一張仔細端詳，瞬息之間皆面色大變。

「怪不得……」

霍驍喉頭哽住，突然沒了聲音，再看薄湛亦是牙關緊咬，原來陳閣老跟他們在做同一件事——暗查御史案。

一切都明朗了。

「會是那個人做的嗎？」

「除了他，還有誰敢在天子腳下謀殺重臣？」

薄湛恨恨地攥緊手中的紙，額角青筋畢現，怒意勃發，突然耳邊傳來細微的響動，回過頭驚見窗外一抹黑影飄過，他陡地沈下臉，身形如電疾掠而去，在廊下截住那人的去路，旋即送出一記掌風。

那人動作頗為靈巧，腰身彎成垂柳狀，堪堪躲過一擊，順手拔出靴內的匕首向薄湛刺去，薄湛微微後退，那人立刻抓準時機翻身一躍，穩穩地落在院牆之上，而後飛奔幾步跳到陳府外面，縮進小巷便不見了。

收好東西趕來的霍驍見此情形不禁急聲問道：「怎麼不追？」

「不必了。」薄湛凝望著黑影遠去的方向，眸心厲色盡斂。「那是小知的婢女。」

霍驍愣了愣，不敢置信地問：「……你說什麼？小知她——」

聲音戛然而止，取而代之的是薄湛沈沈的嘆息聲。

「驍，我真不知道那些事還能再瞞她多久。」

第十章

鑑於天都城守備森嚴，要攜帶毒藥進入幾乎是不可能的事，所以三司推斷凶手一定是進到城內才開始製毒，於是搜查了各大藥鋪，很快就查出有奇裝異服的男子曾經買過薄潤所提到的藥材，順藤摸瓜之下找到了其藏身之所。

當夜，齊王親自帶隊圍剿，兩名嫌犯被當場射殺，活捉的那個在關到天牢後沒多久也供出了一切，承認他們是北戎的一個刺客組織，殺害那五名官員純粹是為了引起恐慌，並揚言還會有更多的自殺式襲擊。

皇上聞言大怒，命齊王嚴加拷問，務必找出其他同夥，然而那名刺客卻以詭異的方式自爆身亡了，天牢塌了半面牆，齊王也受了輕傷，一片哄亂之下線索就此中斷。

十天後，在巨大的輿論壓力下朝廷不得不宣佈結案，然後把重心轉移到京郡的治安防護上，煜王連上三道奏摺陳述具體措施，從裡到外滴水不漏。皇帝閱後龍心甚悅，立刻交給下面去實施了，轟動京師的毒殺案就以這種方式落下帷幕。

也不是沒有大臣質疑過這個結果，但恰好趕上懷王打了勝仗班師回朝，在如此喜慶的氛圍之下事情很快就淡去了。

傍晚，靖國侯府。

薄湛早早地從京畿守備營出來，回到家裡進門就看見衛茉魂不守舍地坐在窗下，他走過去拎起外衫罩住她，然後把嬌軀擁進了臂彎。

「坐在這兒也不關窗，當心著涼。」

衛茉轉頭看了他一眼，道：「你回來了。」

侯爺兩個字都沒用，可見她是真沒心情做戲了，其中緣由薄湛再清楚不過，卻半個字都沒提，轉手從袖裡掏出一個紅漆木盒捧到她面前，道：「買了禮物給妳，看看喜不喜歡。」

衛茉怔怔地盯了幾秒，然後遲緩地打開了盒蓋，裡面鋪滿了雪色錦緞，一支羊脂白玉簪靜靜地臥在上面，色如凝脂，溫潤通透，雕的是衛茉最愛的白木蘭，花瓣與枝幹無一絲拼接痕跡，顯然是由一整塊玉雕琢而成，從質地到外形都美輪美奐，無可挑剔。

這肯定不是薄湛月俸買得起的東西。

衛茉一不留神把這句話說出來了，引來薄湛的低笑。「自然不是，娘子管帳，難道不知道我前幾天剛從莊子的銀庫提了五百兩銀子嗎？」

話音剛落，盒子就扔回了他懷裡。

「太貴了，宜賞不宜戴，我不要。」

薄湛挑眉。「妳不戴我怎麼賞？」

衛茉懶得同他多說，掙開鐵臂準備起身，留風忽然從外間急驚風似地颳了進來，剛一張嘴發現薄湛在這兒，硬生生改口施禮。「奴婢見過侯爺。」

薄湛微微皺眉，擺手示意她起身，道：「何事？」

留風有些不自然地說：「晚膳已備好，不知侯爺和小姐現在是否進餐？」

「端上來吧，正好本侯也餓了。」

薄湛攬著衛茉走到外間坐下，菜很快上了桌，色香味濃，讓人食指大動，然而衛茉只喝了碗湯就放下碗箸，似胃口不佳。

「怎麼了，不舒服？」薄湛伸手撫上她的臉。

衛茉搖首，娥眉輕攏，沈默了一刻，隨後忍不住問道：「侯爺，官員被殺之事就這麼結案了嗎？」

薄湛面色有片刻的凝滯，很快又恢復如常，淺聲道：「是結束了，別害怕，不會再出現這種事了。」

「那可不見得。」衛茉勾唇冷笑。

雖然在近幾年經常有北戎的民間刺客組織潛入天朝為非作歹，但自從她讓留風夜探陳府之後，她就十分確定刺客只是個幌子，此事尚有內幕未揭開，而朝廷結案如此之快乃是各方勢力共同推波助瀾的結果，要從中找出與此案真正有關係之人，恐怕不是件易事。

如今陳閣老已死，只剩秦宣一人有可探之機，加上他大理寺少卿的身分，衛茉越發覺得要盡快與他接觸。

薄湛的聲音又宛轉飄至耳邊。「茉茉，妳何必對此事如此上心，雖然是椿駭人聽聞的大案，但說到底與我們並無關聯。」

聞言，衛茉登時豎起了柳眉反駁道：「侯爺，你身為京畿守備營統帥，是朝中二品大員，怎能說出如此事不關己之話？那些北戎刺客殺人動機薄弱，用毒方法詭異，難道不值得深查麼？如此草率了事，簡直……」

「茉茉，已經結案了。」

薄湛沈聲打斷她，心中暗嘆，若不是想讓她盡快放下此事，他怎會說出那種話？偏安一隅向來都不是他的作風，只是為了查御史案很多事都必須要忍，就像這件毒殺案，他和霍驍明明已有懷疑的對象卻不能輕舉妄動，只能在朝中當個隱形人，同時耐心籌謀，等待時機的到來，這些事情衛茉不知道，也不會知道。

「是結案了。」好半天衛茉才吐出這麼一句話，眼底憤怒早已平息，平靜得像什麼也沒發生過一樣，只是心中忍不住失望，對薄湛失望，更對自己失望。

若她還是歐汝知該有多好？不必被困在這具弱小的身體裡，也不必拘於深宅婦人的身分，盡可在朝堂直抒己見，或者親赴陳府與那兩名黑衣人過過招，所有的事情都會變得不同，然而一切已回不去了。

衛茉忽覺胸中憋悶，起身道：「我去外面走走，侯爺自行用膳吧。」

薄湛望著她漸去漸遠的身影，也沒了胃口。

外頭天還亮著，流雲清晰可見，時卷時舒，自由而愜意，衛茉仰起頭望了望，旋即步入庭中，留風立刻亦步亦趨地跟了過來，站在身後欲言又止。

剛才她進房間時神色就不對，礙於薄湛在場，衛茉也不好多問，如今既然跟上來想必是有要緊事，衛茉只好暫且放下心事轉頭問道：「出什麼事了，匆匆忙忙的。」

留風埋著頭輕聲吐出一句話。「小姐，主人回來了，想見您一面。」

懷王回來了？

衛茉沈思片刻，決定去會一會這個師兄。「什麼時候？」

「回小姐，主人聽聞您已經嫁給了侯爺，按禮本該約您日中相見，奈何剛剛回朝，諸事繁忙，惟今晚戌時有空，他非常擔心您的身體，請您務必一見。」

戌時？那就是半個時辰後了，時間並不充裕，要去的話現在就要動身了。

衛茉沒有猶豫，低聲吩咐道：「去備車吧。」

初春的黑夜往往來得很急，上一刻頭頂的天空還是湛藍色的，依稀可見幾隻春歸的大雁，下一刻已經伸手不見五指，當然，這種感覺對衛茉而言是重生後才出現的，以前在冰雪覆蓋的北地，白晝長得難以想像。

衛茉下車的地方是一片翠色欲滴的竹林，緊挨著護城河，林中有一座石亭，飛簷碧瓦，錯落有致的圓柱間站著一個人，身形高眺，昂然挺立。

她從後方的石板路走過去，到了近處緩緩止步，如一枝空谷幽蘭默然靜立，那人耳目靈敏，立時轉過身來，幾個跨步便到了身前，溫潤的臉龐上掛滿笑意。

「茉茉，妳來了！」

衛茉點點頭，神色並無他那般歡喜。

「我聽留風說去年冬天妳一直病著，是不是體內的寒毒越來越厲害了？我這次回來給妳帶了新藥，是與辛國之戰中的戰利品，妳拿回去試試，如果有效，我再讓他們弄些給妳。」

衛茉聞言大震——寒毒！導致她病弱至此的原因竟是寒毒！

她略有些站立不穩，將將扶住欄杆，一雙手臂立刻伸了過來，沈穩地撐住她的手肘。

「茉茉？妳這是怎麼了？不舒服嗎？」那人眼中閃過焦急之色。

「我沒事。」

衛茉退了半步，不著痕跡地與他拉開了距離，那人何其敏銳，馬上就察覺到她的疏離，俊容浮起些許落寞，低嘆道：「沒想到我去了韶關一年多，回來什麼都不一樣了，府裡、朝中處處變得陌生而戒備，連妳也與我生分了。」

回答他的只有一片窒息的靜默。

那人就著微光仔細地凝視著衛茉的側顏，白皙光滑，與記憶中一模一樣，然而那淡漠的神情卻十分陌生，若不是留風、留光都在這裡，他恐怕會以為這是他人冒充的了。

「妳是不是還在怪師兄？」他唇邊泛起苦笑。「這次師兄不會再走了，會在天都城守著妳把病治好，妳氣也好怨也罷，儘管發洩出來，師兄都受著。」

衛茉並不知道從前的她是怎麼想的，但她覺得她應該代表現在的自己回答這個問題，或許說清楚了兩人來往便不會太密，她也不必費神應付他了。

「師兄，我沒有怪你。」

「是嗎？」他動作嫻熟地揉著她的烏髮，聲音卻略顯沈滯。「可妳見到師兄回來好像並不高興。」

「那是因為我已經嫁人了。」衛茉緩慢卻堅定地拂開他的手，話鋒十分犀利。「按照侯府的規矩我此刻不該出現在這兒的，師兄應該明白。」

他長嘆一口氣，難掩失落。「是啊，妳已經嫁人了……」

物是人非事事休。

衛茉不欲多談，斂衽道：「太晚歸家恐遭詬病，師兄若無他事的話，我先告退了。」

「等等。」他從袖間掏出一對瓷瓶遞給衛茉。「把藥帶回去吧，我不能時時來看妳，妳也讓我安心些。」

衛茉沒有推辭，接過來交給留光，再施禮，隨後沿原路離開了，留下一道娉婷的背影倒映在他眼中久久不退。

「爺，您也回去吧，時候不早了，一會兒不是還約了張大人談事嗎？」

他擺擺手揮退了侍衛，身軀微微一轉，對竹林深處揚聲道：「阿湛，看了這麼久了，還不出來嗎？」

幽暗的竹影晃動了一瞬，薄湛平空出現在石亭前的空地上，身形快得讓人無法察覺，侍衛嚇了一跳，腰側鋼刀刷地出鞘，被薄湛冷冷一瞟，氣勢頓時弱了下去。

「退下吧，他是本王的表弟。」

護衛垂首隱至角落裡，耳旁傳來薄湛嘲弄的聲音。「原來只是侍衛不認得人，我道是懷王殿下也不認得我了，不然怎會半夜約我夫人相見？」

雲懷挑了挑眉，道：「不如先說說你是怎麼把我師妹騙到手的吧。」

薄湛冷哼。「我需要騙？她生來就是我的人！」

「她生下來就跟我在一起。」

薄湛面色驟沈，被這句話噎得不輕，不過雲懷也沒乘勝追擊，似有要事在身著急離去，見狀，薄湛急忙叫住他。

「你等會兒，茉茉身上的寒毒是怎麼回事？」

雲懷身形一頓，道：「我正好也要與你商量此事，改天你來我府上詳談吧。」

薄湛抿著唇默然點了點頭。

在衛茉的印象裡，寒毒靠藥物是無法徹底治癒的，必須配合純陽內功日以繼夜地祛毒方能有所成效，所以自從那天回來以後，她就把雲懷給的藥丟到一旁，以為短時間內找不到能用內力輔助自己療傷的人，誰知上天又跟她開了個玩笑，那人遠在天邊近在眼前。

這天，衛茉用過晚飯正準備去沐浴，薄湛卻似狗皮膏藥一樣黏了過來，走到哪兒跟到哪兒，她甩脫不了索性不洗了，站在原地跟他乾瞪眼，沒想到他卻將她一把抱起直接邁進了淨池。

「侯爺，你做什麼？」

「給妳祛寒氣。」

裹身的真絲睡裙眨眼間就被脫去一半，衛茉急急拽住，脫口而出。「我體內的不是什麼寒氣，是寒毒。」

薄湛的動作沒有絲毫停頓。「那正好，我練的是純陽內功，可以化解。」

衛茉霎時怔住，下意識吐出三個字。「這麼巧？」

隨隨便便嫁了個人，結果他不僅是自己義兄的摯友，摻和過自家的案子，還能治她的寒毒，如此完美的契合簡直就像命中注定一般，她不禁反問自己，究竟是運氣太好還是從前太傻，從未注意過身邊有這樣一個人。

「巧什麼。」薄湛噙著笑，眉眼澄澈，還閃著一絲魅惑的光芒。「說明妳這輩子注定是我的人。」

又來了，他的洗腦神功真是見縫插針，衛茉冷著臉把頭轉向一邊，全當沒聽見。

「好了，別耽誤時間了，妳是自己動手還是要我動手？」

聞言，衛茉瞪了薄湛一眼，水袖一甩轉過身道：「我自己來！」

她走下石階，蕩漾的池水漫過了腳踝，溫度剛剛好，四周熱氣蒸騰，水霧瀰漫，就在這一片朦朧中她背對著薄湛緩緩脫下了睡裙，銀絲曳地，冰肌泛光，薄湛還未來得及瞧清楚，凝脂白玉般的嬌軀已經迅速滑入水底。

「茉茉，妳這行為實屬下等，防得了君子防不了狼。」

他低笑著步入池中，雙臂猶如靈蛇般探至前方圈住她的細腰，然後緊密地貼了上去，不留一絲縫隙，衛茉只覺得脊背如烙鐵般發燙，熱氣直衝腦門，渾身痲軟得連抬手都嫌吃力，可嘴上依舊不服軟。

「那侯爺這是承認自己並非君子了？」

薄湛俯身下來蹭了蹭她柔嫩的側臉，調笑道：「在夫人面前當君子有點難啊……」

衛茉臉頰一陣燥熱，被他堵得無話可說，正不知該如何回擊，一個硬物突然戳了過來，頂得腰窩鈍疼，她心火陡然躥了起來，頭都沒回，伸手就是一掃，怒道：「你下水前能不能弄乾淨點？佩飾硌到我了！」

薄湛好一陣子沒吭聲。

沒得到回應，摟在腰間的手也鬆開了，衛茉忿忿回頭，發現薄湛面色十分複雜，似興奮又似痛苦，鼻翼浮著汗珠，彷彿在忍耐什麼。

「茉茉，我衣服都脫光了，哪來的佩飾……」

衛茉心頭咯噔一跳，不自覺地向下望去，下一秒她呼吸驟停，並以迅雷不及掩耳之勢往岸上衝去，卻被薄湛眼明手快地勾回懷中。

「跑什麼？」

「我不祛毒了！」她低吼著，嫣紅的面龐滿是羞怒。

薄湛啼笑皆非地扳正她的身子，道：「妳成熟點好不好？妳相公又不是柳下惠，有這種反應很正常，再說又不會吃了妳，胡鬧個什麼勁？乖，治病要緊，好好坐下。」

衛茉噎得半個字都說不出，只能乖乖地被他按在圓形的玉石墩上坐好，隨後一雙大掌覆上了脊背，緊貼著她的重要穴位。

「平心靜氣，不許抵觸也不許想別的，不然為夫走火入魔妳可就要守寡了。」

嬌軀僵了僵，儘管還透著一股彆扭勁，卻配合地不動了。

薄湛欣慰地揚起唇角，隨後閉上眼睛凝神提氣，將內力灌注於掌心緩緩推入衛茉體內。衛茉只覺一股熱流湧來，逐漸向五臟六腑深入，游走丹田，然後充盈到四肢，往日的滯重感減退了，身體漸漸變得輕盈。

忽然，胸口一陣刺痛，衛茉知道是寒氣反噬了，咬牙忍住溢到嘴邊的呻吟，等待疼痛過去，沒過多久，薄湛渾厚的內力從血脈中的各處縫隙狂肆湧入，中和了寒氣的侵蝕，密密層層地護住她的心脈，痛楚終於減輕，衛茉鬆口氣，額角滾落幾滴汗珠，轉瞬沒了蹤跡。

不得不說薄湛已經做得很好，成倍地耗費內力只為了讓她在祛毒的時候不至於太痛苦，但這樣一來他的壓力就重了，她幾次想回頭看看他的情況，卻被他溫聲阻止。

「專注點，茉茉，別擔心我。」

衛茉只好收攏了思緒，與他一同抵抗體內的寒毒，就在她以為情況已經穩定的時候，突然不知從哪兒生出一股亂流，在身體裡到處遊竄，所到之處猶如鋼刀翻攪，劇痛無比，衛茉猝然睜眼，勉強抓住薄湛的一隻手。

薄湛被她抓得心間一顫，知道定是哪兒出了問題，立刻收回了內力，雙手離開的一剎那衛茉不支地向後仰倒，他慌忙接住，疾聲問道：「怎麼了？」

衛茉的粉唇勾出道極淺的弧度，道：「侯爺這內功……莫不是地攤的小冊子上學來的？」

薄湛看她有閒心開玩笑，本以為無甚大礙，誰料目光一轉，瞥見她唇角滑下幾縷鮮紅，他頓時惶然失色，抓起她的腕脈摸了一陣什麼都察覺不到，心中更加慌亂。

「哪裡不舒服？快告訴我！」

衛茉虛軟地倚在他肩窩，喘了好幾口氣才答道：「渾身都疼。」

「該死！」薄湛一拳砸在池壁上，鮮血直流。「究竟是哪裡出了差錯！」

「興許這寒毒根本解不了，侯爺不必費心了，生死自有定數。」

這雲淡風輕的語氣惹惱了薄湛，他扣住衛茉的下頷，緊盯著她逐字逐句地說：「只要我還活在世上一天，妳就別想再離開我。」

衛茉沒有注意到他的語病，那憂心如焚的模樣讓她微微失神。

說實話，她從未在乎過這具軀體，總覺得只要能查清楚舊案，還父親和自己一個清白就不算枉來一遭了，屆時是生是死她都不在意，畢竟家人已逝，她心中已了無牽掛。可薄湛偏偏逆著來，比她更在意她自己，無止境地在她心裡埋下種子，似要生出一株牽掛來，讓她難捨難離，就像現在這樣。

情之滋味，縱使不識也難逃觸動。

衛茉忽然伸出手輕輕勾上了薄湛的頸項，低聲道：「我難受得緊，緩幾天再祛毒好嗎？」

這算是表明積極態度了，薄湛聽得喜上眉梢，立刻小心翼翼地抱起她說：「好，緩幾天再來，我正好也要去祖父那兒請教些事情。」

「什麼事情？」

薄湛嘆了口氣，摸著她雪白的面頰說：「小笨蛋，我的內功是祖父親傳的，給妳祛毒出了問題，自然要去問問他，他或許會知道原因。」

衛茉哦了一聲，旋即閉上了眼睛，薄湛見狀也不再多說，迅速替她擦乾身體並抱回臥室塞進被窩裡，然後又端來一杯溫水讓她漱去口中的血腥味，她這才舒服了些，只是仍有些暈眩，躺在床上動不得。

薄湛心裡著急，當下就準備去引嵐院找薄振，卻被她伸手拽住，回頭看去她已睜開了眼，一雙鳳眸透著清醒，脈脈地看著他。

「我睏了。」

薄湛身形凝滯了一瞬，陡然明白她的意思，於是撩開被子上床，把她挪到懷裡的同時，黑眸裡漾起明亮的悅意。

「睡吧，夜裡要是不舒服就叫我。」

衛茉安然垂眸，羽扇般的長睫投下一片灰影，顯得有些疲憊，薄湛一邊摩挲著她的手臂一邊望著她出了神，腦子裡繞來繞去的全是雲懷跟他說的事。

前天他如約去了懷王府，問及衛茉體內的寒毒從何而來，沒想到竟是個漫長的故事。多年前，雲懷的母親瀾妃去世，蔣貴妃乘機在皇帝面前挑撥，皇帝便將雲懷送去周山習武，雲懷拜了衛茉的母親曾淨為師，師徒倆朝夕相處，感情深厚。

後來曾淨懷上了衛茉，就在她出生前一個月，一幫江湖邪派攻上了周山，她為了保護雲懷中了寒毒，過沒幾年就死了，而衛茉也受了寒毒的影響，後來雲懷帶著她回到天都城，介於當時他羽翼未豐，只好把衛茉交給了衛家。

如今一晃十幾年過去了，雲懷仍不受皇帝所喜，可四處征戰讓他擁有自己的人脈和勢力，所以儘管衛茉懦弱膽小，但在他的暗中保護下，衛府的生活還是非常平靜的。

以前雲懷總是忍不住想，如果當初他能將衛茉護在身邊，或許她會更加健康開朗，這種想法讓他越發痛恨起自己那時的無能為力，也就越發想要彌補衛茉，可是這次回來衛茉似乎變了，變得冷淡卻更獨立更成熟了，這讓他稍感欣慰。

薄湛與他談到這些時眼神暗了暗，並沒有告訴他真正的衛茉已經在去年冬天的一次寒毒復發中死去了，現在活著的人是他薄湛心愛的女人歐汝知。或許以雲懷的睿智早晚都會發現，但這已經不重要了，衛茉現在是他的妻子，由他來守護就好。

思及此，他微微攏緊了懷中嬌軀。

衛茉本來睡得迷迷糊糊，被他一弄又醒了三分，半仰起頭含糊不清地問：「怎麼不睡？」

「這就睡。」薄湛俯身吻了吻她的額頭，彈指熄滅了燭火。

第十一章

翌日，引嵐院書房。

「什麼？你說小茉身體裡有寒毒？」

「是的，祖父。」

薄湛把運功祛毒的過程鉅細靡遺地說了一遍，包括穿經走脈的先後順序及衛茉的症狀，薄振聽後捋著鬍鬚沈思了一會兒，問道：「之前可有別人幫她祛過毒？」

「據孫兒瞭解並沒有。」

「那是否服了什麼藥性相沖的東西？」

薄湛微微攏眉道：「本來是準備好了藥物，但還沒來得及服用，所以……」

這下薄振也難住了，從各方面來講薄湛做得可謂盡善盡美，並無紕漏，就算不能成功祛毒至少也不會像他說的那樣反噬，看來只能用排除法了。

「湛兒，你用的方法和內功是正確的，所以問題一定是出在小茉身上，我方才詢問你的事你再查一查吧，或許遺漏了什麼也不一定。」

薄湛一時也想不到更好的辦法，遂躬身道：「是，祖父，孫兒回去再仔細地排查一遍。」

「去吧。」薄振悠悠地嘆了口氣。「這孩子，年紀輕輕就中了寒毒，真是難為她了，你身為丈夫要多擔待一些，知道嗎？」

「孫兒知道。」薄湛微微垂下雙眸，暗自幽語。「比起沒命，寒毒這種東西已經好太多了……」

「湛兒，你說什麼？」

渾厚的聲音在耳邊響起，陡然震醒了薄湛，他整理好心思抬頭道：「沒什麼，孫兒只是想求您一件事，在茉茉袪除寒毒之前，您能否別將此事告訴祖母？」

薄振揚眉瞅著他。「你是怕你祖母為難你媳婦？」

薄湛眼中閃過一絲狡黠之色，道：「這話可是您說的，孫兒半個字都未提。」

「行了吧，書房僅你我二人，有什麼不敢說的？祖父又不會賣了你！」

薄湛聞言一笑，知道薄振是答應了，遂恭恭敬敬地說：「孫兒曉得，不過話還是少說為妙，品一品這罈陳年女兒紅才對。」

說著，他不知從哪變出一罈子酒來，封泥呈黑褐色，上繫金穗，沿線刻有封存時間，才拍開封泥，濃烈的甘香就撲鼻而來，一聞便知是不可多得的美酒。

「好小子！我不答應你還不準備拿出來是吧？」薄振瞪著薄湛說。

「瞧您這話說的……便是無事相求，孫兒也要孝敬您不是？」

薄湛笑嘻嘻地斟滿兩杯酒，然後隨意往邊上一坐，與薄振對酌起來，不過酒性甚烈，又臨近夜裡，所以兩人都只是淺嚐輒止，沒過多久便各自回房了。
隨著氣溫回升，院子裡的垂柳都抽出了新芽，萬條絲條間依稀可見一抹麗影臨窗而坐，正盯著手裡的東西出神，連薄湛進房間都沒察覺到。
「在看什麼？」
一雙健臂圍上腰間，衛茉恍然回神，剛要開口卻聞到一股淡淡的酒味，於是扭頭問道：「你喝酒了？」
「跟老爺子小酌了幾杯。」薄湛隨口答著，不經意瞅見她手裡的東西，頓時目光一凝。「生日宴？」
衛茉頷首。「嗯，再過幾天就是丞相二女駱子喻的二十歲生辰，下午剛送帖子來，邀我去秦府赴宴。」
「妳要去？」
衛茉沒注意到薄湛的神色有點奇怪，逕自搬出一早準備好的說詞。「嗯，天天待在家裡太悶了，去見識一下也不錯。」
胡扯！她原是御史府的大小姐，朝廷的三品將軍，什麼場面沒見過？需要去那小小的秦府長見識？這理由也太生硬了！
薄湛忿忿地想著，心中更加確定她此行的目的是為了接近秦宣，卻無法直言，思來想去，乾脆奪過請帖往窗外一擲，瞬間消失在眼前。

衛茉沒料到他會來這一齣，頓時來了脾氣，橫眉冷目地說：「侯爺，你這是做什麼？」

薄湛板著臉說：「昨晚是誰難受得半宿沒睡著？不在家好好休養出去竄什麼？不許去，想玩等妳身子好了我帶妳出去玩。」

「我沒事，再說已經應承人家了，不可失約。」衛茉冷冷道。

「應承了也可以再回絕，我讓聶崢再補份禮品便是。」

薄湛這話有種近乎不講理的蠻橫，完全不像平時那個對衛茉言聽計從百般呵寵的人，這種落差讓衛茉的心一寸寸涼了下去。

「留風。」她朝外面冷聲吩咐。「去把請帖撿回來。」

留風才動了動腳就覺得脊背一涼，還沒轉過身，薄湛懾人的嗓音已飄至耳邊。「誰敢撿就家法處置！」

衛茉僵了僵，旋即拉開薄湛的手臂站起身正對著他，那雙翦水秋瞳裡浮起了碎冰，將他的身影一點點吸入闃黑的寒淵。

「侯爺，我不是你豢養的金絲雀。」

薄湛暗自嘆息，試圖拉她入懷卻被她避開了，他只好隔著幾步遠的距離說道：「茉茉，聽話好不好，等妳病好了想去哪兒都可以，我絕不再阻攔。」

「那我要是一輩子都好不了呢？」衛茉面無表情地說。

「有我在，妳一定會好。」

這份篤定的答案裡飽含的情意讓衛茉稍微軟化了些，可這並不能打消她查案的想法，無論如何，秦府她是去定了。

「我只去這一次，行嗎？」

薄湛聽得出來，衛茉已經算是在低聲下氣地懇求他，可他只能沈默，只能看著她的眼神一點點冷下去，直至毫無溫度。

「看來我還真是隻籠中鳥……」她扯了扯嘴角，眉目間一片冰冷。「那侯爺記得把門鎖好了，免得我趁您不在飛去了秦府。」

薄湛抿唇望著她，突然讓人叫來了聶崢。

「這幾天看好夫人，若她離開了侯府，你就等著挨板子。」

聶崢一愣，下意識看向衛茉，只見她眼中結起了千層冰霜，一句話沒說就踏出了房間，衣裙從餘光裡劃過，留下深深淺淺的白影。

當晚，衛茉睡在了偏房。

成親數月第一次吵架，卻是為了這種事情，薄湛著實有些頭疼，直至半夜都還待在書房看書，不想回那個滿是她的味道卻沒人的房間。

他知道這次是真的讓她難過了，本是凌雲振翅的鴻鵠，困在這具虛弱的身體裡已經讓她備受挫折，今天這麼一鬧，恐怕她心裡更加痛恨起自己的無力，而造成這一切的人正是他，縱有苦衷，卻難以原諒自己。

那駱子喻也是個有病的，為了那該死的虛榮心連不相熟的人都要請，真是令人生厭！茉茉若真去了定會被那些長舌婦纏上，到時又該鬧心了。

薄湛想著想著就覺得有操不完的心，不禁揉了揉眉頭。

聶崢就在旁邊靜候著，看見自個兒主子手裡的書半天都沒翻過一頁，茶也沒喝一口，於是上前勸道：「爺，不如您再跟夫人好生說說……」

「沒用的，除非我告訴她不讓她去的真正原因。」

「那您為何不據實以告？」

薄湛苦笑。「她知道得越多也就越危險，我寧願她跟我生氣也好過孤身犯險，不然若是出了事，我上哪兒再去找一個衛茉？」

「屬下記得上次您還跟霍大人討論過此事，他……」

聶崢的話還沒說完，薄湛突然拔身而起，緊盯著他問道：「你剛才說什麼？」

「屬下說霍大人……」

「說得好！我怎麼把霍驍給忘了！」

薄湛猛地一拍案桌，面露喜色，繼而快步走出了書房，直奔衛茉的房間，留下一臉茫然的聶崢站在原地發愣。

月落參橫，為黑暗中疾行的身影鍍上一層銀霜，他穿過小徑和長廊，直到沒入屋簷衣袂上的光芒才淡了下去，許是體諒他一顆愛護嬌妻的心，免得晃醒榻上熟睡的人兒。

隔著層層珠簾，薄湛老遠就看見蜷縮成一團的衛茉，睡夢中還皺著眉，不知是不是因為不舒服，薄湛揪著心走近，剛觸碰到她的臉頰她就醒了，瞬間揮開他的手，半支起身子冷冷地看著他。

「大半夜的，不知侯爺有什麼事？」

薄湛把她抓到懷裡，手指觸摸到的地方皆是冰涼無比，他連忙扯來被子裹緊她說：「別生氣了，過幾天我親自送妳去赴宴。」

衛茉嗆聲道：「那我是不是該謝侯爺開恩？」

薄湛輕笑。「免了，不生氣就行，要是實在忍不了，咬我幾口解解氣也行。」

居然還敢笑……當她不會咬是吧？

衛茉扯開他的衣襟張口就咬了下去，恰好咬在肩窩那一塊嫩肉上，薄湛悶哼一聲，抱著她的手卻是紋絲不動，衛茉見狀更加不客氣，一連留下三個牙印，雖未出血，咬得卻很深，痛是絕對的，只是沒聽見薄湛出聲，於是她抬起了頭。

「氣出夠了嗎？」薄湛垂首瞅著她，眼神滿含寵溺。

「還沒，侯爺挺不住了嗎？」衛茉嗤笑道。

「挺當然挺得住。」薄湛低低一笑，烏黑的瞳眸中閃著魅光。「不如換這個咬吧。」

說完，他扣住衛茉的後腦勺猛地貼近，精準地攫住她冰涼的粉唇，舌尖長驅直入，撬開她的牙關，探入潮濕的溪地，輕輕吮吸，細細舔舐，極盡溫柔。

衛茉腦子裡霎時一片空白。

雖然之前薄湛沒少動手動腳，可舌吻還是頭一次，這種感覺甚是奇異，而且她能感受到他的手越箍越緊，氣息越來越重，似乎某種慾望在攀升，就在薄湛將她撲倒在床上的一瞬間，他忽然停止了所有動作，一邊喘著粗氣一邊苦笑。

「怎麼辦，再這麼下去妳相公可真要變成柳下惠了……」

到赴宴這天，衛茉終究還是沒讓薄湛送她，自己提前半個時辰出發了。

秦府雖然也在城北，但與侯府一東一西，相距甚遠，要穿過三條大街才能到，加上留風和留光兩個丫頭難得出來一趟，中間還買了點小玩意，所以衛茉算是去得晚的。

馬車在兩座石獅子間停下，留風遞上請帖，管家笑盈盈地將她們引進門，繞過長廊，正對著的即是大廳，一個身穿粉霞累珠疊紗裙的女子正站在廊下會客，烏髮紅唇，嬌豔如花，想必她就是這場宴會的主角駱子喻了。

正在這時，有人從長廊的另一邊款款步出，杏面桃腮，風姿綽約，被眾星拱月的駱子喻看到她來了面色頓時有些不自然，拂散了人群，行至階下與她正面相對。

「姊姊，妳怎麼來了？」

「瞧妳這話說的，今兒個是妳過整歲，我怎能不到場？」

王姝抬起手，柳兒立刻捧上一個金絲珐瑯寶石盒，她滿含笑意地交到駱子喻手中，看著她緩緩打開，被珠光映紅了臉，表情也從尷尬變為欣喜。

「姊姊，這太貴重了，不適合……」

「有什麼不適合的。」王姝推回她的手，並輕輕握住，一雙丹鳳眼似笑含嗔地說。「妹妹莫不是還在為進香之事惱我吧？」

衛茉聽得微微一怔，這才想起去年在白馬寺祭拜時跟王姝搶佛堂的正是駱子喻，可她一個胡攪蠻纏的有什麼資格生氣？況且以王姝的性格定會與這種人老死不相往來，不可能在這種情況下還上門為她慶生啊……

正想著，又聽見駱子喻說：「姊姊可千萬別這麼說，這不是讓我羞愧死嗎？唉！都怪我沒教好下人，要早知對面坐的是姊姊，哪還能有這些誤會？」

王姝微微一笑，道：「不要緊，說清楚了就好，畢竟妳我的相公是師兄弟，本就親如一家人，咱們妯娌之間難不成還能有什麼隔夜仇？」

「就是。」

駱子喻捂嘴輕笑，狀若親密地挽起王姝的手往裡走，王姝卻停在原地不動，稍稍偏過頭向後方示意道：「妹妹，妳先招呼客人，用不著管我，等妳忙完了我們姊妹再敘話也不遲。」

衛茉就這樣進入眾人的視線裡，與王姝對視的一瞬間她什麼都明白了。

都是薄湛搞的鬼。

她堅持要來，薄湛既不願跟她冷戰又擰不過她，只好搬出王姝來當救兵，為了盯著她，王姝不惜忍著厭惡跟駱子喻打交道，還得聽她說那些虛偽的鬼話，真是難為王姝了。

衛茉暗嘆一聲移步上前，分別與兩人見禮。

「姝姊姊好，秦夫人好。」

駱子喻聽到這稱呼有些驚訝，還禮後問道：「怎麼，姊姊與薄夫人也相熟？」

王姝挽住衛茉的胳膊婉婉笑道：「妹妹真是健忘，我家相公與小侯爺交好，我與茉茉相熟也不出奇啊。」

「原來如此。」駱子喻不動聲色地打量著衛茉，而後笑吟吟地說。「都說薄夫人性子柔婉，今日一見果真如此，不過有姊姊這般爽利的人領著我也放心了，來來來，快些進來，千萬別拘束，且把這當自個兒家，玩得盡興才好。」

衛茉欣然從之，三人一齊踏入廳裡。

所謂三個女人一台戲，一群女人可就是大戲了，從進門開始就嘰嘰喳喳個沒完，衛茉覺得頭都快炸了，偏偏還得承載著各種好奇和質疑的目光，完全脫不開身，更別提在府中找線索了。

王姝趁著間隙與她咬耳朵。「喏，駱子喻身邊穿綠裙子的，門口那個眉心畫了桃花鈿的，還有坐在太師椅上喝茶的，都看見了嗎？」

衛茉扯著嘴角說：「能看不見嗎，眼神都快把我戳穿了。」

王姝噗哧一笑。「倒是靈敏，可妳知道她們為什麼盯著妳不放嗎？」

「為什麼？」

「傻丫頭。」王姝對她曖昧地眨了眨眼。「這都是妳家相公的爛桃花。」

衛茉愣了愣，然後非常認真地點頭。「嗯，是都挺爛的。」

王姝笑得半天沒直起腰來。

隨後駱子喻張羅著眾人去後院看戲，十幾張八仙桌一擺開，距離頓時拉遠了，衛茉免受噪音折磨，胸中暢快了不少，趁著眾人都在看戲，她開始觀察起秦府的佈局來。

她與秦宣相識時他並非住在這裡，想必這宅子是他成親後新置辦的，不過細微末節都承襲了他的一貫作風，簡潔而通透，沒有什麼繁複的裝飾，房間也說不上多，臨榭而望，除開廳堂和書房僅有三間臥室，與這盛宴形成了鮮明對比。

衛茉看了看一身金光燦爛的駱子喻，默然抿緊了唇角。

「他們不像是一路人，對吧？」王姝啜了口花茶，緩緩將視線移回來，灼灼地看著衛茉，有種說不清道不明的味道。

過了幾秒衛茉才意識到她說的是秦宣和駱子喻，雖然想法不謀而合，衛茉卻沒有表態。

「姊姊何出此言？」

王姝嘴角拉出一道似笑非笑的弧度，盯著杯中翻滾的碧波，彷彿陷入了回憶。

「我認識的那個秦宣勤儉自律，為人穩重，雖沈悶了些，不失為良朋益友，可誰承想，就在小知出事後不到三個月他就另娶她人，從此高攀青雲，扶搖直上……所以說啊，這人是會變的，可能在我們眼中該是陌路的兩個人，早就蛇鼠一窩了也說不準。」

「姊姊。」衛茉半垂著鳳眸淡淡提醒。「隔牆有耳，少說為好。」

「也是，既然今天是來逢場作戲的，總不能拆了自己的戲台。」

王姝輕盈一笑，揮開令人不快的往事，把目光投向唱得正熱鬧的戲台上，忽而聽到衛茉道謝。

「姊姊，謝謝妳今天陪我來。」

話說到這份上，王姝也不再遮掩，坦然道：「湛哥難得跟我開口，我哪有拒絕的道理？況且這陣子我在家裡悶壞了，巴不得出來逛逛呢。」

衛茉奇怪地問：「怎麼，霍大人不讓妳出來？」

「嗯，管得可嚴了。」王姝撫著小腹，語不驚人死不休。「誰叫我懷孕了呢。」

「什麼？」

衛茉驚得差點站起來，幸虧被王姝眼明手快地拉住了，兩人對視半晌，不約而同地笑了起來，濃濃的喜悅在眸中綻放，遮都遮不住。

「恭喜妳，姊姊。」

王姝一本正經地點頭。「嗯，是值得恭喜，雙喜臨門呢。」

「還有何喜？」衛茉疑惑道。

妳回來了，孩子也回來了，這不就是雙喜嗎？

王姝這般想著卻沒說出口，只是默然握住了衛茉的手，眉眼笑得更彎了。

兩人沈浸在喜悅之中，沒發覺咿咿呀呀的唱調已經停了，還是駱子喻過來邀她們去賞花兩人才發覺戲已落幕，雖然還有許多體己話沒說，但也只能先跟著隊伍去後花園了。

秦府雖然不大，但後院跟花園分據兩角，走過去也要費些時間，之前都是王姝挽著衛茉晃悠悠地逛著，現在衛茉變得萬分小心，一路都扶著王姝，就像扶著老太太一樣，連派出去打探消息的留風回來了都沒注意。

「完了，連妳也變得跟霍驍一樣了。」

王姝扶額哀嘆，衛茉卻滿臉理所當然，手絲毫沒鬆，淡然道：「本該如此，這次我得站在霍大人那一邊。」

「不如妳也生一個，我們來個指腹為婚。」

沒想到她突然來這麼一句，衛茉一時怔住了，正不知該怎麼回答，前面那群鶯鶯燕燕的腳步忽然停了，一幫人圍在書房前，似在讚嘆著什麼。衛茉乘機轉移話題，說去看看是怎麼回事，走近了才發現書房裡輝光四射。

原來是門沒關嚴，裡面一座半人高的純金塑像露出光芒，幾指寬的縫隙裡瞧不出什麼，女眷們都在追問駱子喻，她似乎頗為無奈，只好推開大門，一座王母蟠桃的圓雕驟然出現在眼前，栩栩如生，世所罕見，頓時讓眾人看呆了。

「夫人，沒想到妳府中還藏有這種稀世珍寶，真是教我大開眼界啊！」

駱子喻得意地笑道：「這是我爹送我的生辰禮物，請東海的工匠專門來打造的，足足花了一年的時間呢。」

眾人又是一陣驚嘆，忍不住圍上去細細觀摩，衛茉和王姝雖然不感興趣，但也不好表現出來，只得站在門外假裝觀賞。

書房不是很寬敞，本就被圓雕占據大半空地，如今又多了那些七手八腳的女人，磕磕碰碰在所難免，許是誰不經意推了一下，先前那個穿綠裙的姑娘撞到書架上，一時失去了平衡，到處亂抓，不知道是碰到了哪裡，彈出個暗屜，一塊山茶花玉珮跌落地面，眾人看見這一幕，瞬間安靜下來，駱子喻也僵住了。

那顯然是女子佩戴的物件，還藏得如此隱蔽，意思不言而喻，先前吹捧討好的人，現在都是一副看好戲的模樣。

但衛茉和王姝是不在此列的，她們的眼神中充滿了詫異，還有一絲隱約的熟悉感，沒人比她們更清楚那個東西是什麼。

那是歐汝知與秦宣訂親時交換的信物。

「都圍在這兒做什麼？」

一個溫和的聲音從後方傳來，瞬間融化了僵滯的場面，駱子喻也回過神來，理了理雲鬢，笑容滿面地走出人群。

「相公，你怎麼這麼早就回來啦？」

「妳過生辰，我豈敢晚歸？」

秦宣揚起唇角，順手把駱子喻攬到身邊，餘光裡突然劃過一抹亮色，他凝神一看，頓時臉色微變，還沒來得及發問，駱子喻已把那東西舉到面前。

「相公，剛才我和姊妹們在看圓雕，不知碰到哪兒了，掉出這個玩意，你可認得？」

玉珮是放在書房裡的，秦宣不可能不認得，駱子喻這麼問顯然是逼他當著所有人的面圓這個場，可見內心已經怒不可遏，而秦宣只是隨意地掃了眼，然後緩緩問了一句話。

「是誰擅自亂動我書房之物？」

他的嗓音明顯沈了下去，彷彿被揭穿了秘密之後的惱羞成怒，剛才闖禍的綠裙女子戰戰兢兢地出列，正要道歉，又聽見秦宣開口。

「這下可好，我為夫人準備的驚喜就這麼被妳們揭穿。」

峰迴路轉，準備看好戲的眾人都愣了愣，旋即大笑起來。

「哎喲，秦大人可真貼心，這麼好的相公上哪兒去找？怪不得子喻平時藏著掖著呢！」

「就是就是，瞧人家這日子過得多有情趣啊，我們家就別提了，只會甩銀子讓我自個兒去買，別提有多乏味了。」

駱子喻被這突然的轉折弄得有些暈，但見眾人不斷阿諛奉承，頓時有些飄飄然，然後回過頭羞澀地看了眼秦宣，依偎著他不說話了，方才的憤怒和疑慮也隨之消失殆盡。

秦宣笑著向一干娘子軍拱手。「夫人們嘴上饒命，我娘子臉皮薄，禁不住妳們起哄，不如先去園子裡賞賞花吧。」

眾人又是一陣戲謔，隨後三三兩兩地移步花園，秦宣與駱子喻說了幾句話便回房換衣去了，臨走時不經意地掃了王姝與衛茉一眼，等駱子喻也掉頭走向花園，從頭看到尾的王姝終於忍不住冷笑起來。

「約我們來看戲，還真是一場大戲。」

衛茉知道王姝是在為自己抱不平，可她和秦宣本來就沒什麼感情，人死燈滅，朝前看並沒有錯，秦宣思念她與否，其實都已經不重要了。

「姊姊，好端端的生什麼氣？快走吧，不然趕不上賞花了。」

王姝見她一臉淡然，似乎並不在意秦宣將信物送人之事，心中略有疑慮，卻不好相問，只能隨她向花園走去。

上了棧橋，橋底碧波蕩漾，筆直流向花園，沿途的樹蔭下依稀可見女眷們的身影，差不多快趕上她們的時候，衛茉的腳步卻停了。

「我去方便一下，姊姊先過去吧，一會兒我來找妳。」

王姝微微點頭，先行離去。

衛茉旋即也往分岔路而去，走到一半她回頭看了眼，那些姹紫嫣紅的羅裙已消失在茂密的樹林中，於是她腳步一轉，朝來時的路走去。

她必須再回書房一趟。

玉珮掉出來的時候所有人都被它吸引住了，可衛茉卻注意到暗格邊上的木板也有鬆動的痕跡，應該也是個暗格，秦宣既然把玉珮藏在這兒，說不定也會藏有御史案的東西，就像薄湛一樣……

思及此，她越發加快了腳步。

到了書房前，衛茉謹慎地觀察四周，果然如她所料空無一人，於是她迅速推開門側身溜了進去，又把門關嚴，面對著琳琅滿目的書架她深吸一口氣，告訴自己時間不多，必須盡快找出機關，免得惹人生疑。

循著記憶她很快就找到玉珮掉出來的暗格，只是已經被僕人推回去了，她思索了片刻，走到剛才綠衣女子所站的位置左右觀察了一下，斷然扭動了那尊翠玉彌勒佛，只聽噔地一聲，暗格再次彈了出來。

衛茉跨步上前，輕敲著暗格內側，回聲頗為空洞，證明她猜得沒錯，邊上一定也是個暗格。以她對秦宣的瞭解，之所以把兩個暗格擺在同一處，必定是用一個掩護另一個，因此打開它的機關自然也不會像之前那麼簡單。

她抵著書架靜靜地閉上眼，沈思過後，她再次把手伸進暗格中摸索，須臾過後，五指微微扣攏，剝下了一塊漆片，而漆片的背後正嵌著一枚按鈕。

找到了。

懷著忐忑的心情，衛茉按下那枚黑色的按鈕，暗格打開的一瞬間，裡頭的東西就這麼闖進眼簾，她盯了半天都說不出話來。

那裡面放著一塊一模一樣的山茶花玉珮。

衛茉遲緩地拿起了玉珮，發現花瓣的一角有個難以分辨的細小刻痕，毋須多看，她心中一片明朗——那是她的佩劍撞擊後留下的。

原來這塊玉珮才是真的……

再細細打量，墨綠色的穗子已經被磨起毛邊，整塊玉也更加溫潤而光亮，顯然是被人經常把玩，衛茉想到這忽然一頓，下意識望向暗格裡剩餘的東西，雖然不多，卻都格外眼熟，全是訂親時她交給秦宣的禮物。

之所以用「交給」這二字是因為禮物都是母親替她準備的，她放在上頭的心思不足一二，沒想到只不過是經了她的手就被秦宣珍藏至今，她呼吸微微一窒，不敢再往深處想。

就在這時，門廊突然傳來了腳步聲。

衛茉忙不迭把東西收好，再把暗格還原，然後躲在書桌後面，黑影一步步逼近，她緊張得攥緊了袖口。

糟了，難道要被抓個正著？

門扉倏地敞開，陽光灑落一地，衛茉看著那人的影子不斷拉長，爬進門檻，攀上書架，最後停在書桌的另一邊，她霎時屏住了呼吸，正以為自己就要被發現了，這時門外又響起一個熟悉的嬌音，吸引來人的注意力。

「秦大人，真巧啊！」

衛茉眼皮子陡然一跳，那是王姝。

剛才還春風化雨般溫柔的秦宣此時儼然成了冷面煞神，漠然望著王姝，語氣頗為冷沈。

「妳特意在這裡等著我，還說是巧？」

「那麼大人該高興才是。」王姝慢悠悠地走近，笑臉忽然一收。「至少我沒有跟在你夫人後頭說出你的小秘密。」

秦宣沈下臉，語帶凌厲地問：「妳想幹什麼？」

「我只想問問，秦大人的情意到底值幾斤幾兩，未婚妻未亡三月立刻娶妻就算了，如今連信物也隨手送人，在我的認知裡，只要對死者還有一分尊重都做不出這種事！」

「妳懂什麼！」秦宣驟然低吼，滿目陰鷙，還摻雜著一絲旁人看不懂的情緒。

王姝卻沒有被他震住，只是定定地看著他，從嘲笑變成失望。「驍哥說你變了我還不信，若不是今天看到這一幕，我……」話鯁在喉，王姝深吸一口氣，緩緩將埋藏於心的一句話說完。「幸好小知沒有嫁給你。」

喑啞而低沈的笑聲忽然響起，如勁風颳過枯枝一般，充滿了撕裂的感覺。

「只要她活著，嫁不嫁我又有何關係？我那麼拚命、那麼費盡心機，最後也沒換回她一條命，我的心痛你們豈會理解！是了，你們只看得見這氣派的宅子和顯赫的官位，這些在我眼裡如同孤雛腐鼠般的榮華富貴！」

王姝紅著眼斥道：「你拚命……在我們籌謀對策並趕赴邊關的時候你在哪兒？莫不是忙著跟駱子喻蜜裡調油吧！」

衛茉聽得僵住了，趕赴邊關？霍驍去邊關找她了？

秦宣忽然失了力，似不願再與王姝多說，自嘲地笑了笑，道：「你們不會懂的。」

「是，我們不懂，也不知道你做了什麼，但我想告訴你，比起那個把小知屍體帶回來還受了重傷的人，你所謂的付出少得簡直好笑！請你以後不要再扮演這種癡情的角色，你根本就不愛小知，你愛的是你自己！」

秦宣驟然抬頭，清雋的面容上滿是詫異，他看見王姝往外走，一個箭步衝上去拽住她，疾聲問道：「你們找到小知的屍體了？她葬在哪兒？告訴我！」

王姝不欲理會，甩開他的手繼續往前走。

「小姝，妳告訴我，讓我去見見她……一面都好！我帶些她愛吃的東西，再上一炷香，絕不多留……」

秦宣的態度轉變得非常快，從先前的爭執變成了苦苦相求，彷彿變了一個人，王姝卻無動於衷，執意離開此處，兩人拉拉扯扯的，不知不覺到了棧橋下。

此時的衛茉腦子裡一片混亂，還好，尚有一絲理智存在，她乘機溜出了書房，再加快腳步拐到林子裡，裝成是來尋王姝的樣子，與兩人狹路相逢。

「姊姊，我找妳好半天了，妳怎麼到這來了？」

王姝見是她，面色更加冷冽，揮袖甩開了秦宣，低聲道：「我不會告訴你的，你死了這條心吧！」

說完，她快步迎上了衛茉，然後拉著她踏上了棧橋，秦宣則如同被點了穴般僵硬地站在後方，雙手微微顫抖，繼而緊握成拳。

小知，他們究竟把妳葬在哪兒了……

後來王姝藉口不舒服提早離開了秦府，衛茉也隨之離開，一路上兩人都有些沈默，直到出了大門，碰上來接她們的薄湛和霍驍，氣氛才活絡起來。

「瞧瞧你們倆，時間掐得這麼準，知道的會說疼夫人，不知道的還以為我和茉茉惡如虎呢！」

霍驍聽出她語氣不善，小心翼翼地賠著笑。「怎麼會，夫人最是善解人意，誰敢在背後亂嚼舌根子，我立刻去剁了他！」

「就你有能耐！」王姝剜了他一眼。

「就是，我都不用砍人。」薄湛跟著戲弄他，順便瞄了眼衛茉，聲音中滿含笑意。「我家這個就是隻母老虎。」

三人大笑起來，唯獨衛茉心事重重的，似乎都沒聽見薄湛在說什麼。

「茉茉，怎麼不說話？是不是累了？」王姝關心地問道。

衛茉回過神來，輕聲答道：「是有點累了。」

「那就趕緊回去吧，我們也回府了。」

說完，王姝催促她上車歇著，生怕她哪裡不舒服，她走了兩步又停下來了，回過身輕輕地喚道：「姊姊……」

「怎麼了？」

衛茉欲言又止，看了看目光如炬的薄湛和霍驍，最終還是把話吞回肚子裡，裝作沒事淺勾著唇角道：「一路小心。」

「知道了，你們也是。」

王姝對她燦然一笑，然後跟霍驍一起登上了馬車，車夫甩起韁繩，驅使著馬兒漸漸遠去，薄湛也旋即拉著衛茉坐進自家馬車，翠簾滾落，光線驟暗，某人熟練地把嬌軀撈進了懷裡。

「還在生我的氣？」

衛茉輕搖螓首，把視線轉到了一邊，薄湛伸手把她扳回來，湊上去啄了下粉唇，又問道：「那在想什麼？這麼心不在焉。」

「就是累了。」衛茉敷衍著他，再度垂下了雙眸，盯著搖擺不定的裙角，思緒飄到了遠方。

王姝說的那個把她屍體帶回來的人絕不是霍驍，可會是誰呢？

費盡心思去了趟秦府，不但沒得到一點有用的消息，反而抖出一大堆謎團，無時無刻不在困擾著衛茉，令她煩悶不已。

她不知道秦宣機關算盡只為了藏塊玉珮到底是為什麼，也不知道王姝到底知曉什麼內幕以至於如此痛恨秦宣，但她能夠感覺到，所有的事情都與御史案有著千絲萬縷的聯繫，為了找出答案，她不得不從薄湛這裡下手了，哪怕會引起他的懷疑。

有了明確目標，衛茉的心情總算好些了，閒來無事便和薄玉致上了趟街，準備買些東西給王姝的寶寶，只不過她很久沒有逛過集市，不知道天都城哪裡有賣這些東西，多虧了薄玉致這個八面通，精心挑選出三家店鋪，坐著馬車挨家逛過去，一個時辰就買齊了，讓衛茉沒花太多精神就挑到心滿意足的禮物，可謂貼心十足。

然而在侯府這邊，刻意提早回來的薄湛卻撲了個空，正要詢問下人衛茉去哪兒了，兩人剛好到家，看著留風和留光手裡提滿了東西，他挑起劍眉迎了上去。

「逛街去了？」

「嗯。」

儘管衛茉沒怎麼說話，但可以看出她心情尚佳，薄湛不禁有些疑惑，打從秦府回來她就一直悶悶不樂，今天突然轉了性，莫非買東西真的能讓女人心情變好？

薄玉致一句話解了惑。「我們去給霍夫人的寶寶買禮物去啦！」

薄湛恍然大悟，伸手攬過衛茉往院子裡走，邊走邊問道：「累不累？」

「還好，有玉致在省了不少工夫。」衛茉走著走著忽然扭頭看他。「侯爺今天不是要去大營驗收天璿弩？怎這麼早就回來了？」

還不是因為妳心情不好。

薄湛暗暗嘆了口氣，提到這個他就覺得十分糟心，因為他不知道衛茉的不開心究竟是因為沒查到線索還是因為放不下秦宣，若是前者，他還可以想辦法安撫，若是後者，他就唯有仰天長嘆了。

天天擱在心窩裡寵的人，到頭來還是忘不掉那個男的，這不是存心嘔死他嗎？思及此，恰好走進房間，他反手把門闔上，然後一把抱住衛茉，悶聲道：「茉茉，等妳的病好了，我們也生個孩子吧。」

懷中嬌軀明顯一僵。

「侯爺怎麼突然想起這個了？是祖母她……」

「跟祖母沒關係。」薄湛把她的身子轉過來，凝視著鳳眸一字一句地說。「我只是想要個性格像妳的孩子。」

性格像她？她這又冷又硬的臭脾氣有什麼好像的？

衛茉忍下心中的怪異感，淡淡問道：「侯爺的意思是，我的相貌並無可取之處？」

薄湛一愣，隨後笑著把她摁進自己肩窩，道：「怎麼會？夫人自是傾國傾城，只不過我並非膚淺之人，只要夫人的心不變，面貌變成什麼樣子我都愛。」

「侯爺這是把霍大人那一套學來了嗎？」衛茉冷淡地睨著他。

「這是實話，學不來的。」薄湛義正詞嚴地說，表情極為正經，就差沒對天發誓了。

衛茉懶得理他，擰身進了臥房，任留光伺候更衣，然後懶懶地倚在芙蓉榻上，似乎有些犯睏。薄湛跟著走進去，撂身坐在榻旁，一下又一下地揉著她溫暖的手心。

「睏了就瞇一會兒，吃晚飯時我再叫妳。」

「嗯……」衛茉淺淺應著，倏忽想到了什麼，又睜開眼說道。「我今日又收到駱子喻的約帖，說是天氣暖和了，邀我去遊舫……」

「不准去！」

上次去秦府他就滿心不安，唯恐她做出什麼暴露身分的事情來，好在有王姝看著沒出什麼岔子，誰知她這次又要去，他無論如何也不會同意。

沒想到薄湛瞬間黑臉，反應比上次還激動，衛茉驚訝之餘輕聲回了句。「我沒說要去，只是想讓你幫我看看這麼回絕適不適當。」

說完，她從案台上拿來一張花帖遞到薄湛面前，薄湛看也沒看，直接扔到一邊。

「妳是侯爵夫人，這種四品官員之妻的約帖有什麼值得費神的，不必回了，她若有半點意見儘管上侯府來找我好了！」

衛茉靜靜地凝視著他，過了一會兒才問道：「侯爺如此反感我與她接觸，是不是在朝堂上與秦大人有過什麼不愉快？」

薄湛不屑地冷哼。「他區區一介大理寺少卿，敢與我有什麼不愉快？」

「那是為什麼？」衛茉追問道。

「沒有為什麼。」

看著薄湛冷硬的表情，衛茉忽然想起前些天王姝在秦府說的話，難道是因為他們與秦宣決裂了，所以薄湛也對他敬而遠之？可究竟為什麼會決裂？僅僅是因為秦宣不顧剛剛亡故的自己立刻就娶了駱子喻？

不對，這其中一定另有玄機。

衛茉思忖了片刻，突然靈光一閃，某個推論在她腦海形成。

王姝曾說過，在他們籌謀對策的時候，秦宣並沒有參與，可見他是想置身事外的，既然如此，他去牢房做什麼？此舉不是又把自己捲入漩渦裡了嗎？這於理不合，除非……除非他身負某種任務，不得不去！

衛茉不敢再想下去了，直覺令她膽戰心驚。

「茉茉，茉茉？妳怎麼了？」

薄湛的聲音喚醒了她，她這才發覺自己滿頭細汗，彷彿剛從夢魘中醒來一樣，看著那張滿是擔憂的俊臉，她低聲安撫道：「我沒事。」

「不要瞎想了，我陪妳睡一會兒吧。」

薄湛脫鞋上榻，長臂一攬把衛茉撈進懷裡，本就狹窄的芙蓉榻變得更擠了，衛茉沒辦法，只好順著他的力道趴在他胸前，大半個身子都貼了上去，胸前雪白若隱若現，十分誘人，難得薄湛循規蹈矩沒有偷窺，只是輕撫著她的脊背哄她入睡，她這才沒有抵抗，安然閉上雙眼，可是沒過多久耳邊又悠悠傳來一句話。

「再過兩天皇上要去行宮避暑，我奉旨隨行，妳與我一塊去吧。」

衛茉略微撐起身子疑道：「怎麼才春末就要去？」

「妳長年不在京中不知，皇上每年都是如此，皆因蔣貴妃受不得一丁點熱……」

薄湛陡然頓住，驚覺失言，立刻看向衛茉，她眸中果然泛起了異色，如炬如電，似要穿透他的內心，他知道此時改口已經來不及了，索性壓下臉龐攫住她的唇，輾轉吮吸，極盡纏綿。

衛茉掙扎了幾下，奈何紋絲不動，漸漸被他弄得渾身綿軟，不住地低喘，那點兒疑慮也被拋到九霄雲外，薄湛見此一笑，繼續加深了這個吻。

去行宮待一陣子也好，等生米煮成熟飯了，看秦宣還怎麼跟他搶！

第十二章

事實證明，現實往往與願望背道而馳，當薄湛和衛茉啟程去行宮時，在眾臣雲集的隊伍中，秦宣意外地出現了。

按理來說，他身為四品外臣是不會被列入隨行名單的，或許是靠著駱謙這個丞相岳父才成功躋身其中，不管怎麼說，這幾個月的日子恐怕是抬頭不見低頭見了。

有了這個認知，薄湛從出發起就板著一張臉，連霍驍過來也沒說幾句話，倒是衛茉掀開帷幕跟霍驍聊了一會兒。

「霍大人，姝姊姊來了嗎？」

霍驍放慢馬速，隔著一人寬的距離揚聲答道：「她是想來，結果被岳母大人訓斥了一通，只得乖乖留在家中安胎。」

衛茉再清楚不過王夫人的作風，恐怕這世上也僅此一人能制住王姝，衛茉想像著她滿懷怨念的樣子，頓時有些想笑。

「怪不得霍大人一身輕鬆，原來是有人替你解決了大麻煩。」

「豈止是大麻煩！」霍驍表情極為誇張，將懼內演繹得淋漓盡致。「姝兒平時橫行府中，要風得風要雨得雨，我是不敢反抗的，結果老太太一來，當即給了我特赦令，我立即就跑了，姝兒開始還不服，現在估計已經被治得一點脾氣都沒有了，哈哈。」

衛茉挑著鳳眸說：「等我回去定把這些話原樣學給姊姊聽。」

「學吧，沒關係，反正回去也是要挨一刀的。」

聞言，衛茉終於忍不住笑了。

好像霍驍與王姝這一路走來相處習慣都沒變過，可她從未像此刻這般充滿了羨慕，因為不管是完整的家庭還是愛情都已變得遙不可及，她不敢去想，更不敢渴求，因為肩上背負的東西實在太沈了，或許一輩子都無法卸下。

車旁駕馬的人不知什麼時候換成了薄湛，看衛茉久久不語，於是伸手撫了撫她的烏髮，道：「皺著一張臉在想什麼？」

衛茉抬眸瞅著他。「侯爺的臉色可比我差多了。」

薄湛半天沒吭聲，隨後轉移了話題。「想不想騎馬？」

馬車裡確實太悶，難得風和日麗，太陽又不是很刺眼，到外頭呼吸下新鮮空氣也好，於是衛茉欣然點頭，束起衣裙坐到簾子前，等薄湛過來接她。

薄湛夾了夾馬腹，趕了兩步到車前，正要伸出手把衛茉抱上馬，耳邊忽然傳來一聲尖叫。

「啊——救命！快停下！」

他攬目四望，發現一名少女正騎著馬飛速奔竄，身後還有幾名帶刀侍衛追著，那馬兒似發了狂，橫衝直撞，她死死地抱住馬頸放聲尖叫，馬兒越發狂躁，噴著粗氣就往這邊衝來，根本攔不住。

薄湛瞬間變了臉色。「茉茉，快把手給我！」

衛茉回頭看了眼，並沒有伸出手，而是挽起衣裙搖搖晃晃地站了起來，隨後一聲砰然巨響，失控的馬兒撞了上來，她也同時跳落馬車，薄湛霎時露出了驚恐的神色，看在衛茉眼裡竟然覺得似曾相識。

她肯定是弄錯了，怎麼會覺得自己在那片孤絕的山崖上見過薄湛？

臨死前的記憶又跳了出來，與眼前的景象重疊，好像到處都有薄湛的身影，他那雙手不只一次地抱過她，溫暖的觸感她也覺得萬分熟悉，耳邊似乎還迴響著什麼聲音，可她越是用力卻越聽不清楚，整個人彷彿沈浸在碧波迴旋的湖底，一切盡成朦朧幻影，分不清是真是假。

衛茉有些混亂，半天不言不語，直到被薄湛用力扳過身體，對上他駭怒的面容。

「胡鬧！誰讓妳跳車的？萬一我沒接住妳怎麼辦！」

衛茉暫時放下腦子裡那些亂糟糟的畫面，淡然凝視著他說：「我若不跳，你肯定要承受大半的衝擊力。」

沒有她躍出的那段距離，他肯定要直接撞上馬車，她是怕他受傷才冒險的。

薄湛意識到這點，臉上驟然現出欣喜，但轉瞬又沈了下去，嚴厲地訓斥道：「我是練武之人，這種程度的撞擊還要不了命，下次不許再自作主張，妳可知自從……」
他倏地收聲，勉強嚥回了後半句話。
妳可知自從我親眼目睹妳在面前死去，就再也無法接受妳做出任何冒險的舉動……
衛茉自是不知薄湛心裡百轉千回，但看表情也知道他嚇得不輕，權衡之下，她決定先服個軟，畢竟他這般失態也是因為她。
「我知錯了，侯爺。」
見她態度良好，薄湛也就沒有再訓她，深吸一口氣，讓心緒漸漸平復下來，然後彎下腰輕輕握住她的腳踝問道：「剛才是不是碰到這兒了？」
「嗯。」衛茉點頭，儘管疼得厲害，卻不讓薄湛繼續檢查了。「等到了休息的地方再看吧，不要緊的。」
薄湛皺眉道：「那身上可還有其他傷處？」
「沒有，你去看看馬車吧，我沒事。」
衛茉推著薄湛，他只好暫時放下她的傷勢望向馬車那邊，只見車壁破了一個大洞，雙轅和車輪四分五裂，散落一地，還有磨擦過的痕跡，想必是拖行了數十尺才停下來，而塵埃飛揚的官道那頭，一大團黑影逐漸顯出輪廓，正在向他們二人奔來。
「坐著別動。」薄湛叮囑了衛茉一句，翻身下馬踱步至前方，微微瞇起黑眸注視著來人。

片刻間，一小批身穿盔甲的禁衛軍出現在眼前，領頭之人正是煜王。

「三表弟，你們沒事吧？」

雲煜急匆匆趕過來，粗略地打量了一眼，發現薄湛和衛茉衣容齊整，神色淡定，並不像是受了傷，當下心神略安，沒想到薄湛一開口，氣氛頓時冷凝。

「回王爺，臣無事，但是臣妻受了傷，不知那縱馬逞凶的人還活著沒，臣想見一見她。」

這話問得極其尖銳，煜王一時不知該如何作答，滿臉尷尬，身後卻陡然傳出一聲嬌叱。

「放肆！你膽敢對本公主不敬！」

這自稱……難道是十一公主雲錦？

一身紅衣勁裝的女子從禁衛軍中步出，容貌俏麗，體態窈窕，只是渾身上下沾了不少灰塵，顯得有些狼狽，但氣勢絲毫不減，正瞠著一雙圓眸怒視著薄湛。

此刻衛茉已經可以肯定她就是齊王的親妹妹雲錦了，雖然只見過一面，但那刁蠻跋扈的作風整個皇宮也找不出第二個，今天這事恐怕有得鬧了。只是她不明白，薄湛應該在看到煜王時就知道撞他們的是誰了，為何還要那樣說話？這不是讓所有人都收不了場嗎？

她垂下疑惑的雙眸，前方又響起薄湛的聲音。

「公主毀臣馬車在先，傷臣妻子在後，難不成還指望臣拱手相迎？」

雲錦大怒，揮起纏金馬鞭就要上前教訓薄湛，被那雙寒意瀰漫的黑眸一掃立刻刹住了步伐，不敢再靠近，又氣又驚。

「小十一，還不快向靖國侯道歉？」

雲煜的面容嚴肅起來，威儀畢現，雲錦卻杵在那兒動都不動，還一臉挑釁地說：「我憑什麼道歉？上馬前我也不知那馬會發癲，你們要教訓便去教訓那匹死馬好了！來人，把馬屍抬過來，再賜靖國侯一把彎刀，割肉還是啖血，靖國侯自己看著辦吧！」

禁衛軍都紋絲不動，無一聽她命令，可她身邊的侍從卻立刻抽身離去，在眾目睽睽之下抬來馬屍，並放置在官道中央，那皮開肉綻鮮血四溢的模樣實在噁心，衛茉別開臉，抬起羅袖掩住了鼻子，對雲錦的厭惡又多了幾分。

「小十一，妳簡直太不受教了！」雲煜沈著臉批評了雲錦，又轉過頭對薄湛說。「三表弟，她年幼不懂事，你莫與她計較，本王在此替她向你致歉，至於弟妹的傷，一會兒本王便安排御醫來治療。」

雲煜肯當著這麼多人的面誠懇地道歉，又提出要為衛茉治傷，可謂面子裡子都顧到了，不愧譽有賢王之名，就算薄湛再生氣，顧及他的身分也不該再追究了，不然恐有犯上之嫌。在場所有人都明白這個道理，都在等著薄湛鬆口，沒想到他面色一改，沈沈地笑了。

「既然王爺都開口了，這件事便就此揭過吧，但不必麻煩御醫了，臣妻只是小傷，自行料理便可。」

說完，他朝雲煜拱了拱手，然後轉身向衛茉走去，正當所有人都以為此事已經了結的時候，雲錦得意地笑了，彷彿在笑薄湛再生氣最後還不是要屈從於皇權，雲煜皺眉看著這一幕，甩了個眼色給禁衛軍，示意他們將雲錦帶走，沒想到薄湛忽然回了頭。

「哦，剛才公主不是說要將此馬交予臣處置？臣差點忘了，這便處置了吧。」

他斂去笑容，抬手就是一掌，凌厲的內勁沒入馬身，瞬間將其炸得四分五裂，腥臭的血液和肉塊濺了雲錦滿身，她呆愣一秒之後猛地尖叫了起來。

「啊！啊——」

場面頓時僵滯，就在此時，前方又來了一批人，浩浩蕩蕩，衣冠鮮麗，薄湛抬目望了望，面色越加冷凝。

「這是怎麼回事！」遲遲趕到的齊王見到自己妹妹一身血腥，臉色頓時變得陰鷙，欲找人問罪。

雲錦哭哭啼啼地指著薄湛淒喊道：「哥哥，就是他！你快把他抓起來！」

雲齊立刻望向薄湛，卻沒有急著動手，侍從附到耳邊向他說明了事情原委，雲齊的目光更加深邃了，在薄湛身上停留了一會兒，然後眼都沒眨地下了命令。

「把公主帶下去整理儀容。」

雲錦倏地睜大了眼睛，不敢相信這是真的，一邊躲著侍從伸過來的手一邊叫道：「哥哥，你讓他們帶我走幹什麼？你應該處置……」

「妳閉嘴！闖出這麼大的禍還不反省，看妳一會兒到父皇母妃面前如何交代！」

這一句徹底讓雲錦噤若寒蟬，彷彿被戳中死穴一般失去所有的力氣，侍從不敢耽擱，立刻箝著她退下了，這場鬧劇到此終於平靜了下來。

薄湛雙手抱胸，一臉似笑非笑。

「三表弟，錦兒就是這個性子，都是本王平日太過嬌慣她了，你千萬莫怪。」

聽到這裡，衛茉忍不住露出了諷刺的笑容，心中暗想，為了得到薄湛手中的京畿守備營，雲齊連這事都忍了，還真是不惜代價啊。

然而薄湛對他的態度卻比對煜王冷淡多了。「王爺這話折煞臣了，臣萬死不敢。」

他這麼一說雲齊反而不知該如何接下去了，氣氛很是尷尬，就在此刻，身後突然傳來一聲輕輕柔柔的呼喚。

「相公。」

薄湛立刻回身，兩步邁至衛茉面前，緊繃的面容浮起些許暖色，溫聲應道：「我在，怎麼了，是不是腳疼？」

衛茉點頭，手不自覺地往裙邊伸了伸，卻因怕痛不敢去揉，那輕蹙娥眉、嬌嬌弱弱的樣子立刻讓人湧起疼惜之意，還不等薄湛開口，雲齊已經讓侍從前去開道，並命人牽來一輛馬車交給薄湛。

「三表弟，給弟妹治傷要緊，離洛城還有一段路，不如先將就將就乘本王的車輦吧。」

那馬車雙轅四輪，蜀錦作簾，鐵木作輿，綴以水晶檀珠，裡面還鋪滿了羊毛軟墊，比薄家的馬車不知高出幾個檔次，他卻說是將就，可見極為客氣，但以衛茉對薄湛的瞭解，他肯定不會接受。

她還記得上次從宮中赴宴回來，在車裡提到蔣貴妃時薄湛眼底一閃而過的厲光，雖然至今不明白其深意，但她至少辨得出好惡，而眼下事情已經鬧得很僵，薄湛再直言拒絕恐怕會引禍上身。

唉，罷了，小家碧玉衛四小姐又要展現一下「本色」了。

「相公……」衛茉滑下馬背撲進薄湛懷裡，嬌軀微微瑟縮，似害怕至極。「我不想再坐馬車了，我害怕……」

果然，雲齊身邊的侍從們都露出了不屑的眼光，彷彿在怪她不識大體，相比之下雲煜寬容多了，揮退了禁衛軍，低聲打著圓場。

「二弟，人受驚之下難免膽怯，你切勿介懷，為兄看離洛城也不遠了，不如就讓他二人駕馬慢行吧。」

雲齊森森地看了雲煜一眼，繼而轉過頭溫和地笑道：「此事本就是錦兒的錯，本王彌補尚且來不及怎會介懷？既然如此便照皇兄所說的做吧，不過三表弟若有什麼需要，儘管差人來找本王便是。」

薄湛拱手施禮道：「臣多謝二位王爺。」

雲煜和雲齊不再多說，各自回到車隊中，除了清理現場的禁衛軍，這段路上再無他人，薄湛轉身抱著衛茉上馬，然後說起了悄悄話。

「夫人演技可真不錯。」

「還用你說。」衛茉橫他一眼，逕自甩起了韁繩，馬兒揚蹄朝前奔去。

「再多叫幾聲相公來聽聽。」某人嘻皮笑臉地纏了上來。

「腳疼，沒勁喊。」

薄湛頓時啼笑皆非。「妳是用腳發聲的嗎？」

「是。」

衛茉懶得同他多說，直接一個字堵住了他的嘴，沒想到他朗聲大笑，那神采飛揚的樣子燦爛過天邊晚霞，連她也忍不住回眸。

「有那麼好笑嗎？」

薄湛彎著腰吻了吻她，道：「冷淡疏離的夫人常見，一本正經胡扯的夫人卻是第一次見，還不許為夫的多笑笑嗎？」

衛茉剜了他一眼，忿忿地回過頭坐好不動了。

笑笑笑，笑死你得了！

抵達洛城時衛茉已經累得腰都直不起來了，幸好有薄湛照顧著，不然恐怕連碧落宮的門檻都邁不進去。

想她原來好歹也是個女將軍，且不說打仗，每年從邊關騎馬回來，一路馳騁千百里都不會腰痠背痛，眼下不過顛了小半日身體就快散了，這落差真是讓她無力嘆息，只想著等祛除寒毒之後，看看能不能練些簡單的功夫來強身健體，反正現在這個樣子她是無法接受。

碧落宮設有八宮四院，薄湛和衛茉的廂房位於南院深處，窗明几淨，裝潢雅致，背面還有一大片翠竹林，只可惜兩人都沒心思欣賞，進了房間就開始處理衛茉腳上的傷。

經過大半天的奔波，她的腳踝儼然已經腫成包子，一片紅彤彤的，碰哪兒都疼，薄湛難以下手，還是衛茉揚聲喚來留風，讓她把帶著的玉靈膏拿來，說要自己塗。

留風動作很快，不一會兒就把藥膏拿來了，還打了盆水，一邊擦拭著腳踝周圍一邊自責地說：「小姐，都是我不好，應該晚些去主人那裡的。」

「莫胡說，當時情況凶險，妳不在也好，省得受傷。」

留風咬著唇沒說話，越發心疼起衛茉的傷勢，一舉一動都無比輕柔，生怕弄疼了她。這時，院門忽然被叩響，兩個不同的聲音悠悠飄進了房裡。

「太醫院劉畚奉煜王之命前來給夫人治傷。」

「太醫院胡士奉齊王之命前來給夫人治傷。」

薄湛略一沈吟，道：「既然來了就看看吧，我怕妳傷到骨頭。」

衛茉又累又疼，渾身難受得要命，聽他這麼說脾氣立刻上來了，抬腳就踹了過去，正中薄湛大腿，薄湛大概被踹懵了，抬起頭茫然地問：「怎麼了？這是生哪門子氣？」

「我不看病，沒精神應付他們！」

一語點醒夢中人，薄湛揉了揉眉心，這才發覺自己光擔心衛茉的傷勢，忘記門外那二人的來歷，若是放他們進來，估計搶功事大看病事小，免不了要折騰一番，而衛茉現在當然沒精神看他們鬧了。

「留風，去打發他們走，等妳家小姐休息好了，去城裡請個大夫來。」

留風施施然去了，衛茉倏地把腳縮了回來，翻身背對著薄湛，似乎還沒消氣，薄湛連忙覆上來箍住她，不准她亂動。

「是我顧慮不周，妳氣歸氣，腳蹬來蹬去的幹什麼，萬一碰到另一隻有妳疼的。」

衛茉又一腳踹過去，這次薄湛眼明手快地接住了，手腕一翻，牢牢地按在床上，然後佯作嘆氣狀。「吾妻當真惡如虎。」

「這就惡如虎了？」衛茉挑起丹鳳眼冷冷地睨著他。「侯爺是不知自己運氣好，要是早娶我兩年……哼！」

那恐怕府裡的武器都不夠她使的。

薄湛默默地腦補了這一句，唇邊笑意漸濃。「說得有板有眼的，看來之前求親的人沒少被妳折騰，也只有為夫能降得住妳。」

提到這個，衛茉不知怎地想起了秦宣。

沒訂親之前，秦宣總是與她保持著剛剛好的距離，不溫不火，進退得宜，訂親之後，礙於她的冷淡也並沒有進一步的交往，她從邊關回來，他去接風，她要離京上任，他便送行，一年不見，衛茉甚至都察覺不出他有什麼變化，現在她想明白了，或許就是因為不愛他吧。

想到這裡，衛茉突然心頭一驚。她一直以為自己能夠跟秦宣保持距離卻對薄湛沒辦法，是因為他二人的性格差異，到現在才意識到是自己的原因，從一開始她就習慣了薄湛的霸道，與他相處的每日每夜都怡然自得，彷彿天生契合，根本不需要適應，對秦宣卻少了些心甘情願，這樣的反差足以說明她對薄湛……

衛茉不敢再往下想，下意識想要逃離這個溫暖的懷抱，卻忘了自己有傷在身，不慎撞到了腳踝，痛得臉都白了。

「叫妳別亂動，妳是怎麼回事？」

薄湛皺著眉頭直起身子，小心翼翼撥開她的傷腳，不停地對著傷處吹氣，正心疼之際，留風滿臉喜悅地回來了。

「小姐，您快看看是誰來了！」

衛茉抬眸，一道偉岸的身影映入眼簾。

「不願給外頭那兩人看病，我帶來的人總該相信吧？」雲懷緩步走到床邊，俊朗的面容上滿是笑意，在看到衛茉腫得老高的腳踝之後頓時心疼不已，不過沒等他細看，薄湛已掀起涼被遮得嚴嚴實實。

「師兄，你怎麼來了？」

「妳都跳車了，我能不來嗎？」雲懷無奈地嘆了口氣。「真是太胡鬧了，官道不比城中街道，又硬又結實，萬一摔出個好歹怎麼辦？」

又來了，跟薄湛的訓話如出一轍，我不是那個什麼都不懂的大小姐衛茉！我是計算好速度與距離才跳的！

可惜不能說，說了更完蛋，不過值得慶幸的是，薄湛在這個關鍵時刻挺身而出了。

「王爺，你訓起茉茉來倒比我這個當相公的還熟練。」

「訓了十來年，自然比你熟練。」

薄湛和雲懷臉上都掛著笑，空氣中卻似乎擦出某種火花，留風不由得退了兩步，免得被波及，衛茉卻微微支起身子打量著二人，心中疑竇叢生。

剛才她喚雲懷為師兄，薄湛一點都不驚奇，表情非常自然，好像一早便知曉，而且他跟雲懷講話時，雖然口氣略顯不敬，但雲懷並沒有擺架子或者治他的罪，可見兩人關係匪淺，再聯想到薄湛對煜王和齊王的態度，她大概明白了。

不過話說回來，薄湛與她成親之時，兩人都不約而同地選擇了隱瞞雲懷，如今他回來沒有手撕他們倆就已經很不錯了……

分別站在床頭床尾的兩個人還在唇槍舌劍來往不停。

「十來年又怎樣？訓好了還不是要送進我薄家。」

「但凡她有個不樂意我便將她接回王府，你又能拿我如何？」

衛茉實在看不下去了，冷著臉打斷他們。「王爺，侯爺，要不你們再去院中鬥上半個時辰？我的腳傷還是不治了，留著大夫給你們治舌頭吧！」

雲懷沒見過衛茉含嗔帶怒的模樣，不由得一愣，薄湛卻笑得極為開心，熟門熟路地把她圈到懷裡，一邊摩挲著她的脊背一邊衝著雲懷道：「不是帶了大夫來嗎，人呢？」

不等雲懷吩咐，後面靜立許久的女子自動上前鞠禮道：「見過侯爺和夫人。」

聽她的口音不像是本地人，衣著簡單大方，眉宇間透著一股英氣，應該並非尋常醫女。

雲懷看出衛茉的疑惑，主動開口介紹道：「這是我軍中的醫官，名為尤織，醫術非常了得。」

薄湛頷首。「原來如此，那就請尤醫官幫忙看看我夫人的傷吧。」

尤織輕輕掀起被子的一角，俯下身觀察了一陣，突然說了句失禮了，然後伸出三指覆在腫塊上從前到後地按壓了一遍，劇痛霎時從腳底傳至全身，衛茉咬緊了牙關，非常配合地沒有亂動，當尤織檢查完，她已汗濕羅衫。

「還好沒有傷到筋骨，只是普通的撞傷而已，用藥外敷，七天即可痊癒。」

雲懷問道：「需要什麼藥？本王讓人去城裡配。」

「不用，下官來之前預想到這種情況，就帶了些對症的藥，足夠夫人用了。」

尤織從袖子裡掏出一個精緻的小瓷瓶，綠底紅花，色彩鮮豔，留風立刻伸手接下，一打開蓋子，淡淡的清香便飄了出來。衛茉從前打仗時並沒有見過這種外傷藥，可想而知應該是尤織自己調製的。

「麻煩尤醫官了。」她輕聲道謝。

尤織不卑不亢地說：「夫人不必客氣，剛才檢查時那麼疼夫人都沒有亂動，下官非常佩服，若個個患者都似夫人這般配合就好了。」

雲懷朗聲笑道：「從軍這麼多年也沒見妳誇過誰，看來真是跟茉茉投緣。這樣吧，在碧落宮的這段日子，妳時常過來給她調養調養身體。」

「下官遵命。」尤織答應得爽快，動作也非常迅速，扭頭就回宮拿藥箱去了。

到底是軍中磨練過的姑娘，性子很合衛茉的心意，所以她也沒有拒絕，只是她並不知道，雲懷帶著人來行宮本來是準備給她治療寒毒的，薄湛那裡也一早知會過，只不過碰了巧，提前見面了。

接下來就該上藥了，免不了又疼了一輪，衛茉渾身脫力，懨懨地躺在床上，薄湛給她搭好被子，正準備和雲懷到外間說話，沒想到又有不速之客駕臨。

「侯爺，秦大人和他夫人來訪，正在外頭靜候。」

薄湛朝門裡看了眼，雲懷正在跟衛茉講話，她似乎並沒聽到留風說什麼，於是薄湛果斷反手闔上門，對留風說道：「本侯去會他們，妳伺候好夫人，切勿向她提及此事。」

來到院子裡，秦宣和駱子喻果然在原地等候，一個穿著淺灰色的錦袍，另一個穿著牡丹花裙，看起來甚是相得益彰，只不過細細打量之後便可發現夫妻倆似乎有些貌合神離，並不像外人提到的那麼好。

裡頭的衛茉還難受著，薄湛自然沒什麼閒心招待客人，更別提還是與小知曾經有過婚約的秦宣，所以他表現得並不熱絡，只是淡淡地打了聲招呼。

「秦大人，秦夫人。」

「侯爺。」秦宣亦頷首示意。

駱子喻敏感地察覺到兩人之間的氣氛有些奇怪，但又說不上來是哪裡怪，於是主動上前一步說明來意。「侯爺，我聽說妹妹受了傷，想著過來探望探望她，不知她傷勢如何？」

自從生日宴之後她對衛茉和王姝甚是親熱，平時都姊姊妹妹地叫著，這次衛茉受傷了，她於情於理都要過來看看，只是沒想到秦宣擔心她初來乍到迷路，竟陪著她一塊兒來了，著實讓她受寵若驚。不過轉念一想，若是趁此機會與靖國侯打好關係，說不準爹爹會對秦宣高看三分，她也就不必在大姊面前抬不起頭來了。

思及此，她未等薄湛回答便讓婢女奉上自己珍藏的玲瓏七星粉。

「侯爺，這是治療外傷的聖藥，給妹妹用再適合不過，若不嫌棄的話請收下吧。」

薄湛沒接，毫不猶豫地回絕了她。「夫人的好意本侯心領了，不過內子剛看過大夫上了藥，一時不便換藥。」

「哦，這樣……」駱子喻有些尷尬地收回了藥，卻又再度問道。「那可否讓我一見？只要能看到她安好，我也就放心了。」

「真是不巧，她剛剛睡著了，恐怕無法與夫人相見。」

連續被拒絕兩次，駱子喻有些難堪，又不好發作，只耐著性子道：「那我改日再來好了。」

默然佇立在旁的秦宣斂去眸中精光，向薄湛拱手道：「侯爺，打擾了，我們先告辭了，願夫人早日康復。」

薄湛噙著一抹耐人尋味的笑容拱手相送，在關上院門的一剎那，笑意盡斂。

等他回到房間裡，衛茉倒真的睡著了，身體蜷成一團，唯獨那隻傷腳露在外面，用布條束著固定在床欄邊，想是留風怕她睡覺時亂動，不小心傷了自己，而雲懷就坐在旁邊靜靜地看著她酣睡，目光溫柔，像個愛妹如命的兄長。

薄湛走過去把涼被往上拽了拽，然後擋住雲懷的視線，不耐煩地說：「看夠了嗎？」

雲懷勾唇笑了笑，起身去了外間。

第十三章

洛城位於崤函之東，乃邑中之咽喉命脈，風景秀麗，民熙物阜，向來是詩人口中的溫柔鄉，既有別於天蒼蒼野茫茫的塞北，又不同於畫船聽雨眠的江南，它有屬於自己的韻味，是天朝一道獨特的風景。

可惜衛茉因為腳傷外出不得，錯過了城中的園遊會，也無緣欣賞到洛城別致的夜景，每天光應付那些前來探望的人就已經一個頭兩個大，不熟的還可以拒之門外，像雲懷和霍驍這種兄長般的人物，她就只能乖乖聽訓，任耳朵磨出繭子也不敢反嘴。

從前是怎麼擺平他們的？哦，她忘了，從前她還不是個病秧子，他們不會叨念。

正是頭疼之際偏偏還有人往槍口上撞，少將軍鐘景梧與其妹鐘月懿來了。

鐘家與薄家乃是世交，兩位老爺子早年是一個兵營出來的把兄弟，生死患難和富貴榮華都一同經歷了，後來薄老爺子娶了長公主，鐘老爺子娶了郡主，兩人便都留在天都城生根了，後來家中的小輩也是一塊玩耍長大的，感情甚是要好，憑著這等關係，不來探望都說不過去。

本來鐘月懿是打死都不肯來的，讓她眼睜睜看著薄湛跟別人恩愛簡直比殺了她還難受，奈何父兄有命，要她彌補上次大鬧衛府的過錯，她只好不情不願地來了。

穿過蜿蜒的小徑，一條長廊直通南院，剛踏進院子，鐘月懿就眼尖地發現薄湛的身影，頓時忘了先前的委屈，腳一踮就準備撲過去，結果被鐘景梧揪住衣領提回原地。

「幹什麼去？」

「去找湛哥啊！」她眼底閃著無辜的光芒。

鐘景梧啼笑皆非地說：「找他用撲的？好好走路不會？」

「不會！」

被戳穿了目的，鐘月懿氣呼呼地撇過頭，故意把腳步踩得很重，似表達抗議，結果鐘景梧沒什麼反應，倒是驚動了院子裡的薄湛，兩人連忙上前打招呼。

「湛哥。」

薄湛略微揚眉。「景梧？月懿？你們怎麼來了？」

鐘景梧關心地問道：「聽說嫂子被十一公主撞傷了，不知傷得嚴不嚴重？」

「輕傷而已，已經快痊癒了，就是行動不便，這幾天在房裡都快悶壞了。」薄湛微微一笑，神情中滿含寵溺。

「那就好。」鐘景梧轉身讓僕人提來禮品，並放進鐘月懿手裡。「月懿，妳不是說要去看看嫂子嗎？正好把東西提進去，也陪嫂子聊聊天。」

「我什麼時候——」

話沒說完，鐘景梧的眼風就掃了過來，鐘月懿瞪圓了眼睛，有口難言，瞥見薄湛的表情，只好暫時收斂起小情緒，一跺腳，拎著東西噔噔噔地進去了。

當時衛茉正在房裡看書，留風在邊上烹煮桂圓紅棗茶，一室靜謐就這麼被突然闖進來的鐘月懿打破了，三個人的動作都於一瞬間停止，隨後鐘月懿把東西往桌上一擱，也不說話，雙手交叉地站在原地打量著衛茉。

衛茉經過那一瞬間的驚訝之後倒是再沒什麼反應，坦然大方地說道：「坐。」

鐘月懿也不客氣，抬起屁股就往圓凳上一坐，然後默默地瞅了眼甜香撲鼻的花茶，對衛茉問道：「我能喝嗎？」

「請便。」

獲得了首肯，鐘月懿也沒等留風倒給她，直接端起邊上晾著的那杯喝了一口，喝完覺得味道還不錯，沁爽的茶香中含著絲絲甜味，既不會太膩又滿足了姑娘家嗜甜的喜好，看書時來一杯確實再好不過，這衛茉倒是滿會享受的。

放下杯子，她望向衛茉手中的兵書，秀眉微微一揚，道：「這等艱澀的東西妳都有精神研究，看來是沒什麼事，這樣也好，省得折騰湛哥。」

衛茉輕啟菱唇。「妳心疼？」

鐘月懿反問道：「妳不心疼？」

衛茉伸了伸纏著繃帶的腳，嘴角微彎。「我比較心疼我自己。」

這句話也算是實話了，疼的是她、不能動的也是她，薄湛再心疼也沒有她受的罪多，可偏偏不知刺激到鐘月懿哪根神經，她立刻跳起來指著衛茉說：「我就知道！妳根本就是貪圖富貴才嫁給湛哥的！妳一點都不愛他！」

「妳不是說他也不愛我嗎？扯平了。」

「妳——」鐘月懿被噎個半死，咕咚咕咚連喝了幾口茶，憤憤地說。「那妳跟他成這個親做什麼，不能把機會讓給需要的人嗎！」

衛茉悠悠道：「妳是說妳自己，還是說他愛的那個人？」

鐘月懿脫口而出。「當然是我了！那個人都死了一年了還怎麼嫁給他？」

原來是身故了……

這麼一說，這個故事倒變得順暢了，心愛之人不在世間，找一個相似的女子過完下半生，當作她來疼愛、來保護，用情多深，自欺欺人就有多深，這樣的事不是沒有，看鐘月懿言之鑿鑿的模樣，衛茉有點開始懷疑自己之前的判斷，心口忽然堵得難受。

她不喜歡在別人面前露出軟弱，所以只輕飄飄地吐出幾個字。「哦，真巧。」

跟她死在同一個時候呢。

然而這話聽在鐘月懿耳朵裡卻是對死者極為不敬，遂拍案而起，勃然大怒道：「妳別得意！就妳這等品行之人跟她差遠了！湛哥早晚會醒悟的！」

留風飀地奪至她面前，冷著臉威脅道：「妳再侮辱我家小姐一個字，我就把妳扔出去。」

「讓她說。」衛茉淺勾著嘴角，神情深邃莫名。「我也想知道我差在哪兒。」

鐘月懿不屑地說：「哼，多了我懶得說，只一句，妳不過是裝模作樣看兵法之人，而她是用兵自如、馳騁疆場之人，妳知道差距有多大了吧！」

「如此說來，我確實比不上。」

衛茉沒有爭辯，眼神暗了一瞬又恢復如常，淡然得讓人看不出她在想什麼，卻給了鐘月懿一種錯覺，彷彿她的話起了效果，衛茉是真的知難而退了。

「妳還算有點自知之明。」她有些得意，起身往外走，走到門口時又停下了，微微皺起眉頭對衛茉道。「妳這人也夠悶的，若我是妳，死也要死個明白，不知道情敵是誰就敗了，可真丟臉。」

「跟死人爭就不丟臉了？」

鐘月懿再度噎住，簡直快被衛茉氣死了，恨不得打掉她那張雲淡風輕的臉，突然，她腦子裡浮現出一個狡詐的念頭，緊接著嘿嘿笑了兩聲。

「妳不想知道，我偏要說出來給妳添堵，記住了，她叫歐汝知。」

回答她的是杯子清脆的落地聲。

屋外兩個談天的男人聽到動靜立刻趕過來了，薄湛進了房間，鐘景梧則把站在門口的鐘月懿拽了出來，兩頭各自詢問著是否發生了爭吵。

「月懿，妳是不是又胡鬧了？來之前我怎麼跟妳說的？」

鐘月懿小聲嘀咕著。「我也沒說什麼，誰知道她這麼大反應啊……」

「妳——」

「我們只是隨便聊了幾句。」衛茉突然出聲打斷他們。「杯子是我不小心摔碎的，與月懿無關。」

薄湛瞅了她半晌，徐徐笑道：「原來如此，我還尋思是跟上回一樣，妳又指揮著留風跟月懿打架呢。」

鐘月懿鬧了個大紅臉，不服氣地嚷嚷道：「這次再打我可不會輸了，這段時間我在家一直都勤學苦練呢。」

薄湛回頭瞥她。「怎麼著，還真當我這是練武場了？要不要我教妳幾招？」

「好啊、好啊！」她扒在門扉上興奮地說道。

「好妳個頭！」鐘景梧一巴掌蓋下來，又把她拖了出去，然後不好意思地對衛茉說。

「舍妹頑劣，讓嫂子見笑了。」

「也不能這麼說，比起那些刁蠻的公主郡主們月懿還是強多了。」薄湛涼涼地戲謔道。

鐘月懿噘著嘴說：「湛哥，你又取笑我……」

鐘景梧跟著逗她。「還知道是取笑，看來長進了。」

「哥！你怎麼也這樣！」

「好了好了，不同妳鬧了。」鐘景梧揉了揉她的頭，轉身對薄湛道。「湛哥，我們就先回去了，免得打擾嫂子休息，過幾天晚宴上見。」

薄湛頷首。「代我向老爺子問好。」

「好嘞。」

兩人離開之後，屋子裡出現短暫的寂靜，唯一的響動是留風打掃碎渣子時與地面發出的磨擦聲，一下又一下，時而尖銳。衛茉怔怔地看著，彷彿磨在自己心頭。

鍾月懿說，薄湛以前愛的人是歐汝知，換作任何一個人都不出奇，可偏偏是她。

「我從前千杯不醉。」

「我知道。」

「只要妳平安健康地待在我身邊，一靜一動，嬉笑怒罵，哪怕是掀翻了天，我都喜歡。」

「妳長年不在京中不知，皇上每年都是如此……」

過往的對話瞬間浮現在腦海，當時她覺得奇怪，現在終於明白了，那些她以為是巧合的小事全都指向同一個謎底——薄湛早就知道她是歐汝知了。

可他是怎麼知道的？不覺得她是個怪物嗎？不明白她已經不是從前的歐汝知了嗎？

答案無解。

衛茉陷入了極其複雜的情緒中，所有事情攪成一團，她完全不知道該怎麼面對薄湛，甚至開始懷疑起鍾月懿的話來。

怎麼可能有個人默默地愛著她這麼久，她卻一無所知？

腦子裡一片混沌，她越想越深陷其中，無法自拔，一個低沈的男聲把她從迷霧中拖了出來，抬起眼，那張俊臉上盛滿了她熟悉的擔憂之色。

「怎麼不說話？剛才受委屈了？」

留風冷冷地插嘴。「侯爺不知道，鐘小姐那張嘴實在不客氣，說小姐比不上……」

「留風！」衛茉突然大聲喝止她，胸口微微起伏，面色十分不自然。「茶涼了，妳再去倒一壺來。」

留風咬著唇，端起茶盤出去了。

薄湛看著這副場景，心中若有所思，待腳步聲遠去，他往床內挪了些，伸手撫上衛茉的臉說：「好了，人都走了，有什麼話就跟為夫說，沒人笑話妳。」

衛茉什麼也沒說，身子一斜，躲開了他的撫摸。

嬌嫩的肌膚離開了掌心，帶來深深的空虛感，薄湛卻無暇顧及，看著衛茉一臉迴避的樣子，直覺告訴他一定是出事了。

連續幾天夜裡衛茉都作了同一個夢，夢裡是前世她逛花燈會時的場景。

那是兩年前的元宵節，月兒圓，人兒俏，處處燈火璀璨，亮如白晝，就在這一片繁華盛景之中，歐汝知與秦宣並肩走在河堤上。

本來前些日子霍驍已經來找過歐汝知，約好這天一起去看燈，話裡話外都透著神秘，不知又安排了什麼餘興節目，她應是應了，但覺得自己總是夾在霍驍和王姝之間不太好，正好在路上碰到了秦宣，便與他結伴賞燈。

那時的秦宣還不像現在這麼心機深沈，似乎完全不知道怎麼跟姑娘家相處，想給她買盞燈，又怕拿捏不準她的喜好，想開口詢問，礙於兩人聊的一直都是政事，突然轉變話題未免顯得唐突，於是拖拖拉拉的直到逛完了花燈會也沒有買給她。

邊上經過一輛又一輛的馬車，也不知是哪家的僕人，鞭子甩得比天高，馬車橫衝直撞，絲毫不顧行人的安全，在掃倒一名壯漢之後，眼看著即將碾上前方的小女孩，幸好歐汝知反應夠快，身形一閃便將她帶離車輪之下，安置在下河堤的石階上。

小女孩有些受驚，抖著唇半天說不出話來，歐汝知耐心安撫了幾句，忽然聽見前方一聲巨響，抬眼望去，剛才那輛闖禍的馬車竟不知怎地翻倒了，半截車身衝破了圍欄，懸在空中搖搖欲墜，裡面登時傳出了尖叫聲。

夢到這兒就醒了。

衛茉後來想了很久，一直不明白那輛馬車怎麼會突然翻倒，或許……當時還有別人路見不平，拔刀相助？

這個問題她始終沒有找到答案，直到她第三次夢到同樣的場景。

彼時她正在安撫小女孩，並讓秦宣想辦法找一找她的家人，然而當她回過頭卻發現秦宣愣怔地望著某處，順著他的目光看去，她發現黑暗中有道身影一閃而逝，雖然沒看到臉，身形卻極為熟悉，深深嵌在她的腦海。

那是她的夫君薄湛。

衛茉陡然驚醒，一下子從床上彈起來，渾身虛汗，不停喘氣。

怎麼會是他？

身體燥熱難耐，頭腦也開始不清醒，昏昏沈沈，分不出究竟是現實還是夢境，她扶著床欄緩緩貼了上去，冰涼的觸感讓她略微舒服了些，殊不知這番動靜早已吵醒了薄湛。

「又作噩夢了？」

他的聲音十分輕緩，似乎怕驚了她，見她點頭才伸出手臂把她撈進懷裡，觸及被汗滲透的絲衣，他立刻皺起了眉頭。

「怎麼又出這麼多汗……」

衛茉盯著他的臉，漆黑的瞳孔倒映著月光，如露如霜，一片澄明，再仔細一看，那裡面還有個小小的身影，塞得滿滿當當，毫無縫隙。

他的眼裡全都是她。

腦海裡那些支離破碎的片段忽然連成了一段完整的情節。

「小知，明天晚上我和姝兒來接妳，還會帶一位朋友，到時我們一起去賞燈。」

「……知道了。」

「那我就先走了。」霍驍拍了拍她的肩膀，笑咪咪地轉身上馬，剛揚起鞭子又放下了手，扭頭問道：「小知，妳覺得靖國侯為人如何？」

歐汝知靜默了幾秒，道：「靖國侯是哪個？」

長年不在京中，她對不上。

霍驍一陣無語，本來準備說就是妳在霍府碰見過幾次的俊朗男子，想想還是作罷，只道：「算了，沒什麼，晚上記住別亂跑，等我來接妳。」

歐汝知點頭，轉身進了歐府。

記憶就此中斷，時光流轉到現在，重生成衛茉的她終於知道當時錯過了什麼。

霍驍是想在那晚為她和薄湛作媒，結果她沒有去，獨自出門遇見了秦宣，救了車輪下的女孩，卻不知對她心心念念的薄湛一路默然相隨，看到馬車差點撞了她，怒而出手，這才有了後來那一幕。

一念之差，全都錯過了。

然而她知道這只是個開頭，這兩年裡她一定錯過更多的東西，比如與霍驍一起設法營救她父親，比如私藏案卷以待翻案……薄湛全都絕口不提，甘願抹去從前付出的一切，以一個陌生人的姿態與她從頭開始，這都是他不曾說出口的溫柔。

「茉茉，聽見為夫說話了嗎？把這個換上吧。」

她恍然回神，發現薄湛已經拿來乾淨的絲衣，並自覺地背過身去等著她換好，她緊攥著衣服，眸光停在那沈穩健碩的身軀上，恍若隔世。

「換好了嗎？為夫可要回頭了。」

薄湛低笑著逗她，背部忽然一暖，緊接著一雙藕臂從後面伸過來抱住他的腰，力道很輕，彷彿一隻樹袋熊趴在樹幹上，緊緊貼合，親密無間。

「謝謝你，相公。」

謝謝你為歐家、為我付出的一切，情重如山，我此生難還。

薄湛萬萬沒料到她會主動說出那兩個字，頓時欣喜若狂地回過身來，眼睛都在發亮。

「茉茉，妳說什麼？」

「謝謝你，相公。」

衛茉看著他的雙眼又說了一遍，話音剛落就被他擁進臂彎，灼熱的呼吸噴灑在頸間，她不再抗拒，反而輕輕抬起手臂圈住他的腰，雖然只是一個小小的動作，卻讓薄湛更加開心了。

「今天好乖，若天天如此為夫便省心了。」

「會的。」衛茉輕聲答應。

薄湛笑了，皎若雲間月，在黑暗中盛放光芒，這一刻，衛茉真真切切地意識到他的喜怒哀樂是與自己緊密聯結在一起的，胸口不禁有些酸澀。

從她嫁入薄家以來，滿腦袋想的都是如何翻案、如何為自己報仇，即便知曉了他的心意也一直敷衍以對，任他多麼情深意重都視作無物，甚至心存懷疑，從來沒有一刻重視過他的付出，如今她終於醒悟，不會再逃避他的感情。

從今往後，他們還有很長的路要一起走，她會與他攜手同行。

「好了，快把絲衣換上，免得著涼了。」

薄湛的手撫上衛茉的肩，欲除去羅衫，衛茉沒有拒絕，薄湛意外的同時迅速替她換好了衣服，儘管周圍一片漆黑，他的動作卻十分精準，彷彿已經練習過許多次，而她裸裎相對的一剎那，他非常君子地沒有低頭亂看，這個細微的舉動落在她眼底，心中又輕顫了一下。

不管大事小事他總是都順著她的心意，她這輩子或許都再難遇到這般體貼的人了，想到這，他的聲音又在耳畔響起，一如既往的溫柔。

「碧落宮不像家裡時時有熱水可用，先忍一忍，等天亮了再讓留風打水來給妳沐浴。」

「嗯。」

衛茉重新躺下，睏意襲來，很快就進入夢鄉。

薄湛摟著她卻久久不能入眠，想著明天還是要讓尤織來給她看看，總這麼出汗也不是辦法，別是身體又出了什麼毛病。

第二天一大早，在薄湛的傳喚下尤織立刻來了南院，本來雲懷也要來，但考慮到越少人知道他和衛茉的關係越好，於是只好忍住，等尤織回來了再瞭解情況。

請脈的過程中尤織發現了奇怪之處，明明體質極寒卻虛火旺盛，缺津傷肺，隱有目赤，看起來是經絡不通引起的症狀，實際上卻並非如此。
「請問夫人，此病狀持續多久了？可有其他不適之處？」
衛茉攢眉苦思，薄湛卻立刻答道：「兩月有餘，但並非夜夜如此，也沒有其他症狀，之前找過其他大夫診治，都說是體寒所致。」
尤織沈吟須臾又問道：「那這段時間夫人是否用了什麼特殊的藥物？」
「特殊的倒沒有，只是有一次感染了風寒，喝了兩副尋常湯藥。」
「侯爺和夫人不妨再好好想想。」尤織的神色異常嚴肅，聲音微微沈凝。「下官可以肯定夫人的病與體寒無關，定是誤食了什麼藥物，與寒毒相沖，才會導致燥熱外泄，嚴重的話還會危及性命。」
薄湛的臉色頓時變得極為難看，握著床欄的手也緊了緊，無聲陷入了沈思，就在衛茉和留風還一臉茫然的時候，他突然想到了一件事。
「尤醫官，補品可會導致這種情況出現？」
聞言，衛茉登時睜大了雙眼，難道……難道是娘給的補品裡出了問題？
「有可能，要看裡面有些什麼成分，如果是燕窩人參一類並不會有什麼事，最多是虛不受補罷了，如果放了赤練草、蛇鉤藤之類的藥物，那問題就大了。」
「會有什麼問題？」薄湛沈聲問道。
尤織極盡詳細地闡述。「這種草藥本身並不含毒，通常當作為輔助材料用在需要以毒攻毒的病症上，其烈性可以讓毒素迅速滲入經脈，從而達到置之死地而後生的效果，除此之外，放到其他任何一種疾病上，它們都是會摧垮身體的虎狼之藥，而因為其無色無味不易察覺，通常作為慢性藥使用，北戎的內廷司裡尤為盛行。」

北戎！

薄湛和衛茉對視了一眼，瞬間讀出對方的想法。

看來家裡早就已經不安全了，有人把手伸進拂雲院裡，利用長輩疼愛小輩之心做出如此下等之事，若不是尤織醫術精湛，恐怕誰都猜不到會是這樣。

薄湛閉了閉眼，勉強克制住自己的情緒，低聲問道：「尤醫官，若真是服用此類藥物，可會導致祛除寒毒時，渾身疼痛，甚至嘔血？」

「肯定會。」尤織篤定地說。「嘔血都算是輕的，重者經脈盡斷，七竅流血而亡。」

薄湛霎時捏緊了拳頭。

察覺到身旁之人渾身僵硬，甚至露出了殺意，衛茉立刻探手過去摟住薄湛的胳膊，無聲安撫著他，隨後向尤織詢問道：「不知可有治療之法？」

尤織笑了笑，英氣的面容上充滿自信。「此物雖然陰鷙，但在下官眼裡還算不上什麼，只要夫人配合吃藥，不出半月必能康復。至於徹底祛除寒毒，下官定能助侯爺一臂之力，不過如何配藥還要依夫人的身體情況而定，目前暫時以調養為主。」

「好，那便仰仗尤醫官了。」薄湛沈聲應了，心思卻飄到千里之外的天都城。

該來的還是來了，這個靖國侯府從來就沒有真正地平靜過，從前如何他都忍了，可他們千不該萬不該對衛茉下手，這一次，他不會再忍。

第十四章

來到碧落宮半個多月，暑日終於露出一角微影，冰磚一車接一車地運進宮裡，供皇親國戚們享用，薄湛這兒也分到了十幾塊，不過都給霍驍和留風用了，因為自從衛茉每天服用尤織調配的湯藥之後，熱症已經好得差不多，身體又變回原來的樣子，冰冰涼涼十分沁爽，薄湛笑言軟玉溫香在懷，勝過銷冰萬塊，便全送人了。

這天，尤織照例來請脈，看見衛茉一襲盛裝，光彩照人，這才想起宮中晚上要舉辦宴會，於是一邊把脈一邊與她聊起天。

「雖說宮裡的菜式多半都是以滋補為主，但夫人還是要注意忌口，發物皆不可食，海味性涼也要少食，其他的都沒什麼問題。」

「我知道了。」衛茉淺聲應著。

「醫官您就放心吧。」留風一邊梳髻一邊打趣。「我家夫人向來不喜歡參加那勞什子宴會，能吃飽就不錯了，根本沒心情貪嘴。」

尤織呵呵直笑。「若真是如此可省了我不少事。」

衛茉瞅著擠眉弄眼的兩個人，實在無力反駁。

她確實不喜歡這種交際場合，不僅時刻都要撐著笑臉，還要與各方勢力打交道，實在太累，但次次都讓薄湛一個人去又不太好，為免招人閒話，她決定還是陪他應付一下，坐得遠一些當個透明人就好。

撇開這個話題，她尚有一件事要詢問尤織。這段日子以來，在治療的過程中她也瞭解了許多事，比如說尤織已經學醫二十載，師父是北戎人，所以她對北戎藥物十分熟悉，有了這個條件，加上她又是雲懷的心腹，問起事情來就方便多了。

「醫官，有件事想請教，北戎是否有種毒藥，必須佐以某種特殊藥煙才能測出痕跡？」

藥毒本是一家，她問尤織算是沒找錯人，對這些東西她簡直是信手拈來。

「的確有，此毒名為『風過』，能瞬間置人於死地且不留證據，在北戎敬文帝當政期間，後宮盛行傾軋，無所不用其極，風過便是妃子們最常用的手段，幸好後來有一名懸壺濟世的醫聖破解了此毒，說來也是好笑，它的天敵居然是極普通的艾葉，從那之後，百姓家中常備艾葉，此毒便銷聲匿跡了。」

衛茉聞言胸口一緊。

好一個特殊藥煙，原來根本就是普通的艾香！天都城的人家向來有熏艾的習慣，陳閣老萬萬不會因此而亡，整個三司都中了凶手的障眼法，將一樁樁待解的冤案束之高閣，從此不見天日，而這件事的大功臣薄潤，在其中又扮演了什麼角色？

還記得上次她跟薄湛爭論毒殺案時，他一副置身事外的樣子，現在想來分明就是故意的，怕她往深處查因此遭遇危險，這麼看來，他知道的內幕應該比她還多，她得想個辦法跟他把話說開了。

念頭一起就再也放不下，尤織診完脈離開後，衛茉一直拐彎抹角地套薄湛的話。

「相公，我今天跟尤醫官聊了很多，沒想到她對北戎的藥物也十分瞭解。」

薄湛心裡咯噔一跳，卻裝作若無其事地問道：「哦，是嗎？」

衛茉繼續鍥而不捨地試探。「說來也巧，毒殺案中所用毒藥她一口就說出了名字，還說熏艾即可預防中毒……」

「當真如此？」薄湛立刻放下了手中的公文，裝出嚴肅的樣子。「看來這案子沒那麼簡單，我得去跟霍驍說說，讓他稟報上級。」

說著他就要往外走，衛茉挑起眉頭睨了他一眼，淡淡出聲提醒。「霍大人的院子在東邊，相公可別走錯了。」

「咳，知道了。」薄湛倉皇地出了門，留風看了頓時覺得好笑。

「小姐，侯爺最近好像經常躲去霍大人那兒呢。」

衛茉望著那道漸去漸遠的背影，眸中溢出幾分悅色。「隨他去吧，看他們倆還能想出什麼歪點子來搪塞我。」

據她估計，霍驍和王姝應該也知道她的身分了，這三個人真是……居然聯手起來瞞著她，結合目前的情況看來，估計是怕相認後她會追問舊案，從而做出什麼危險事來，她心中感動，卻只能無言輕嘆。

說到底，為家人報仇並洗脫冤屈是她的責任，她又如何能假手於人？

衛茉心裡清楚，其實捅破這層窗戶紙只是早與晚的問題，因為現在她手中的線索已經全都斷了，如果在短時間內還找不到有效線索，她肯定要跟薄湛和霍驍攤牌，屆時他們想瞞也瞞不住了。

想歸想，傍晚薄湛回來接她時，她還是暫時放下了心事，與他一起安然赴宴。

說來這炎炎夏日甚是燥熱，在湖上一邊吹著涼風一邊用膳確實是無上的享受，華燈初上，月出岫雲，照亮了穿梭的衣香鬢影，才剛開席，十八名妖嬈的舞娘就飄進了舞池，隨著樂聲翩翩起舞，點綴了略顯安靜的晚宴。

此次宴會規模盛大，幾乎囊括所有在碧落宮避暑的大臣，僅大廳就設有二十張紅木桌，甲板上還有數十張，中間的隔門換成了白色的單羅紗，既不影響視線，隨風擺盪起來又十分賞心悅目，可見是花了心思的。

正中央的地毯上鋪著同樣顏色的綢緞，光可鑑人，一直綿延至龍椅下方，皇帝列位其上，金色龍袍裹身，雙臂扶在膝上，挺著大肚，紅光滿面，笑起來龍鬚微微顫動，時而與大臣們飲酒談天，時而與蔣貴妃貼首低語，好不歡暢。

所謂宴酣之樂非絲非竹，齊王張羅大臣們行起了酒令，連皇帝與眾妃子也來了興趣，一時之間熱鬧非凡，安靜的人反而顯得格格不入，比如雲懷，比如薄湛。

「茉茉，宮裡的鱸魚錦帶羹做得還不錯，妳試試。」

衛茉嚐了一口，放下銀匙道：「沒有除夕那晚霍大人家的廚子做的好吃。」

薄湛失笑，繼而豪氣干雲地說：「那下次我再帶妳去，把他們家吃窮為止！」

衛茉攪著湯水涼涼地說：「別開玩笑了，霍大人坐擁幾十個莊子，每天收銀子收到手軟，我們能把他吃窮了？」

這次薄湛沒忍住，朗聲大笑起來。

坐在他們側後方的秦宣默然望著這一幕，眼中異光連閃，旁邊的駱子喻倒是與幾個女眷聊得眉開眼笑的，絲毫沒有注意到自己相公的異常。

短短半個時辰，他的眼神從衛茉身上經過了五次。

他們兩夫妻也如他一般，在這喧囂之中闢出了一塊寂靜的天地，用自己的膳，聊自己的天，他時不時還要起來應付下德高望重的前輩，薄湛卻憑著靖國侯的身分愛理不理，一腔心思全投在嬌妻身上，給她挾菜盛湯，與她親密調笑，對周遭發生的一切置若罔聞。

這太不正常了，薄湛不是對歐汝知用情極深嗎？

秦宣很早以前就偶然得知這件事了，那日他去拜訪霍驍，無意中看見薄湛將幾樣東西交給王姝，沒過幾天，秦宣去送歐汝知返回瞿陵關，卻在她的行囊中見到一模一樣的東西，那時他就明白了，自己有一個非常強大的競爭對手。

他出身寒門，蒙歐御史不棄，收入門下悉心培養，好不容易在翰林院待滿三年，皇帝一紙詔書又將他分去攸城做知府，雖然與天都城同在京郡之內，但畢竟遠離中樞，不知何年何月才能翻身，相比之下，含著金湯匙出生的薄湛條件比他好太多了，所以他做了個決定——立即向歐御史提親。

歐御史還是很看重他的，為了此事特地讓歐汝知請了探親假從邊關趕回來，從而詢問她的意思，令秦宣沒想到的是歐汝知居然沒有拒絕，或許是因為這些年她不在京中，都是他幫忙照顧她的父母，也或許是因為歐御史話裡話外都對他極為欣賞，已有招婿之意，出於孝心，歐汝知同意了。

這個結果出乎他的意料，他本以為還會有些波折，誰承想歐汝知居然根本就沒跟薄湛搭上線，這個所謂的勁敵也就不存在了，他按捺住內心的激動，享受著近水樓台帶來的好處，喜不自勝。

之後的一切在他看來都是順風順水的，薄湛再也沒有出現在歐汝知面前，歐汝知恪守著未婚妻的本分與他越走越近，直到噩耗傳來，悉數成空。

後來他娶了駱子喻，過著正常日子，薄湛卻仍然消沈，過了好一陣荒唐無度的日子，沒想到年前居然娶妻了，還是名不見經傳的衛氏女，開始他還覺得可笑，直到上個月駱子喻舉辦生日宴時信物被偶然翻出來之後，一切都不一樣了。

當時他跟王姝吵完之後又回到書房，敏感地發現另一個暗格被人動過了，想來想去，只有突然出現的衛茉最可疑，於是他抱著猜度之心跟來碧落宮，想找機會暗中試探，沒想到今天看到的事情把他的思維拽向了另一邊。

從開席以來，他發現衛茉的用餐習慣與歐汝知一模一樣，薄湛給衛茉挾的菜也全是歐汝知喜歡吃的，而衛茉也甘之如飴，如果說這都是巧合，那麼在她出入席間經過他身旁時為何刻意避開了目光？

一個離奇的想法在他腦海中形成——歐汝知沒有死，易容成了衛茉。

當初雖然透過種種跡象斷定歐汝知已死，但始終沒有找到她的屍體，如今他看到了她還活著的希望，自己可能是瘋了，也可能是思念過度，但薄湛和衛茉令人懷疑的地方實在太多了，他不得不產生幻想。

無論如何，他不會放過任何一種可能，畢竟他是那麼愛歐汝知……

不知不覺宴席將盡，皇帝領著眾妃先行離開，堂下眾人也散了，薄湛見衛茉早有睏意，忙不迭帶著她往外走，途經秦宣身邊，衛茉忽然有種異樣的感覺，扭頭一看，秦宣尚在獨自飲酒，連頭都沒抬。

「怎麼了茉茉？」

「沒事。」衛茉收回目光，與薄湛一起向外走去。

興許是錯覺吧……

岐山下有一塊占地廣袤的圍場，水草豐沛，物盛天然，向來是皇家狩獵的好去處，恰逢晴空萬里，這天一大早霍驍就到南院來了，興致勃勃地攛掇著薄湛去狩獵，說是過些天番邦使者就要來朝進貢了，皇帝欲在行宮招待，到時便沒機會玩了。

薄湛正好也許久不曾活動筋骨了，便提著弓箭和他一起去了圍場，走之前還叮囑了衛茉一番，她被叮嚀得煩了，三兩下就把他推出院子。

不過話說回來，來了行宮這麼多天，衛茉一大半時間都待在院子裡，待得實在也有些膩了，在留風的建議下決定出門走走。

那天在龍船上賞月時她看到湖邊聳立著一座宏偉的水榭，築山穿池，三面環翠，視野極佳，於是就想著過去逛一逛，沒想到看見雲錦被一群貴女簇擁著遊園，鶯聲燕語不斷，嘰嘰喳喳的甚是吵鬧，衛茉沒有多做停留，立刻轉身去了別處。

留風以為她還在為墜車之事而心有餘悸，怕了刁蠻的雲錦，便乖覺地說：「小姐放心，即便侯爺不在，留風也可以保護您的。」

衛茉勾唇，明知道她想岔了也不糾正，只淡淡應了聲好。

她豈是怕了那個十一公主？只是不想給薄湛惹麻煩罷了，要換作從前……罷了，好漢不提當年勇，病秧子就該有病秧子的覺悟。

思緒兜兜轉轉，免不了又想起以前的事。

其實這並不是她第一次跟雲錦打交道，四年前，歐宇軒被擇為七皇子伴讀，時常出入宮中，與當時一起在國子監讀書的九公主雲悠非常要好，經常結伴出遊。有一次衛茉跟歐宇軒出去踏春，正好雲悠也帶了雲錦，便來了趟四人遊。

那時雲錦才十二歲，個子雖小，脾氣卻已初露端倪，一路頤指氣使，飛揚跋扈，令眾人格外不喜，幸有雲悠耐心規勸她才收斂了些，從那之後，歐宇軒再和雲悠出去都要事先問一聲有沒有雲錦，簡直對她避如蛇蠍，雲悠極為善解人意，也就不再帶上雲錦。

時光如梭，在國子監伴讀的幾年裡，歐宇軒與雲悠感情越來越深，算是某種意義上的青梅竹馬，衛茉那時經常在想，如果沒有後來這些事，或許他二人會成就一樁好姻緣，可惜好景不長，先是雲悠抱病身亡，隨後歐家慘遭橫禍，一切都隨風飄零，再不復返。

只是現在每當衛茉看到雲錦時總會想起溫柔聰慧的雲悠，同為公主，不知差距為何如此之大，或許與蔣貴妃脫不了干係。

雲悠生母去世的早，五歲時皇帝就把她交給蔣貴妃撫養，蔣貴妃表面上對她很好，私下卻極為苛刻，久而久之，雲錦有樣學樣，也變得尖酸刻薄，雲悠不但沒有怨天尤人，反而寬容以對，絲毫不曾記恨在心。

這樣一個蕙質蘭心的人兒，偏偏在花一般的年齡凋謝了，不知在冥河的盡頭，弟弟是否見到了她？

衛茉從回憶中掙脫出來，恰好走出樹蔭，烈日耀眼，金光閃閃之下她竟生出幻覺。

「留風，剛才前面的轉角處是不是有個少年？」

留風有些摸不著頭腦，卻還是據實答道：「回小姐，是有個青衣少年，身長六尺，剛才還在折桃枝，可一下子就沒影了。」

衛茉神色突變，抬腳追了上去。

「小姐？小姐您慢些！」留風立刻尾隨，直追到牆角下，恰好逮住一個背影，與她之前說的差不多，衛茉在她前面，顯然也看清楚了，神色越發驚恐，想都沒想就繼續往前跑去。

碧落宮東南西北四個大院佈局各有不同，她們誤打誤撞來到北院，墉牆高築，花陰密織，猶如入了迷宮一般，視線處處受到限制，在第三次看見少年的背影之後，衛茉還沒來得及出聲喊住他，人就再次不見了，之後便徹底失去蹤影。

體力不支的衛茉緩緩坐在旁邊的石凳上，心中悵然若失。

留風見她一臉青白，顯然不適合如此激烈的運動，立刻為她撫了撫背，焦急地問道：

「小姐，您要不要緊？有沒有哪裡不舒服？」

衛茉怔怔地搖頭，胸腔一陣急痛，不知是因為跑得太急還是因為那個少年的消失。

「您別急，我再去那頭看看，北院就這麼大，那少年走不遠的。」

留風急急忙忙地去了，留下衛茉一人坐在原地發愣。

怎麼會這麼像……那個少年從身材到打扮甚至是動作都與歐宇軒一模一樣，這青天白日的，難道是她見了鬼不成？

更不可思議的是，她剛剛看見他在折桃枝，還記得雲悠最喜歡吃的就是桃心酥了，經常讓歐宇軒幫她採些桃花自己烹製，剛好家中栽了幾株桃樹，所以歐宇軒就讓她提著籃子在樹下等著，然後自己爬上去使勁搖晃，抖落一地花瓣。

剛才的情景幾乎就像是從她記憶中挖出來似的，熟悉得令她心驚。

「不會是軒兒……軒兒已經死了……」

衛茉忽然閉上眼，雙手抱頭喃喃自語，似在強迫自己面對事實，莫被幻覺迷了心，沒有留風在旁，失去武功的她根本沒意識到牆角藏著一個人，將她所有的表現盡收眼底。

小知……真的是妳嗎？

秦宣不由自主地握緊了拳頭，一顆心在懷疑和激動之間遊離，他強迫自己冷靜下來，反復告誡自己還需要更多的證據，僅憑衛茉的一句話證明不了什麼，他不能現在就把她當成歐汝知，否則局面定會失控。或許他可以趁著番邦使者來朝再設一個局……

察覺腳步聲逼近，秦宣立刻隱入陰影之中，袖袍一斂，整個人消失在拐角。

「小姐，我又在這附近找了一遍，沒有看到那名少年，不知去了哪兒。」留風輕飄飄地落在衛茉面前，見她臉色難看，不由得伸手扶了一把。

衛茉卻輕輕捁開她的手，勉強站起來說：「不必再找了。」

「那您為什麼……」

「我看錯了。」衛茉漸漸鎮定下來，知道留風有所不解，於是編了個藉口。「我以為碰見了母親的族人，想來也是糊塗了，曾家世代隱居於江湖，怎會出現在行宮裡。」

留風點頭道：「原來如此，想必是外頭的陽光太烈了，照得人有些暈眩，不如我扶您回去歇著吧？」

衛茉頷首，就著她的手起身，走了幾步路又出聲囑咐。「等會兒侯爺回來莫與他提及此事，省得他無端擔心。」

「知道了，小姐。」

由於她們對北院並不熟悉，所以回去的時候繞了些遠路，到家時已經臨近午時，薄湛和霍驍早已歸來，在院子裡埋頭忙碌，衛茉走近一看，居然是在烤肉。

薄湛聽見腳步聲立刻抬頭，旋即走上前握住衛茉的手問道：「怎麼才回來？也不留個信，我都讓聶崢去找過一輪了。」

衛茉淺聲解釋。「不小心迷路了，這才耽誤了時間。」

「安全回來就好。」薄湛揉了揉她的頭髮，牽著她走到烤架前滿懷笑意地說。「我們今天可是大豐收，想吃什麼，我幫妳烤。」

衛茉逐一看過石台上擺著的戰利品，有野鹿、大雁、兔子等好幾種動物，部分已經由廚師去毛剔骨，切成厚度均勻的肉片，霍驍時不時挾起幾片放到烤架上，只聽滋地一聲，金黃色的油脂瞬間溢了出來，再撒上各種佐料，立刻濃香撲鼻，不知有多誘人，一口咬下去，鮮美的肉汁逐漸填滿每一個味蕾，還沒反應過來，又一片下了肚。

霍驍端著一盤鹿肉向衛茉獻寶。「吶，這些都是妳相公親手烤的，讓他下廚可不容易，妳不來嚐一嚐？」

衛茉頓了頓，隨後挑了自己最喜歡吃的鹿肉，略一掩袖吞下，轉頭看向薄湛。

「好吃。」

薄湛擁緊了她，眉目間湧起無邊悅色，低沈的嗓音散在她耳邊。「喜歡就好。」

三人遂一同坐在綠蔭之下，一邊談天一邊享受著這獨特而美味的食物，清風盈袖，蟬鳴悅耳，再來上一杯精心調製的冰鎮酸梅汁，不知有多愜意。

趁著薄湛去石台拿肉的間隙，衛茉與霍驍聊起了天。

「若是姝姊姊也在這裡就好了。」

霍驍笑了笑，意味深長地看了衛茉一眼，道：「不要緊，來日方長，總有機會的。」

衛茉的表情亦十分深邃，輕嘆道：「是啊，來日方長。」

重活一世，到現在她才意識到這四個字有多麼寶貴，查案固然重要，但不能不顧性命去拚，眼下時光正好，他們還有大半輩子要過，為了這些關心愛護她的人，她無論如何也要堅強地活下去。

「茉茉。」霍驍緩緩放下手中的物品，鄭重地說道。「湛哥真的很好，妳要珍惜他。」

沒等衛茉說話，他又苦笑道：「不瞞妳說，我曾經還想為我妹子作媒，可惜那個笨丫頭對情愛之事一竅不通，我煞費苦心也沒撮合成功，希望她來世能多長點心眼，別再傻乎乎的只知道打仗。」

這不是當著她面說她壞話嘛！衛茉有些哭笑不得，暗自剜了霍驍一眼，毫不客氣地說：「霍大人這話我可不愛聽了，您要是作成媒了，我上哪兒去啊？」

霍驍連連大笑。「那是那是，自然是要給妳留位置的。」

話說到此，他的心也放了下來，衛茉肯這麼表態，心裡一定是有薄湛的。

恰好此時薄湛也端著肉片回來了，看霍驍一副樂不可支的樣子，頓時好奇地問道：「你們聊什麼呢，這麼開心。」

衛茉涼涼地說：「在聊相公的情史。」

「噗——」薄湛一口酸梅汁嗆在嗓子眼裡，好半天才緩過來，瞠著雙眸說道。「淨瞎說，為夫哪有什麼情史？」

「那日去秦府，有幾個姑娘使勁瞪著我，眼珠子都快瞪穿了，姝姊姊說都是你的爛桃花。」

薄湛長嘆一口氣，敢情這是在翻舊帳啊！

「夫人，那一廂情願的事兒也怪我啊？」

衛茉冷幽幽地睨了他一眼，擦著嘴說：「我吃飽了，相公，霍大人，你們慢用。」說罷，她起身回了房間。

薄湛瞅著她的背影，冷不防問了句。「你說她是生氣還是沒生氣？」

霍驍哈哈大笑，以一個過來人的姿態給他指了條明路。

「她這是逗你玩呢。」

第十五章

半個月後，番邦使臣到達洛城。

其實在來之前就因為這事起了分歧，煜王認為在區區行宮接見使臣未免有些失禮，傳出去恐有仗著國勢強大欺人之嫌，建議等一切事畢再去避暑也不遲。齊王卻直諫煜王不應屈尊就卑，有損天朝顏面，兩方各執其詞，爭得不亦樂乎，唯獨雲懷站在中間一言不發，閒得像在看笑話。

皇帝素來偏愛齊王，經他一說，也覺得毋須太過遷就這些附屬小國，當即決定照原計劃去行宮避暑。

後來雲懷與薄湛聊及此事，只說多年不在中樞，沒想到朝局還是一邊倒，煜王固有賢名在外，卻輸在「帝寵」二字之上，再如此下去，朝野定會一片烏煙瘴氣。薄湛似乎已經見怪不怪了，連半個字都懶得評價，以準備擂台賽做托詞，悠悠回了南院。

說到擂台賽，這是每年使臣來朝時的固定節目，內容很簡單，就是一對一比武，但由於參賽者來自不同國家，武功招數皆有很大差異，所以場面非常緊張刺激，很受歡迎。事關大國顏面，作為東道主的天朝來說這種比賽是不能輸的，所以參賽之人都要經過精挑細選，去年是禁衛軍統領楊曉希、天機營統領謝筠和少將軍鐘景梧，今年謝筠沒來就換成了薄湛。

按理說，薄湛執掌京畿守備營，乃是朝廷一員大將，派他出戰無可厚非，可他向來不喜歡湊這種熱鬧，所以直到出戰前都還臭著一張臉。

衛茉對他這種狀態有些不放心，一邊為他更衣，一邊安撫道：「集中精神好好打完這一場，我在台下等你。」

薄湛面上清冷之色稍減，低聲囑咐著她。「今天人多，妳乖乖坐在席位上不要亂跑，霍驍就在邊上，有事跟他說便是。」

「知道了。」衛茉淺聲答著，順手替他除下了常服，精壯結實的肌理頓時裸露在眼前，讓她看得心跳加速，然而當目光滑到他背後時，立刻凝成了薄冰。

見他背上全是舊傷，衛茉無法形容這副景象有多觸目驚心，將近十條傷疤橫七豎八地爬在皮膚上，凹凸不平，猙獰而堅硬，其中最長的一條從左肩劃至後腰，幾乎貫穿整個背部，如此嚴重的傷，連她這個長年打仗的人看了都有些發顫。

許久不見動靜，薄湛奇怪地轉過身來，見衛茉臉色發白地盯著自己身後，霎時明白了一切，隨後握住她的肩膀低啞地說：「是不是嚇到妳了？」

衛茉沒有回答，反問道：「這傷是怎麼來的？」

「都是以前打仗時留下的。」

說完，薄湛迅速拿起她手裡的衣服穿好，遮了個嚴嚴實實，不再讓她細看。可衛茉並沒有想像中那麼好敷衍，她很快就想到，薄湛五年前接管了京畿守備營之後就再也未出征過，而從傷疤的顏色看來顯然是近兩年的，他沒說實話。

可他為什麼要騙她？

衛茉細數著嫁給薄湛以來的點點滴滴，發現除了與歐家案子有關的事以外，薄湛從來沒有瞞過她什麼，難道……他的傷也涉及到這件事？

腦海裡忽然有什麼東西似流星般劃過——

「比起那個深受重傷把她從邊關帶回來的人，你的付出簡直好笑！」

衛茉陡然僵住了。

是她……一切都是因為她！她早該想到的，當初去邊關救她的人就是薄湛，他這一身傷應該是在帶著她的屍體回天都城時被殺手襲擊造成的，他不願說實話是怕她往下查，更怕她有心理負擔。

這個男人啊……即便到了此刻仍然堅守著溫柔的防線，教她怎麼辦才好？

衛茉忽然緊緊抱住了薄湛的腰，眼中水光一閃而逝。

「怎麼了？」薄湛輕輕地揉了揉她的頭髮。

隔了很久她才悶悶地說：「贏得漂亮點，我在台下給你加油。」

薄湛揚唇一笑。「放心吧，那些個蠻夷豈是妳相公的對手？」

衛茉難得也綻開笑靨，如明珠生暈，清婉動人，看得薄湛心尖一顫，埋頭便吻住了她，她連忙推著他的胸膛羞惱地低叫。「你別鬧，該上場了。」

外頭適時響起了密集的擊鼓聲，薄湛無奈地放開衛茉，又摸了摸她嫣紅的臉頰才道：「回席上等著我。」

衛茉點點頭，整理好衣裙離開了房間。

從後台到席間並不遠，只要從這四合院的後門出去，再穿過一條花徑便可到達，但由於盛況空前，四周都派出禁衛軍把守，後門已經禁止通行了，為免橫生枝節，她只好從另一頭的側門離開。

這條路是繞遠的，衛茉腳步不免急了些，在穿過月洞門時也沒注意對面有人過來，留風老早聽見拐角處有腳步聲，步履一旋，及時勾住衛茉腰間的玉條把她帶到牆角下，這才沒跟他們迎面撞上。

那兩個人並沒留意到牆的這邊有人，逕自往前走去，嘴裡嘰哩咕嚕說的不知是哪國話，留風並沒有在意，正要踏出月洞門，被衛茉一把拽了回來。

留風非常機智地沒有出聲，等那兩人走遠了才小聲問道：「小姐，怎麼了？事有蹊蹺。」

衛茉問了句看起來毫無干係的話。「留風，今天的賽程裡有祁善嗎？」

「好像沒有，我記得侯爺說過，要到第三天才有祁善的比賽呢。」

「這就怪了……」衛茉緊緊皺起了眉頭。

祁善國離瞿陵關非常近，她戍守瞿陵關多年，也懂得一些祁善語，剛才路過那兩人分明提到了什麼暗器毒藥一類的字眼，若是想搗鬼的話，今天沒有比賽，他們來做什麼？

她心裡有些不安，揣著疑問回到席上，這時第一場比賽已經開始了，霍驍看她來了，一顆心也終於落了地，微微傾身與她低語。「怎麼現在才來？路上遇到麻煩了？」

衛茉想了想，還是決定先觀望一陣，就沒對霍驍說出剛才的事，只輕輕搖頭。

周遭忽然響起歡呼聲，兩人抬頭一看，原來是第一場結束了，禁衛軍統領楊曉希以完勝之姿立於擂台上方，正向眾人揮手示意。

「贏得還挺快。」霍驍剝了顆葡萄扔進嘴裡，百無聊賴地等著下一場開始，完全不像邊上的官員們那般意猶未盡，仍興奮地談論著剛才的精彩之處。

留風也在衛茉身旁跪坐下來，給她斟了杯鐵觀音，又剝了一大把松仁，可衛茉動都沒動，彷彿還在想剛才的事，就在此時，一道俊秀的身影緩緩踱至跟前，衛茉垂著眼眸沒發現，霍驍卻立刻神色一整，不復方才的悠閒。

「你來做什麼？」

秦宣微微一笑，似乎毫不在意他的態度，背著手輕描淡寫地說：「那邊視野不好，想到師兄這裡來借個光。」

霍驍剛想回絕他，突然想到了什麼，往右邊掃了眼，衛茉果然正看著他們，他眼角一沈，心想若是一會兒吵起來了，衛茉定然著急，秦宣心思細膩，萬一讓他察覺到什麼就不好了，於是心一橫，讓出邊上的位子。

「多謝師兄。」秦宣衣襬一掀坐到霍驍左邊，自己倒了杯茶，抿了一口方道。「下場就是小侯爺對烏風國的特使了吧？聽說他人高馬大，極為凶猛，不知小侯爺能不能贏。」

說罷，他有意無意地往衛茉那邊瞟了一眼，誰知霍驍手中的摺扇唰地撐開，一搖一擺剛好擋住他的視線。

「好久不見，師弟倒是越來越幽默了，就烏風國那幾個廢柴，加起來都不見得能打過我，難道還能贏得了小侯爺？」

秦宣噙著一縷幽渺的笑，別有深意地說：「那也不好說，興許人家有秘密武器呢。」

聽到這，衛茉的心跳漏了一拍，捧著茶盞的手驟然握緊。

不容她亂想，震耳欲聾的鼓聲再次響起，對戰雙方已經登上了擂台，薄湛穿著一身幹練的灰色勁裝，胸口附有刃甲，腰別三尺長劍，威風凜凜，氣勢難擋。隨後他轉頭朝衛茉這邊望了一眼，衛茉尚未有所反應，邊上一幫貴女們都沸騰起來了，尤其是鐘月懿，居然站起來為之打氣，手舞足蹈的不知有多興奮，轉瞬就被一臉黑線的鐘景梧拖了回來。

紅纓金鑼鳴響，比賽正式開始。

烏風國特使穆桑手持一把雁尾鏜衝了上來，又快又狠地刺向薄湛，薄湛腳下紋絲不動，僅略微偏頭便躲開這一擊，左手擒住鏜柄，右掌疾出，迅如風，利如刀，拍在穆桑的刃甲上，留下一道極深的掌印，穆桑連退數步，瞪圓了眼，隨後蠻勁大發，將雁尾鏜揮成一股疾勁的旋風，猛地襲向薄湛。

薄湛此時才舉起佩劍，卻未出鞘，只是對準旋風中心憑空一擊，錚錚一聲之後，風勢盡散，穆桑卻就著勢頭橫勾下來，薄湛單手抵住，兵刃交擊的一刹那，穆桑虎口震裂，狂然大吼，竟越發使力壓了下來，鮮血湧出的同時，尖刺緩緩逼近薄湛胸口。

眾人都屏住呼吸，為薄湛悄悄捏了一把汗，沒想到局勢突然生變，薄湛身子一斜，腳下騰挪數步，魅影般奪至穆桑跟前，一手扣住他腕脈，一手運勁劈向他關節，只聽鐺的一聲，雁尾鐣脫手，穆桑半跪在地上失力痛嚎。

結束了。

武器未出，十招未過，台下的霍驍看得痛快淋漓，還不忘嘲諷秦宣。「師弟，看來要讓你失望了，到底還是……」

話音未落，他陡然變了臉色。

就在薄湛回身準備下台的一剎那，穆桑突然站了起來，用左手拎起雁尾鐣，再度攻了上來，薄湛眉目一凜，驟然回身擋住，穆桑卻陰惻惻地笑了。

衛茉到此終於明白了，倏地站起來失控地大喊。「相公，小心暗器！」

為時已晚。

誰也沒料到雁尾鐣這種東西也能藏暗器，只見橫刃上黑洞畢現，閃電般彈射出八枚精鋼釘，泛著幽幽綠光直襲薄湛胸口！

這一刻，衛茉的心彷彿被掏空了，而不遠處的秦宣，眼底正閃著洞悉的光芒。

小知，果然是妳。

南院。

薄湛光著上半身靠在軟榻上，尤織正在給他把脈，衛茉坐在一旁等著，手指揉個不停，似乎有些心神不寧，直到尤織診治結束，她連忙開口問道：「尤醫官，怎麼樣？」

尤織微微一笑，似在安她的心。「夫人無須多慮，侯爺並沒有中毒，手臂上只是輕傷，不日即可痊癒。」

聽到這句話，衛茉懸在空中的心終於落下了。

原來在穆桑偷襲薄湛的那一刻，他及時用內力震開了那些塗了毒的精鋼釘，但左手卻被雁尾鏜劃了道口子，衛茉擔心鏜上也有毒，立刻請來尤織為他檢查，現在確認無事，她總算鬆懈下來，卻忍不住自責。

她早該示警的，即便那兩個祁善人另有目標或是她聽錯了都無所謂，總不會讓薄湛經歷這般凶險之事，若有個萬一……

胸口猛然一窒，她不敢再想下去。

薄湛見衛茉久久不語，連尤織向她告辭都沒有反應，於是伸出完好的那隻手把她拖進了懷裡，誰知她渾身冰涼，彷彿剛從冰窖撈出來一樣，心神也無法集中，他晃了好幾下她才回過神來。

「茉茉，在想什麼？」

衛茉咬著唇，雙手緊握成拳，半天才擠出一句話。「我差點害了你……」

她容色泛白，氣息不勻，手背都攥出青筋，薄湛終於察覺到異常，抬起她的臉沈聲問道：「發生什麼事了？」

沈默地與他對視良久，衛茉終於娓娓道來，嬌音時而輕至中斷，充滿了難以言喻的歉疚。

「我從四合院出來時碰到兩名祁善人，無意中聽到他們提起暗器、毒藥之類的字眼，當時只知道他們想害人，卻沒想到是針對你的……」

薄湛抱緊衛茉，陡然眯起了雙眼。

祁善國與烏風國素有嫌隙，怎麼會攪在一起製作暗器對付他？還剛好讓懂得祁善語的衛茉聽見，這也太巧了，還有那個早已不相往來的秦宣，無緣無故過來湊什麼熱鬧？不對，這中間一定有蹊蹺。

薄湛緊抿著唇，神色似深海般幽暗難辨，思緒融會貫通的一剎那，他突然睜大了眼睛。

糟了，中計了！

他急急放開衛茉，一邊翻身下榻一邊披上衣裳說：「茉茉，我有事要去霍驍那裡，妳好好待在家裡，等我回來。」

衛茉怔怔地看著他出了門，心裡浮起了疑惑，看他的樣子不像在怪她，這麼急著去找霍驍，難道她有什麼事沒注意到？

罷了，等他回來就說明一切吧，他和霍驍這樣藏著掖著的，她看了都覺得累。

另一頭，正趕去東院的薄湛並不知道衛茉已經做好攤牌的準備，只想著先找到霍驍解決眼下這件要緊事，沒想到他人不在東院，據僕人說，他去岐山參加晚上的篝火大會了，薄湛二話不說從他那兒牽了匹馬立刻出城。

月上中天，星斗闌干，在黛藍色的天幕中匯成一條河，遙遙地俯視著大地，岐山披著璀璨星輝，成了夜色中一道獨特的風景。山腳下此刻正匯聚著八方來客，穿著各種不同的服裝載歌載舞，好不熱鬧，細碎的火光中還飄來陣陣食物的香味，酒肉應有盡有，十分誘人。

薄湛一路碰到好些相熟的同僚，都舉著酒杯前來相邀，他婉言謝絕，在場中穿梭巡了幾輪，終於找到霍驍的身影。

霍驍當時正與幾個辛國人交談，冷不防被一隻胳膊拉出了人群，回頭一看是薄湛，頓時有些訝異。

「你怎麼來了？不是還傷著嗎？」

薄湛把他拉到林子裡，面色凝重地說：「上午秦宣過來時說了什麼話做了什麼事，你一字一句都跟我說清楚。」

「哼，說什麼他的位子視線不好，過來借光，還跟我討論你那場比賽會不會贏，萬一別人有秘密武器又會怎麼樣，真是莫名其妙：」霍驍一五一十全說了，越到後面薄湛臉色越沈，他終於感到不對，擰眉問道：「是出什麼事了嗎？」

「我懷疑……秦宣可能已經察覺到茉茉就是小知了。」

此話一出，霍驍倒抽一口涼氣，抓住他的手臂疾聲道：「你說什麼？這毫無理由啊！我們一直防著他，小知也沒有跟他接觸，他到底怎麼看出來的？何況……何況借屍還魂這種事，在別人眼中根本就是天方夜譚啊！」

薄湛沈重地擺了擺手，道：「再說這些已經沒有意義了，之前恐怕他已暗中試探過多次，加上今天又知道茉茉會祁善語，此刻他心中估計已經有所定論了，我們必須要趁他做出什麼反應之前解決他。」

為了衛茉的安全，他已然動了殺心。

「怎麼解決？他好歹也是個朝廷命官，又在行宮這個屁大點的地方，根本不好下手，況且他已經在小知面前露過好幾次臉了，如果突然消失，小知肯定要起疑心……」霍驍聲音中斷，一拳砸在樹幹上。「早知如此，就算打草驚蛇我們也該先除了他！」

「現在只有一個辦法了。」薄湛冷靜地看著他說。「把真相告訴小知。」

霍驍瞠圓了雙眼低吼道：「你瘋了！若小知知道害死歐家的人是誰，說不準會幹出什麼傻事來！到時你我想保也保不住她了！」

「只要有我在就不會讓她做傻事。」

薄湛的聲音如同湖水般灌入了霍驍的耳朵，短暫的轟鳴之後一切歸於寂靜，兩人無聲對視良久，直到火光照進來，鳥雀疊翅而飛，兩人才同時轉過頭望向聲音的來源之處。

「侯爺，霍大人，屬下可算找到你們了。」

聶崢喘著氣跑到跟前，曲膝往地上一跪，那焦急的神色讓薄湛心中有了不好的預感，一步跨上前拽起他問道：「出什麼事了？」

「夫人……夫人她不見了！」

「你說什麼！」霍驍大驚失色，亦跨步上前追問。「什麼時候的事？」

「就在侯爺走後不久，尤醫官正好派人送藥來，我從門口接了回來就看見留風倒在地上，進屋一看，夫人已經不知去向。」聶崢頓了頓，彎下身子猛地叩首。「屬下該死，沒能保護好夫人，請侯爺責罰！」

薄湛深吸一口氣，從牙縫裡擠出兩個字。「起來。」

聶崢跪著不動。

「起來！」薄湛低吼了一聲，直直地盯著聶崢。「把夫人找回來，你向她請罪去吧！」

聶崢呼吸微窒，又狠狠磕了個響頭，鄭重起誓道：「是！屬下便是豁出這條命也要尋回夫人！」

三人不再多言，一同踏出了樹林，前方忽然傳來騷動，凝神靜聽，來者數十，步履輕盈，可見武功不弱，薄湛抬目遠眺，卻只有兩個人站在視野裡，一男一女，正是雲懷和留風。

原來在衛茉出事之後兩人分頭行動，聶崢去找薄湛，留風則去通知了雲懷，現在兩邊人都齊了，卻是同樣的焦心。

「到底是怎麼回事？茉茉怎會被人綁走？」

雲懷疾步上前，眉眼間一片惶急，薄湛卻不答話，沈著臉向留風問道：「看到襲擊妳的人長什麼樣子了嗎？」

留風搖了搖頭，又恨又氣地說：「回侯爺，那人用的是迷藥，無色無味，小姐倒下去之後我才發覺不對，後來迷迷糊糊地看見一個穿藏青色皮靴的人走進來將小姐抱走了，身高六尺，應該是個男的，臉上蒙了黑巾，看不清楚長相。」

儘管她描述得模糊，但薄湛和霍驍還是同時想到了一個人——秦宣。

以秦宣的性格而言，既然能夠確定衛茉就是歐汝知，他就不會再等，一是因為對歐汝知的執念，二是怕日久生變，所以在此刻動手並不出奇。

薄湛只怪自己不夠細心，沒有想到這一層，不然無論如何都不會放衛茉一個人在家。霍驍想的卻是另外一面，以秦宣目前的身分而言，如果此事鬧得人盡皆知，不但衛茉會有危險，他自己也沒有好果子吃，如今他肯冒如此大的風險擄走衛茉，到底是想幹什麼？

罷了，站在這瞎猜也沒用，還是抓緊時間找人要緊。

兩人對視一眼，由薄湛密語傳聲。「聶崢，去秦家看看。」

聶崢二話不說就消失了，雲懷望著他離開的方向，心中疑竇叢生，轉而向薄湛問道：「你讓他回碧落宮做什麼？」

「先從宮裡找起。」薄湛一言揭過，表面淡然，內心早已如同烈火燎原。

雲懷眯著眼盯了他半晌，隔空打了個響指，隱藏在暗處的守衛們悉數掠向碧落宮，來無影去無蹤，唯有林間枝葉輕輕晃動。

霍驍顧及衛茉的安危，怕動靜太大惹來別人的注意，便拐著彎地提醒雲懷。「啟稟王爺，介於您與茉茉的關係，是不是……」

「他們知道分寸的。」

一句話安了霍驍的心，而雲懷自己的心卻無法淡定下來——這兩個人究竟隱瞞了什麼？還是在朝廷惹了什麼仇家？弄得茉茉平白無故要遭這種罪，他回頭定要查清楚！

就在他沈思之時，薄湛已經翻身上馬，揚鞭一抽，馬兒邁開蹄子飛快地向碧落宮奔去，濺起無數青草碎石，逐漸消失在光影中。

身後眾人也不再遲疑，紛紛躍上馬背，朝同一個方向飛馳而去。

第十六章

這是哪兒？

衛茉從昏睡中醒來，視線一片朦朧，她揉了揉眼睛，發現自己在一個封閉的房間中，滿室空空蕩蕩，依稀可見一盞橘燈在角落裡散發著昏黃的光芒，忽明忽暗，映在紙簾上的那道人影也跟著深深淺淺地變幻，儘管如此，衛茉還是立刻認出了那熟悉的輪廓。

「妳醒了。」

那人慢慢轉過來正對著她，深邃的面容被籠罩在薄翳之下，表情甚是模糊，她支起身子回望著他，沒有露出任何情緒，一味地緘默。

「小知，到現在妳還要裝作不認識我嗎？」

衛茉緩緩坐正，菱唇翕動，似嗟似嘆地說：「秦宣，好久不見。」

深沈的目光驟然變亮，秦宣移步上前握住她的雙肩，異常激動地說：「真的是妳，小知！妳沒死，妳回到我身邊了……」

他的力氣很大，捏得衛茉一陣痠痛，她皺了皺眉，不著痕跡地掙開他的手，站起來凝視著他說：「沒想到我們會在這種方式下見面。」

秦宣僵了僵，道：「妳受傷之後我去看望過妳一回，被薄湛擋在門外，若不是沒有其他辦法，我也不會出此下策。」

衛茉似乎對他的解釋完全不在意，轉過身走到窗台前，隔了一會兒才問道：「你是什麼時候開始懷疑我的身分的？」

「在我書房的暗格被人動過之後。」

「原來如此。」衛茉微微垂下長睫，聲音越發淡渺。「這麼說來，之前我在北院碰到的青衣少年還有四合院裡的祁善人都是你安排的了。」

「……是。」秦宣的聲音很低，似乎怕衛茉因此不高興，沒想到她直接跳過了這個話題。

「那你今天大費周章地帶我來到這裡，究竟所為何事？」

「什麼事？」秦宣扯了扯嘴角，笑得無比苦澀。「妳重新活過來了，不來找我，不與我相認，卻還問我所為何事……小知，妳究竟把我當成什麼人了？」

衛茉回身看著他，雙眸似一泓潭水般深不見底。「今非昔比，你我早已不是一路人，認與不認都沒有太大的意義了。」

秦宣陡然變了臉色，衝上來扣住她的手臂低吼道：「我們不是一路人，難道妳跟薄湛就是一路人？」

衛茉垂著眼簾沒有說話，這種態度在秦宣眼中無異於默認了，胸中妒火倏地燃燒起來，猶如焚野燎原，一發不可收拾，不知不覺間，緊扣的十指在她手臂上留下好幾處印痕。

「一年多了……這幾百個日夜，妳知道我是怎麼過的嗎？我找不到妳的屍體，夜夜都在盼妳入夢，就算不與我說話，對我笑一笑也好，可妳一次也沒有來……現在我明白了，這是因為妳還活著，可同樣的，現實裡妳也沒有來，寧願嫁給一個陌生人也不願來找我，妳究竟還記不記得那一紙婚約？」

衛茉沒有解釋自己是如何陰差陽錯地嫁給薄湛，只是寡淡如水地問道：「這句話，你娶駱二小姐時沒有問過自己嗎？」

秦宣難以承受地倒退了幾步，旋即淒涼地笑開了。「哈哈哈……問得好，這一切全是我作繭自縛！以為犧牲全部可以換來妳一條命，誰知不但沒留住妳，還把自己賠了進去，如今妳回來了，我卻成為那個失約的人了，呵……原來造化弄人便是如此……」

笑聲回蕩在廢棄的宅院裡，越發顯得荒涼四起，只是相隔不到幾尺的地方顯出截然不同的景象，一人癡狂得像是入了魔，一人卻似古井般掀不起絲毫波瀾。

「往事已矣，你都忘了吧。」

說完，衛茉面無表情地推開門往外走去，還未走到院子裡，秦宣急匆匆地追上來問道：「妳去哪兒？」

「我該回去了，侯爺會擔心。」

秦宣面色一僵，眸光沈了又沈，溢出些許狠戾，衛茉卻沒有看到，她已經再次背過身向大門走去，誰料秦宣一聲疾吼，讓她驀地剎住了步伐。

「妳難道不想知道是誰害了妳全家嗎？」

衛茉回過頭來看著他。

秦宣勾著一縷冷笑緩步上前道：「當初刑部的人在歐府搜出了通敵書信，帶兵上門的人正是霍驍，我親眼看著他把老師送入天牢便再也沒出來！如今薄湛娶了妳，看似對妳極好，其實是想找個機會不動聲色地除掉妳，妳到現在還不清醒！」

「你說謊！他們不可能騙我！」衛茉驀然回身，無法置信地叫道。

「不可能？」秦宣一步又一步地逼近，直到把衛茉抵至牆角，然後箝著她的手腕說。「那他們為何到現在什麼都不告訴妳？為何不讓妳跟我接觸？為何一點替老師報仇的意思都沒有？」

「他們是想保護我……」

「小知，妳到底明不明白？讓妳知道真相才是真正保護妳！妳別再讓霍驍和薄湛蒙蔽了好嗎？一切都是假的，都是他們在演戲！」

衛茉猝然掙脫他的桎梏，臉色慘白地蹲了下去，喃喃自語道：「不會的，侯爺不會騙我的，他那麼愛我……」

見狀，秦宣恨得牙都快咬碎了，拳頭緊了又鬆，最終還是壓下心中的滔天怒火，一邊將衛茉摟進懷裡安撫著一邊低聲嘆息。「都怪我，若是能早一些找到妳該有多好，妳太單純了，怎能鬥得過他們？」

兩行清淚劃過衛茉的臉頰，那雙黑曜石般的瞳眸似不會轉了，呆呆地盯著秦宣的衣袂，充滿了哀傷和絕望。

「別害怕，妳相信我，我定會幫歐家洗淨冤屈，還妳和老師一個清白。」

秦宣伸出手準備幫衛茉揩去淚水，沒想到她忽然擋開了，抬眸看著他，眼底一片孤寒淒清，卻格外地堅定。

「歐家的仇我會自己報，至於薄湛和霍驍，我這就去找他們問清楚！」

她拔身而起，清冷的身姿中帶著一抹決絕，未流乾的淚掛在腮邊，隨著夜風灑落衣襟，瞬間了無蹤影，就當她穿過院子拉開大門的一剎那，身後陡然伸出一隻手，重重地按在門閂上，將那打開的縫隙重新闔上，嘶啞的笑聲沈沈回蕩在耳邊，令人渾身一凜。

「小知，我差點被妳騙過去了。」

莫名其妙的一句話，衛茉竟沒有反駁，只見她遲緩地轉過身來，嬌容冷似寒鐵，卻無比鎮定，哪有一分傷心決絕的模樣？

「怕是近來日子過得太甜蜜了，竟演不來這淒淒慘慘的角色了。」

衛茉狀若無事地擦去淚珠，抬頭看向秦宣，眸中暗色瀰漫，寒意一絲一縷地滲出來，如數九寒冬一壺冰水，澆了他一個透心涼。

「妳竟然試探我……」

「不然呢？」衛茉冷冷地望著他，勾起一抹諷刺的笑。「我可沒打算相信一個拿我相公的命來設局的人。」

秦宣頓覺彷彿被人掐住喉嚨，難受得喘不過氣來，過了許久才勉強開口道：「是，我承認我有私心，我一想到妳與他親近、與他纏綿就快要瘋了，只想除掉他把妳奪回身邊，可這與歐家的案子是兩碼事，妳為什麼不肯相信我？」

衛茉驟然大笑起來，銳眼如刀，每一次逼視都幾乎將他撕碎。

「我也想相信你，可你告訴我，為什麼在我爹改口供的那天你會出現在天牢？為什麼在他死後，你這個學生非但沒有受連累還官升兩級？為什麼剛才提到案情時，你連一點細節都沒有透露？就憑這個，你讓我別相信驍哥和相公，去相信你？秦宣，你是不是當我死過一次人也跟著變傻了？」

秦宣白著臉，一個字也答不上來。

「怎麼，沒話說了？接下來是不是該殺我滅口了？」衛茉嘲弄道。

「殺妳？我怎麼會殺妳？」秦宣扯出一抹比哭還難看的笑。「小知，我是真的愛妳，我所做的一切都是為了妳，妳相信我！」

「為了我？」衛茉睜大眼睛，彷彿在看一隻怪物。「你害我全家還說是為了我？」

「我是為了救妳！」

說完這一句，整個院子都安靜了。

他在說什麼？什麼叫為了救她？家人的死跟她有什麼關係？

衛茉僵硬地站在原地，心底有什麼東西正在一寸寸崩塌，壓得她喘不過氣來，她衝上去一把拽住秦宣，咬牙問道：「你什麼意思？」

秦宣臉上不知是什麼表情，似哭似笑，語言混亂，趨近崩潰。

「歐家撞破了天大的秘密，誰也救不了……我答應他們仿造通敵書信換妳性命，誰知中途出了差錯……小知，我們惹不起的，但我們可以遠走高飛，妳相信……」

啪！

衛茉搧了他一記重重的耳光，渾身血氣上湧，不停顫抖。

原來父親竟是死在自己最疼愛的學生手裡，連逃命的機會都沒有，就這樣被他擅自判了死刑，還美其名曰為了救她，多麼荒唐可笑，多麼愚蠢至極！

秦宣被打得身子一斜，耳朵裡一陣轟鳴，夾雜著極淡極涼的兩個字。

「是誰？」

他懵然看向衛茉，她又問了一遍，緩慢而有力地敲打在他心上，激起千層浪。

「他們是誰？」

秦宣話如鯁在喉，神情掙扎，突然，一道銀光在夜空中劃過，他身體猛地繃緊，遲鈍地看了衛茉一眼，隨後轟然倒地，昏黃的光線下，一朵血花在他胸口緩緩盛開，而右側屋簷下，某個黑影迅速隱入夜幕中。

「不──」衛茉驟然撲上前，一邊按住他的傷口一邊吼道。「告訴我是誰！」

秦宣一動不動，瞳孔已經失去焦距。

「不！你醒過來！」

院門此時砰然一響，被人從外面大力撞開，衝進來的幾個人看見衛茉跪在地上滿手是血，正瘋狂地搖晃著秦宣，而秦宣已面如死灰，聽不到任何呼吸聲，顯然已經斃命。

薄湛瞳孔一縮，立刻閃到跟前把衛茉箍在懷裡，沈聲喝道：「茉茉，停下來！他已經死了！」

「他不能死……他還沒說是誰害了我爹……你放開我，放開我！」

衛茉使勁掙扎，突然身形一滯，猛地嘔出一口鮮血，薄湛大驚失色地抱住她，緊接著又一口血噴在他胸前，嬌軀軟倒的一剎那，他心中驟然湧起無邊無際的恐懼。

「茉茉！」

當薄湛抱著衛茉回到南院時，她的血已經染透了衣襟，匆匆趕來會合的雲懷看見這一幕心已然提到嗓子眼，話都來不及問，立刻讓尤織為衛茉診治。

「怎麼樣？」

尤織面色凝重。「不好，寒毒發作了，要馬上施針，請侯爺把夫人的衣衫解開。」

此話一出，雲懷和霍驍只好到門外等著去了，吊著一顆心在廊下徘徊，鞋底都快磨穿了，時不時透過茜紗窗往裡面瞅兩眼，唯見燈影綽約，沒有絲毫動靜，煞是急人。

房裡的薄湛正按照尤織所說脫下衛茉的外衫，然後把她身體放平，並束住手腳不讓她亂動。尤織唰地攤開一張牛皮卷軸，從中捏起數根不同長度的銀針，逐次插入衛茉胸腹，動作熟練且精準，不消半刻，衛茉竟悠悠甦醒過來。

「茉茉？聽得到我說話嗎？」

衛茉眼前似罩著一層白濛濛的霧，眨了好幾下眼俊容才顯出了輪廓，看著薄湛焦心如焚的模樣，她欲開口寬慰，體內忽然傳來一陣劇痛，疼得她繃緊身子，束著四肢的布條頓時拉出幾道紅痕。

薄湛扣住衛茉的下頷，直接把手腕送進去給她咬住，同時憂心忡忡地問道：「寒毒發作時會這麼疼？」

尤織深深地看了他一眼，只答了四個字。「猶如剔骨。」

薄湛心口一緊，下意識看向衛茉，就在此時疼痛再次襲來，衛茉沒控制住一口咬了下去，立時見紅，血腥味讓她清醒不少，偏過頭躲開他的手，說什麼也不肯再咬。

「聽話，茉茉，別咬傷自己。」

「不要……啊——」

呻吟聲透過門縫飄到雲懷和霍驍的耳邊，兩人立刻不管不顧地衝了進來，結果被留風攔在外間，只好隔著紗簾不停地張望，精神緊繃得像一根弦，隨時都會斷裂。

又一根手指長短的銀針落下，疼痛暫緩，衛茉軟軟地垂下頭，呼吸聲極淺，薄湛見狀急道：「尤醫官，我可否用內力助她抑制寒毒？」

「暫時不行。」

尤織沒有多作解釋，有條不紊地把針施完然後開始配藥，並讓留風去打一大桶熱水來，約莫過了一刻，她把混合好的藥液滴入浴桶，回頭再看衛茉，又疼過了一輪，神色已有些渙散，顯然是撐不住了，於是她拔出銀針，讓薄湛把她抱進浴桶。

「侯爺，夫人穴脈已通，只要配合藥湯浸上半個時辰，身體會慢慢恢復正常溫度，疼痛亦會逐漸消失，我先去熬製內服的藥，一會兒再過來。」

薄湛點點頭表示知道了，並未與她多說，一門心思全撲在衛茉身上，眼睛都捨不得眨，看著她蒼白孱弱的樣子，胸口已經疼到炸裂。

尤織出去向雲懷交代一下情況便去灶房煎藥，半個時辰之後，所有症狀果然都開始減輕，衛茉緩緩睜開眼，神智雖然還有些昏沈，記憶卻如數回籠。

「相公……」

「我在。」薄湛捧住她的面頰，動作輕柔，生怕弄疼了她。

「秦宣……是不是死了？」

薄湛身體一僵，心裡把秦宣凌遲了無數遍，對著衛茉卻只能軟聲安撫。「妳還難受著，不想這些了好不好？有什麼事等妳病好了再說。」

衛茉輕抬眼睫，虛弱無力地說：「是不是我病好了，你和驍哥就不再瞞我了？」

她全都知道了。

薄湛臉色瞬間凝滯，刻意避開這個問題，俯身從浴桶裡把衛茉撈起來，仔仔細細拭乾她身上的水珠，然後放回床榻上，剛給她蓋上薄被，一滴水珠啪地打在他手背，他以為哪裡沒擦乾淨，再一抬頭，衛茉已經淚如雨下。

認識她多年，從未見她掉過淚，哪怕像剛才那樣痛到極點也忍住了，此刻卻無聲無息地哭了，彷彿盛夏夜裡突如其來的一場暴雨，落得讓人心慌。

薄湛覆上去攏住衛茉，感覺懷中嬌軀抖得如同風中落葉，他一遍又一遍地摩挲著她瘦削的脊背，試圖讓她平靜下來，她卻哽咽著問道：「你和驍哥是不是早就知道……栽贓我爹的書信是秦宣寫的？」

「……是。」

確認了事實，衛茉越發淚流不止，似一隻受傷的小獸般伏在薄湛肩上，不斷發出痛苦的嗚咽。

「他知道有人要害歐家卻隻字不提，只因覺得我們一定鬥不過惡人，最後害得歐家滿門抄斬！如今他乾脆地死了，有夫人收屍，有牌位供奉，可我的家人呢？我至今連他們的屍首在哪都不知道！」

衛茉痛哭著再也說不下去，一顆心彷彿淹沒在幽暗的深海裡，一波冰涼一波窒息，痛得快要死去。

「別哭。」薄湛心痛如絞地吻去她的淚水，在她耳邊輕語。「爹娘一直都在妳身邊，回門那天我帶妳去見過他們，還記得嗎？」

「回門那天？」衛茉愣了愣，又一顆淚珠砸下來，冰冰涼涼的觸感讓她瞬間驚醒。「那四個牌位是……是……」

她臉上洋溢著激動和詫異，還有一絲小心翼翼的探究，生怕說出口就變成了幻覺，薄湛見狀嘆了口氣，隨後抱緊了她，道：「是，三個牌位是爹娘和軒兒的，旁邊那個是從前的小知的，他們一直都葬在一起。」

聽到這句話，衛茉身子一軟，怔怔地倚著薄湛，淚落得更凶了。

難怪那天薄湛要帶著她跑那麼遠，難怪他讓她給他們上香磕頭，難怪他跪在那兒說今後一定好好待她請他們放心……

衛茉突然挽住薄湛的頸子放聲大哭。

一點一滴，再難言謝。

他輕拍著她，像哄小孩一般，聲音一如既往的低沈，喚著那個在心裡揣了許多年卻從未正面說出口的名字。

「小知，過去的事情無法挽回，但妳放心，歐家的人命和妳受的苦難，我會讓他們通通還回來。」

衛茉抬起頭看著他，眼底水光閃爍，半句話也說不出來。

「別哭了。」薄湛拭去她的淚水，極盡溫柔地說。「妳若願意，今後的路我一定陪妳走完，中間錯失的這一年，我們慢慢補回來。」

衛茉又哭又笑地抱緊他，只說了一個字。「好。」

老天給了她第二次生命，就用這一輩子來補吧。

被寒毒折騰了一夜，衛茉的體力早已透支，所以當她情緒平復下來之後立刻陷入昏睡，薄湛坐在床邊留戀地看著她的睡顏，捨不得走，卻又不得不離開，因為外頭還有一大堆爛攤子等著他來收拾。

剛掀開珠簾走出內室，坐在太師椅上的霍驍便起身迎上來問道：「茉茉怎麼樣？」

「已經沒事了。」薄湛倦怠地揉了揉眉心，繼而微微凝眸。「那個刺客抓到了嗎？」

說起這個霍驍就一肚子火，一拳砸在桌子上恨恨道：「聶崢追了幾里路，剛抓住他就吞毒自盡了，什麼情報都沒問到！」

「死了也好，至少茉茉的身分不會被洩漏出去了。」

「那倒是，這比什麼都重要。」霍驍睇著眼思索了一陣子，突然想起了雲懷。「對了，懷王還在隔壁房間等著呢，你想好怎麼解釋了嗎？要不要先串個供？」

薄湛沈吟道：「不必了，你回去吧，我自有辦法應付他。」

「那好吧，我先走了，明天再來看茉茉。」

霍驍轉身離去，薄湛跟著去了隔壁。

夜已深，皎月隱入雲中，周圍的院落漆黑一片，唯有此間燈火通明，兩個男人面對面坐著，雖然臉上都印著深深的疲憊，氣氛卻相當緊繃。

「阿湛，還不準備告訴我是怎麼回事嗎？」

雲懷撐在太師椅的扶手上，凝眸直視薄湛，素來溫和的神態變得十分嚴肅，可見此事已經觸及他的底線。

其實對薄湛而言何嘗又不是如此？他當時恨不得把秦宣碎屍萬段，可為了保護衛茉，他只能帶著她匆匆趕回南院，並命人抹掉他們曾經去過廢宅的痕跡，確保明天別人發現了屍體不會牽連到他們身上，然而這個麻煩處理好了，後面等著的雲懷卻更加難纏。

在此之前，雲懷和薄湛是惺惺相惜的表兄弟，脾性相投，志同道合；衛茉則是雲懷患難時相依為命的師妹，多年來感情深厚。如果此時揭開了真相，這些關係都會改變，至於結果如何，薄湛猜不到，但他萬萬不會拿衛茉的安危去賭，所以他已經打定主意，無論如何，他是不會將衛茉的真實身分告訴雲懷的。

「什麼事，王爺難道猜不到嗎？」薄湛語氣平淡，彷彿答案再顯而易見不過。「我平日行事輕狂，有幾個仇家也是很正常的事。」

雲懷重重一哼。「仇家？當今朝廷被我的兩位皇兄一分為二，你是他們爭搶的香餑餑，誰有那個膽子敢動你？」

「那可不好說，總有人不在控制範圍內，比如說那位有仇必報的十一公主，她可不是什麼善類，再加上齊王與丞相千絲萬縷的關係，秦宣綁走了茉茉意欲行凶，想來也不算太奇怪。」

雲錦？

雲懷眯起了眼，還是不太相信薄湛所說，但不得不承認確實有這個可能。罷了，估計從他嘴裡是問不出什麼了，還不如自己去查，他一定要弄清楚是怎麼回事，絕不能放任衛茉陷於危險之中。

心思既定，雲懷站起身，面容冷肅地盯著薄湛，聲音暗含警告。

「阿湛，話我只說一次，你記住了，如果你沒法保護好茉茉，我一定會把她接回身邊。」說罷，他襟袂震開，劃過一道青色的弧線，負手在後步出了房間。

薄湛佇立在原地，臉色鐵青，心中亦想著同一件事。

他也不會讓小知再受到任何傷害。

第十七章

第二天，秦宣的屍體在碧落宮深處的廢宅被發現，驚動朝野。

會鬧得這麼大也在意料之中，畢竟正值各國使臣來訪期間，整個洛城戒備森嚴，更別提禁衛軍親自把守的碧落宮，如今居然出了這等命案，猶如被人打了一記響亮的耳光，真是要多丟臉有多丟臉。

皇帝大發雷霆，命令禁衛軍統領楊曉希協同刑部徹查此事，各人領命去了，霍驍混在中間走個過場，順便看看有沒有什麼遺漏的，好替薄湛遮掩一下，結果沒過兩天，案子還沒查出什麼端倪，流言卻甚囂塵上，說是北戎的細作又來毒殺朝廷命官了，一時之間人心惶惶，連各項活動都冷了下來。

此時最安靜的地方恐怕要數秦家了，頭七已過，拜祭事了，親友及查案官員都不再上門，偌大的庭院只剩僕人在料理後事，駱子喻把自己反鎖在房裡，已經數日不曾見人了。

其實並沒有很多人前來探望她，平日交好的夫人小姐們沒見一個，唯恐染上晦氣，親姊駱子吟倒是來過幾次，行色匆忙，放下禮品囑咐了丫鬟幾句就走了，至於父親駱謙只在出殯當天見過，事實上，那也是人來得最多的一天，聽說之後去看望他的人比過來上香的還多，真是諷刺。

不過這幾日駱謙藉口身體不適在院子裡休養，並拒絕了所有會面，只留下一人。

「人找到了嗎？」

「回相爺的話，找到了，不過人已經死了，在泗水河畔發現的屍體。」

聞言，駱謙沈眉不語，手指輕敲案台，似在考慮著什麼事。

邱季見他面色不豫，上前進一步分析道：「相爺，屍體我已經親自檢查過了，確實是監視秦宣的三號，應該是在那天夜裡殺了秦宣之後被其密會之人抓住了，不過他身體上並沒有外傷，乃是服毒自盡，所以我猜測對方並沒有獲得什麼情報。」

駱謙看也沒看他，逕自把玩著檀木核桃，淡淡出聲。「你的意思是不用查了？」

邱季渾身一凜，連忙垂下頭說：「邱季不敢！此等大事絕不能冒一絲風險，定要斬草除根才算安全，請相爺再給我一些時間，我定將那人揪出來交給您處置！」

「你有何眉目？」

邱季思索了片刻，道：「相爺，我記得前幾天三號向我稟報過，擂台賽時秦宣跑去與霍驍同席觀戰，他二人決裂已久，此舉甚是怪異，或許，我們可以從霍驍開始調查，畢竟與歐御史相關之人就只剩下他了。」

「霍驍？」駱謙手裡動作一停，不甚在意地說。「歐晏清被刑部定罪的時候，他都只是眼睜睜地看著，難不成現在還想翻什麼浪？」

「或許是我多疑了，但以防萬一，我會把霍驍及其來往密切之人都查一遍，過後再來向您彙報情況。」

「你這是要查到你們親家頭上了。」駱謙似笑非笑地說。

邱季畢恭畢敬地說：「邱家與靖國侯府結親本來也是為了助齊王殿下奪得京畿守備營，若靖國侯真與霍驍勾結做出悖逆之事，邱家理應身先士卒替相爺解決這個麻煩。」

「好，那你就去吧。」

至此，駱謙臉色終於好看了些，邱季不再多言，躬身施禮退下，出了門就開始安排人手行調查之事，一切落實之後，他又喚來了貼身侍從。

「傳封信回天都城，讓邱瑞這段時間多去侯府探探虛實，別整日只知尋花問柳，也該為家裡做做事了。」

侍從看他鐵青著臉，一個字也不敢多說，立刻著手去辦了。

與此同時，碧落宮另一頭——

「茉茉那邊搞定了？」

「尤織剛看過她，現在已經躺下了。」

薄湛踏進房間，示意聶崢把門關緊，然後與霍驍面對面坐下，霍驍執袖倒了兩杯茶，靜靜地晾在彼此面前，清風拂過，白煙散了又起，為這驕陽似火的天氣平添一分燥意。

「她這幾天有沒有追問你御史案的事情？」

「沒有，她精神不太好，多半時間都在昏睡。」薄湛撐著額角，提到衛茉的病情就十分憂心。「過些天我和尤織要想辦法給她祛毒，天都城那邊的事可能顧不上了，你多費心一些，不要讓人瞧出了端倪。」

霍驍攢眉道：「我正要與你談這件事，現在秦宣死了，風聲正緊，那邊指不定怎麼查我們呢，天都城的計劃是不是先緩一緩？」

「不能緩。」薄湛面色堅定，聲音中透出極為果斷的執行力。「本來就是要打他們個措手不及，如果等到皇上起駕回京或是他們有所防備，那就全都白費了。」

霍驍沈吟了一陣，覺得薄湛所言甚是，籌劃了這麼久，機會失不再來，不能讓這個突發事件影響了他們的全盤計劃。

「好，我知道了，那就按原定計劃進行。」

話音剛落，書房的門突然被推開了，一道麗影幽幽立於廊下，青絲淺束，衣著單薄，巴掌大的臉上嵌著一雙圓潤的烏瞳，正眨也不眨地凝視著他們。

「你們要做什麼？」

薄湛顧不上掩飾，直接邁步上前擁住了衛茉，她身體極為虛軟，就像個空架子一般，被他輕輕一攬就飄到懷裡，彷彿三九天湖面上的碎冰，又輕又涼。

「怎麼下床了？不是讓妳睡一會兒嗎？」

衛茉推開薄湛，扭過頭面向霍驍，一字一句甚是緩慢，卻隱含暗流。「他不說，驍哥你告訴我，你們是不是在做危險的事情？」

霍驍從沒見過這樣的衛茉，心頭一顫，遲疑道：「茉茉，妳別亂想，我們沒做什麼。」

衛茉遲緩地點了點頭，道：「好，看來你們都把我當作那個養在深閨的衛茉了。」

兩個男人俱是一僵，眼神在空中交會，都寫著心疼和為難，突然，耳旁一陣窸窣，兩人轉過頭，發現衛茉一手扶著門框一手捂著胸口，身體微微下滑，臉色比剛才更白了，兩人大驚，立刻閃身上前撐住她，卻被她逐一甩開。

薄湛看她連站立都顯得很困難，卻堅持自己往外走，心中頓時一陣絞痛，二話不說衝過去打橫抱起她，轉身放在書房的軟榻上，然後宣佈繳械投降。

「妳靠在這兒別動，我去端藥來，一邊喝一邊說，妳想知道什麼我們都告訴妳，好嗎？」

衛茉抽回被他壓著的水袖，逕自將身邊薄被掠上腰間，別過頭去不說話了。

薄湛知道她是同意了，嘆了口氣，起身出門，不一會兒便端來了藥，還拿了個軟枕墊在衛茉身後，讓她靠得舒服些，奈何她無動於衷，氣氛依然冷凝。

「來，先把藥喝了吧。」薄湛用銀匙舀了一勺遞到衛茉唇邊，可她冷冷地看著，壓根兒沒有要張嘴的意思。「茉茉，我們都答應妳了，不許再鬧脾氣，身體要緊。」

這次衛茉乾脆撇開臉了。

霍驍坐在旁邊乾著急，他知道衛茉是在等他們先開口，但從去年到現在這麼多事情一時半會兒哪說得完？到那時藥早涼了！他撓了撓頭，想起平時哄王姝喝藥時都是一口藥一顆糖換著來，十分有效，於是脫口而出。「妳喝一口我們回答妳一個問題，可好？」
此話一出薄湛便知道不好了。
衛茉伸手奪過藥碗，仰頭一口氣喝光，然後揚起鳳眸看著霍驍，似玩笑又似脅迫地說：「驍哥，你不會讓我再吐出來吧？」
霍驍差點一口氣背過去。
「你認識她這麼多年，不知道她什麼性子？還出這種狗屁倒灶的主意。」薄湛甩了個眼刀給霍驍，隨後把衛茉的被子往上提了提。「問吧，為夫來回答妳。」
衛茉垂下眼睫沈默片刻，幽然輕吐。「我爹他……臨死前說了些什麼？」
「我沒有見到爹最後一面。」薄湛握住她的手輕輕揉捏著，神色有些沈重。「那天，我聽聞爹改了口供，便在深夜趕去天牢，百般詢問之下，他始終不肯透露原因，只說自有辦法脫身，讓我趕緊去邊關找妳，我不疑有他，就連夜動身了，誰知半路就傳來他的死訊……」
薄湛感覺衛茉的手在輕微的顫抖，於是俯身把她攬進懷裡。
「後來我才明白，當時一定是秦宣去找過爹，告訴他只要能認罪即可換妳一命，爹不相信他卻又擔心妳的安危，於是一邊假意順從與他周旋，一邊給我爭取時間，只可惜我還是晚了一步，到斷崖的時候妳已經……」
薄湛說不下去了，那段記憶始終是他心中永恆的痛。
霍驍抽了把椅子在一邊坐下，長嘆道：「當時我的身分敏感，不方便去尋妳，便留在天都城伺機營救老師，沒想到兩頭皆失，老師身亡，湛哥也受了重傷，還有妳……唉！」

原來爹甘願背負罵名放棄生命是為了保住她。

衛茉瞳孔一陣緊縮，雙手攥得發白，病容越發褪盡了血色，隔了半晌才咬牙問出一句話。「害歐家的……是不是丞相和齊王？」

秦宣說與惡人做了交易換她一條命，從他突然娶了駱子喻來看，對方很有可能是丞相，而他向來與齊王親近……儘管種種細節指向的答案已經非常明顯，但仍需他們點頭肯定。

薄湛凝視著她，唇齒微張，逸出一個再沈重不過的字眼。「是。」

衛茉深吸了幾口氣，還是沒能控制住情緒。「偌大一個朝廷，竟然被齊王和丞相一手遮天……難道沒有人調查信件的真實性？沒有人質疑這件事有多麼不合理？沒有人想想……」

「茉茉！」薄湛沈聲打斷了她，扶住她的肩，強迫她看著自己。「不要再說了，他們的勢力遠遠超過妳我的想像，妳再氣憤、再難過都好，今後面對他們時還是要裝出一無所知的樣子，知道嗎？」

霍驍也道：「湛哥說得沒錯，當時他們早已把手伸進妳的兵營之中，不但把妳偽裝成畏罪自殺的模樣，還秘密處死了所有心存懷疑的將士，到現在都沒人知道他們運回天都城的屍體是假的！」

衛茉臉色刷白，倏地轉過頭，直勾勾地盯著他問道：「都有誰……被處死了？」

薄湛知道說出來只會增加她的負疚感，於是果斷答道：「別問了，都過去了，比起死去的人，妳更應該為活下來的人心存感激。」

「活下來？還有誰活下來了？」

「還有梁東。」

衛茉陡然怔住，淚水奪眶而出，有欣喜也有辛酸。

怪不得，梁東沒有繼續留在瞿陵關，沒有當上守關將軍，卻回到天都城在薄湛手下當了個小小的營長，這一切都是因為她……

「當時只有追著妳離開的他知道妳在山崖上遭受了伏擊，並非畏罪自盡，然而他十分機警，沒有表現出任何異常，等事情一過他便以舊傷復發為由申請調回天都城，後來他冒著危險與霍驍接觸，我們這才知曉他的立場，出於偽裝，我把他納入京畿守備營。」

說到這裡，薄湛抹去她的淚，一雙黑眸直視著她，深處隱隱發亮，猶如即將破曉的黑夜。

「人證和物證有了，但要為歐家翻案，不先扳倒丞相必不能行，所以妳必須記住四個字：徐徐圖之。」

十日過去，秦宣被殺案尚未告破，天都城加急送來的一封奏摺再次掀起軒然大波。

當時皇帝正在日熙宮與三位皇子及內閣大臣探討政事，傳令兵到了殿外，將一個厚實的牛皮紙袋交給當差的小太監，經過層層傳遞到了皇帝手裡，誰知他抽出奏摺看了幾行之後立刻勃然大怒，只見黃光一閃，奏摺唰地飛得老遠，掠倒一桌茶盞，濕的濕，碎的碎，響聲極大，驚得所有人都跪了下去。

「混帳！給朕把余慶綁來！」

眾人面面相覷，不知戶部侍郎余慶犯了什麼事，竟讓皇帝如此震怒，煜王默不作聲地撿起腳邊的奏摺，細看之下亦變了臉色。

奏摺是新上任的京兆尹紀玄親筆所書，上面寫著天都城城郊一鑄造坊起火，火勢隨風綿延數里，殃及百姓宅院，衙門帶人滅火之後意外發現一條密道，尋至深處，竟發現大量私銀，與戶部所鑄一模一樣，幾可亂真，紀玄當即把鑄造坊的工匠抓回衙門，刑審幾天之後，他供出了戶部侍郎。

後面大半篇都是這個人的口供，從產銀數量到洗銀手法，每字每句透露出的資訊都讓人心驚不已，一旦坐實就是抄家滅族的大罪，眾人看後都出了一身冷汗。

禁衛軍動作很快，不過一炷香的時間余慶就被五花大綁地扔到堂下。

皇帝此時倒沒先前那般怒形於色了，一雙銳眼在余慶身上轉了好幾圈，隨後語氣森冷地吩咐道：「把摺子拿給他看。」

小太監把奏摺整理好交到余慶手上，他只看了一眼便嚇得脫了手，匍匐在地上一邊磕頭一邊大喊。「皇上，臣冤枉啊！這個人臣根本不認識啊！」

「冤枉？」皇帝陡地拍案而起，略顯富態的身軀隨之一顫。「從你帶人溜進戶部密房盜取範本，再到掉包賑災官銀之事，這份供詞上全寫得清清楚楚，甚至連你手裡特製金鑰的形狀都畫了出來，你倒說給朕聽聽，是何人能夠如此冤枉你！」

余慶垂下頭，眼珠子轉了轉，突然聲淚俱下地撲倒在龍案前。「皇上，臣有罪！是臣讓這賊人有了可趁之機啊！數月前，臣所掌管的密房鑰匙不翼而飛，正當臣準備上報戶部領罪之時鑰匙卻又出現了，臣心存僥倖以為無事，便將此事遮掩了過去，現在想來，正是那時惹的禍啊！」

聞言，參知政事張鈞宜冷不防地說道：「余大人這鑰匙丟得可真是時候，恐怕沒有今天這事，我們都無從得知了。」

余慶再度叩首，用力極大，撞得大理石地板咚咚作響。「皇上龍威在前，臣怎敢有一字虛言！私銀之事危害深遠，說到底皆因臣不夠謹慎，皇上若要治臣死罪，臣剮首以待，可萬萬不能讓那幕後真凶逃脫了，否則恐怕還會有千萬個鑄造坊出現，禍及更多百姓啊！」

說罷，他除去官帽，深深跪伏在地上不再抬頭。

皇帝本就多疑，見他一心求死，倒越看越像是有人在構陷他，當下不禁遲疑了起來，隨後目光一轉，掠過面色各異的眾人，不禁泛起了薄怒。「都啞巴了？朕是找你們來商討政事的，不是來看戲的！」

雲懷站在角落幾不可見地揚了揚眉，卻沒有吭聲，繼續當著隱形人。

「父皇，兒臣有話想說。」雲齊上前一步，不著痕跡地掃了眼趴在地上的余慶，在得到皇帝的允許之後繼續說道。「兒臣認為，僅憑一個工匠的片面之詞是不足以斷定余大人有罪的，何況中間漏洞百出，比如說戶部密房被守衛層層把守，如何光明正大進去盜印範本？而賑災官銀中如果真的充了私銀進去，為何地方沒有發現並上報？這都不符合常理。」

皇帝虎目微瞇，似乎正在考量他的話，這時，一直保持緘默的雲煜終於出聲了。

「父皇，兒臣覺得不管真相如何，余大人瀆職之罪在所難免，理應先將他收押，另外，為了進一步釐清細節，兒臣願返回天都城親自帶人搜查鑄造坊及餘府，若真如余大人所言毫無瓜葛，也算是還他一個清白了。」

余慶頓時直起身來，僵硬地向雲煜道了謝，隨後微微側首，眼神不自覺地飄向了某處，雖然很快收回，但恰巧被後方的雲懷看得清清楚楚。

他在看雲齊。

原來是這樣啊……這場戲可越演越有意思了。

雲懷眼底蘊含著一縷微光，心裡開始計時，果然，不出三秒，雲齊再次進言道：「父皇，兒臣以為這樣不妥……」

話音消失在皇帝抬起的手中。

「就照煜兒說的辦。」

雲齊面色一僵，還來不及說半個字，皇帝接下來的一句話徹底把他打入了深淵。

「又是命案又是私銀的，這碧落宮朕也待夠了，傳令下去，後日啟程返京，朕倒要看看，究竟是何人敢在朕的眼皮子底下幹這掉腦袋的買賣！」

短暫的靜寂之後，堂下眾人齊呼。「臣等遵命！」

朝議過後，余慶被關進洛城的水牢裡，私銀案的事像長了翅膀一樣，半天之內就傳遍了整個碧落宮，彼時正在自個兒院子裡逗鳥的霍驍，聽到此事立即把摺扇一收，笑咪咪地踱著方步出門了。

去哪兒？自然是去了薄湛那兒。

進門時薄湛剛給衛茉祛完毒，這次有了尤織的幫助，整個過程都非常順利，照這樣下去，衛茉體內的寒毒很快就能夠清除乾淨了，儘管耗費內力很辛苦，但見到衛茉神清氣爽的樣子，薄湛甚是欣慰。

霍驍見此揚唇一笑，自行在茶几旁坐下，道：「看來今天是好事成雙啊。」

薄湛回頭看他。「還有什麼事？」

「余慶已經被抓了，由煜王親審。」

余慶？那不是戶部侍郎麼？

衛茉瞇起眼望著他們二人，道：「這就是你們上次所說的計劃？到底做什麼了？」

薄湛把被子往上掖了掖，輕描淡寫地說：「我讓梁東燒了齊王的地下銀莊。」

「地下銀莊……」衛茉咀嚼著他的用詞，再聯上霍驍說的話，一下子恍然大悟。「你是說，齊王勾結余慶私鑄銀錢？」

「這已經不是什麼新鮮事了。」霍驍一下又一下地拂著茶盞，面色沈滯。「從鑄造到洗錢，上下游官員沆瀣一氣，而收到了那些成色不足的銀子的百姓為了保命也不敢聲張，只得忍氣吞聲，除了這天高皇帝遠的京郡，江南一帶誰不知道這事？」

衛茉攢眉不語，幾經思慮，還是有些不放心。

「可就這麼捅了出去，他會不會查到我們身上？」

「梁東做事向來滴水不漏，妳應該比我清楚。」薄湛頓了頓，目光凝在一處，深沈莫名。「證據都擺在他們面前了，只看煜王這次能不能抓住機會了。」

霍驍微微皺眉。「你的意思是說……」

兩人對視一眼，其中深意盡在不言中。

就目前而言，皇帝還是偏向於相信余慶，畢竟他在戶部侍郎這個位置上幹了好多年，從不參與黨爭，一直兢兢業業，形象良好，突然與這麼大的貪銀案牽扯到一起，難免讓人心存懷疑，所以能不能順著這條線把齊王拽出來，還是個未知數。

衛茉也聽出來了，垂眸考慮半天，開口道：「相公，驍哥，你們有沒有想過，或許我們可以不必先拔掉齊王和駱謙的爪牙再翻案？」

薄湛抬起頭看著她說：「妳有什麼想法？」

衛茉把那天夜裡秦宣跟她說的話完整的複述了一遍。

「一直以來，我太過執著於找出害我爹的元凶，從而忽略了一件事，那就是駱謙為何要除掉我爹？秦宣說是因為撞破了他們的秘密，所以我想，如果我們能找出這個秘密，或許一切都迎刃而解了。」

「這確實是條捷徑。」薄湛贊同地點了點頭，並握住她的手。「等回了天都城我立刻讓人著手去查。」

「行嘞，那過兩天就準備開工吧。」霍驍拍拍手，一副嚴陣以待的樣子。

「怎麼說？」

「皇上已經下令了，後天回天都城。」

「這麼快？」衛茉詫異地揚眉，旋即微微彎起了唇角。「不過也好，姝姊姊一個人待在家裡想必悶壞了，我正好去陪陪她。」

霍驍煞有介事地點頭道：「妳可不知，這段時間為了瞞著妳都快把她憋壞了，如今守得雲開見月明，總算不用再左右顧忌了，她知道了肯定很開心，說不定要拉著妳聊上一天一夜呢！」

衛茉心想，她又何嘗不是如此？好幾次都想要一訴衷腸，卻又怕這借屍還魂的事嚇到他們，沒想到兜兜轉轉，他們竟一早便知曉了，著實讓她無奈。

「話說回來，你們究竟是什麼時候認出我的？」

「妳去霍府那天姝兒就有所懷疑了，後來湛哥又親自去驗證了下。」霍驍挑挑眉，滿臉戲謔。

「親自驗證？」

衛茉看向薄湛，薄湛沒說話，只瞪了眼霍驍，他立刻腳底抹油開溜了。

「啊，我忽然想起還有點事，你們聊。」

門扉開了又闔，霍驍瞬間不見了蹤跡，見狀，衛茉更加狐疑，扳正薄湛的臉問道：「相公，到底是怎麼回事？」

薄湛見躲不過，索性伸手覆上那柔若無骨的小手，溫柔地凝視了她一陣，啞聲道：「我在深夜去過衛府看妳。」

「深夜？」衛茉有些茫然，幾秒之後睜大了眼睛。「那個半夜闖進我閨房的登徒子就是你？」

薄湛無奈地笑道：「什麼登徒子，為夫第二天不是派人去下聘了嗎？」

衛茉哭笑不得。「那要是娶回去發現不是我怎麼辦？」

好一陣靜默，薄湛緩緩收攏了雙臂，衛茉緊緊地伏在他胸前，看不到他的表情，將將抬起頭，他驀地壓了下來。

「相公……唔……」

所有的話都消失在這極盡纏綿的一吻之中。

東院。

「相父，余慶家裡不知道藏著多少帳簿，還有與下級官員來往的信件，要是真讓雲煜抄了他的家，這條銷銀線就全毀了！」

一身茶白錦服的雲齊在書房裡不斷徘徊，滿臉焦慮，乍看就像個慌張的孩子，與平時那個深沈陰鷙的他判若兩人，這樣的狀態不期然遭到駱謙的訓斥。

「這個時候你還想著那條線！能不受牽扯就是萬幸了！」

「牽扯？」雲齊一愣，略顯茫然地說。「在朝中你我都刻意與余慶拉開了距離，私下也沒留下過什麼憑據，雲煜應該查不到我們身上啊……」

「你這僥倖心理早晚會害死你！」駱謙沈著臉起身，把天都城來的密報甩到他手裡。「你自己看看這上面寫的是什麼！」

雲齊翻開密報粗略地掃了幾眼，突然定在一處，臉色微變。「有人故意縱火？難道這一切都是雲煜故意設的局？」

駱謙哼了一聲沒說話。

一直靜立在旁的邱季從陰影中走出來，垂首吐出一句話。「殿下，臣以為此事不見得與煜王有關。」

雲齊眉一抬，道：「說來聽聽。」

「火燒鑄造坊之人顯然是乘著我們不在天都城才下手，這樣我們就沒有時間銷毀證據，而最開始煜王是反對來碧落宮避暑的，如果是他設的局，豈不是自相矛盾？所以臣斗膽猜測，下黑手的另有其人，且與秦宣脫不了干係。」

「你的意思是說，這個人想藉著這些事扳倒本王，然後重翻舊案？」

邱季略一點頭。「極有可能。」

雲齊撩開下襬坐回夔龍椅上，眼睛緩緩瞇起，望向夜色的最深處，隔了一會兒才道：「前些天讓你查的事怎麼樣了？」

「臣正要向您稟報。」邱季扯出一個神秘莫測的笑容。「秦宣死的那天晚上，有個人的暗衛曾經全員出動過，凌晨方歸，期間行蹤隱秘，去處無從得知。」

雲齊眼中厲色大盛，咬牙切齒地吐出兩個字。「雲懷？」

「回殿下，正是懷王。」

「混帳！」雲齊猛地拍案而起，暴怒地吼道。「他是什麼東西，也敢找本王的麻煩！」

聞言，駱謙不禁冷笑。「你以為今時今日的雲懷還是當年那個被你母妃逼得遠上周山的小孩？人家是二十萬邊境大軍的統帥！縱使在官場沒什麼勢力，可要是真的拚起來，你不見得能討得了好！」

這一頓呵斥讓雲齊的氣焰消去大半，開始正視起雲懷的存在，但心裡仍舊不服氣，梗著脖子道：「本王知道他羽翼漸豐，可父皇早有收回兵權之意，只要過了這陣子，本王自有辦法教他變回那隻無毛鳥！」

「那眼前這一關你打算如何過？」

雲齊輾轉思慮，臉上烏雲密布，越來越陰沈。

「當斷不斷，必受其害，這十幾萬兩白銀和戶部侍郎就當本王送他的，日後再與他算總帳，不過既然讓本王付出這麼大的代價，總要順手帶走些別的麻煩才是。」

此話一出，駱謙的臉色終於緩和下來，只見他往邱季的方向瞥了眼，聲線沈凝，威嚴立現。「聽到殿下的話了嗎，還不趕緊去辦？」

邱季會意，二話不說就離開了。

「明天怕是要麻煩相父跑一趟了。」

雲齊斂袖轉身，眸中幽光熠熠，駱謙飲了口茶，淡淡掀起眼簾回望著他，道：「看來殿下與我想到一處去了。」

「自當如此。」雲齊緩緩笑了。

翌日。

雞鳴破曉，曙光初綻，皇帝尚沈醉在溫柔鄉之中，太監在簾外一聲輕喚，說是丞相有急事求見，他本不欲理會，在聽到事關私銀案之後才懶懶地起了身。

駱謙進來後首先遞上了一封日記，說是女兒駱子喻在清理秦宣遺物時發現的，皇帝耐著性子翻到中間幾頁，突然瞪大了雙眼，隨後怒而擲地，大聲命人提余慶上殿，駱謙不動聲色地拾起了日記本，唇角揚了又收，快得無人察覺。

原來，那日記上面寫著秦宣在大理寺調查普通案件時無意中發現了余慶鑄造私銀之事，暗中調查了許久，苦於沒有證據才沒揭發他。

日記到此便戛然而止，留下足夠的想像空間給皇帝，而在他眼中只有一個答案——余慶將秦宣滅口了。

昨天在殿上的都是詭辯。

彷彿要證明這一點似的，余慶得知原委之後，在提審的路上自己跳進了冰凝湖裡，太監侍衛連忙下去撈人，可湖實在太深了，撈上來時余慶早已沒了氣。

畏罪自殺。

一切看起來都是那麼的順理成章，皇帝為自己昨天相信了余慶而惱羞成怒，於是傳來幫他說話的雲齊狠狠訓斥了一通，雲齊態度出奇良好，不但把罪責都攬上身，還說願把所有家當充進國庫彌補百姓損失，皇帝挽回了面子，氣自然也消了泰半，象徵性地罰了他半年俸祿了事，之後雲齊打著將功贖罪的名頭，硬是把調查的差事從雲煜那搶了過來，一場危機就這麼化解了。

霍驍得知消息後差點沒氣死。

「這個齊王真是好手段！把自己撇得乾乾淨淨的不說，還順道把秦宣這個麻煩甩了，以前當真小看了他！」

薄湛拂著茶盞淡然說道：「手段有是有，但歸根結底還是因為聖眷正隆，所以即便他為余慶求了情，皇上也絲毫沒懷疑到他身上。」

「那我們這算是白忙一場了？」

「當然不是。」薄湛起身走到棋盤前，拈起一枚黑子填入激烈廝殺的正中央。「我們已經開了局，之後煜王會動，朝局也會動，下次再出了岔子，齊王可就沒這麼容易逃脫了。」

霍驍聞言眉頭一聳，道：「聽你的意思是還留了後手？」

薄湛沒有回答他，逕自從衣架上取下了外衫，道：「明天就回天都城了，晚上我帶茉茉去城裡逛逛，你自己吃吧。」

「哎，這還說著正事呢！怎麼就走了？」

薄湛背對著他無聲地揮了揮手，隨後邁出了院子。

洛城的夜景真是美到讓人窒息，走在寬闊的大街上，眼中盡是一片月白風清，無論是迎風招展的楊柳，還是煙水朦朧的岸堤，都把洛城妝點成一顆無瑕的寶石，溫潤而恬美。

衛茉許久不曾這般閒適地走在街上了。

余慶的事她也聽說了，她性子沈穩，並沒有霍驍那麼激動，況且與齊王對抗本來就是蚍蜉撼樹，並非一朝一夕之事，貿然求進只會讓薄湛和霍驍的處境更加危險，她斷不會允許，所以這一路上她都在跟薄湛商量。

「在這個關頭你和驍哥千萬要沈住氣，一子落錯滿盤皆輸，若是你們出了事，我……」

「妳會改嫁嗎？」薄湛順嘴接下的一句話把衛茉問傻了。

「你在說什麼……」

薄湛突然回過身，手裡變出一個黃澄澄的糖人兒，然後塞進衛茉嘴裡，淺淺的麥芽香氣瀰漫開來，頓時席捲她所有的味覺。

「好吃嗎？」

衛茉居然含著沒吐，還怔怔地點頭。「還不錯，沒那麼膩人。」

「霍驍跟我說妳不愛吃太甜的東西，我特地找到這家鋪子，看來很合妳的口味。」薄湛笑了笑，在這人來人往的街頭忽然傾身攏她入懷。「妳看，這世間還有這麼多我們不曾嘗試過的東西，若是都錯過了該有多可惜。」

衛茉不太明白他為什麼突然說這個，睜著一雙迷茫的鳳眸，在薄湛臉上來回晃蕩，誰知俊臉寸寸逼近，某個濕潤的東西從她唇邊掃過，然後含住她手裡的糖人兒。

「是還不錯。」薄湛低低一笑，像是沒看到衛茉緋紅的雙頰。

「相公……」

「從前喜歡妳卻沒有機會接近妳，為妳做任何事都得冠上別人的名頭，實在惆悵，後來娶了妳，妳對我沒有感情，我雖陷於失而復得的喜悅中，但心始終懸著，直到這一刻，我終於可以在人潮中肆無忌憚地摟著妳，可以在夜深人靜時看妳安然入眠，這一切對我而言，曾經都是不可能實現的事。」

薄湛頓了頓，異常嚴肅地凝視著她，逐字逐句地說：「所以茉茉，相信我，我會小心保住這條命，不然怎麼珍惜這來之不易的現在和未來？」

「我相信你。」衛茉忽然伸手攀上他的頸子，極輕極淡地說。「我已經失去了家人，不能再失去你們了。」

「我知道。」薄湛收緊雙臂，彷彿要將那嬌弱的身軀揉進自己的身體裡。

他怎會不知道？從知曉真相後，她一直都在忍耐，就是怕輕舉妄動會連累他，若是她現在不是侯爺夫人，以她的性子恐怕早就在謀劃刺殺齊王了吧，正因為如此，他才要給她更多的信心。

「茉茉，我答應妳，以後所有的事情我們一起商量，而妳現在的任務就是把寒毒治好，明白嗎？」

衛茉斜睨著他，語氣輕鬆了不少。「還用你說？我早就煩透衛茉這副病歪歪的身體了。」

薄湛朗聲大笑。「辛苦夫人了，再忍耐一陣，等好起來了我教妳些簡單的功夫，說不準過兩年也能拿劍了。」

「真的？」衛茉驟然抬起頭，眼神發亮。

「當然是真的了，我何時騙過妳？」

衛茉沈吟片刻，倏地拉起薄湛往回走。

「怎麼了？不逛了？」

「不逛了，回去祛毒。」

薄湛頓時啼笑皆非，昨天才祛過毒，今天又來，這是要讓他功盡人亡啊！於是在越走越遠的偏僻小路上，不時響起無奈而悲嘆的男聲。

「夫人，咱們商量件事，妳相公我雖然內力精湛，但照這麼個用法遲早英年早逝，咱們還沒生孩子，這樣不適合……」

「茉茉，我說話妳聽見了沒有？」

百般呼喚未果，薄湛只好暗自哀嘆，他真是自己給自己挖了個坑啊！

第十八章

六月中的天都城已是滿城流火，燥熱蔓延，從四季如春的洛城回來，感覺像是入了另一個世界，讓人分外不習慣。

薄湛和衛茉一路舟車勞頓，本該立刻回府休息，哪知梁東早已在必經之路上迎候，似有要事向薄湛稟報。馬車徐徐停下，翠幕被纖纖素手掀起一角，將兩步之外的魁梧男子盡收眼底，恰好他也在此時抬頭，筆直地對上衛茉的眼神，然後彎身行了個正禮，舉止之間猶存軍人風範。

「見過夫人。」

衛茉菱唇微張，啞聲半晌，只微微點頭示意便縮回車內，想起從前在瞿陵關時的點點滴滴，頓時悵然莫名。不過她還是很清醒的，知道不能讓梁東看出這些情緒，畢竟他還不知道她的真實身分，為了彼此的安危還是先瞞著的好。

薄湛將她的心思看得分明，湊上去吻了吻她的唇，低語道：「妳先回府休息，我處理完事情就回來。」

「嗯。」衛茉點頭，他旋即下了馬車。

回到靖國侯府，裡裡外外煥然一新，貼滿了大紅雙喜和彩色繡球，衛茉站在門前還愣了一愣，隨後一個俏麗的身影從裡頭竄出來，上前就摟著她亂蹦。

「嫂嫂妳回來啦！可想死我啦！」

衛茉心頭暖洋洋的，拉開她淺聲問道：「這段時間妳和娘在家可好？祖父祖母的身體也還好吧？」

「都好、都好。」薄玉致迭聲答著，牽起衛茉往裡走，路過拴著紅繡球的貔貅時揚了揚下巴。「喏，某人馬上要出嫁了，怎能不好？」

薄玉媱和邱瑞要成親了？

這消息著實讓人有些訝異，畢竟從納采到請期怎麼也得小半年，薄玉媱又是老夫人最疼愛的孫女，準備起婚儀瑣事來只會更繁冗，而這才過不到兩個月，怎麼就要嫁出去了？該不是薄湛這兒出了個先例，後頭的都肆無忌憚了吧？

衛茉腦子裡拉拉雜雜地想了一通，說出口的卻只有四個字。「這麼匆忙？」

「唔，那邱瑞成天來侯府串門，祖母都看不下去了，說是既然小倆口如膠似漆不如早些成全他們算了，邱家就等著這句話呢，隔天邱尚書和夫人就親自上門來請期了，最後把日子定在六月十八。」

只有五天了，看來他們回來得還真是時候。

衛茉暗嘆一聲，隨薄玉致踏入白露院，邊走邊聽見她問：「哥哥怎麼沒跟妳一塊兒回來？該不會還留在洛城吧？」

「這會兒才想起妳哥哥啊？」衛茉好笑地瞅了她一眼，解釋道。「他到大營辦事去了，一會兒就回來。」

「哦，這樣。」

兩人一同走進屋子，多日未歸，一切擺設如常，乾淨敞亮，打開窗戶，廊下和露台放著的盆栽都是新剪的，洋溢著鮮活的氣息，十分賞心悅目。床帳和簾幕也換成水藍色的，一眼望去，清涼宜人，可見準備這些的人花費多少心思。

「小姐，我日盼夜盼，總算把您給盼回來了！」

留光雙眼睜得晶晶亮，只差沒像薄玉致一樣撲上來了，衛茉滿懷愉悅地看著她，淡淡誇道：「整個院子拾掇得井井有條，妳辛苦了。」

一句話讓留光熱了眼眶。大半年來，小姐對她一直都是冷冷淡淡，這次從洛城回來卻完全不一樣了，好像又變回從前那個溫柔和善的小姐了！

這其中的原因或許只有衛茉自己才明白。

在碧落宮的這幾十個日夜中，她本該因為家人被殺的真相而崩潰失控，是薄湛引導著她一步步走出來，告訴她為家人報仇雪恨固然重要，但更重要的是好好活著，珍惜上天賜予她的第二次生命，這也是她的家人希望看到的。所以儘管悲傷，她卻沒有被仇恨所控制，反而與這世間溫柔的一面更貼近。

逝者已去，悔恨無用，她會為了他、為了霍驍和王姝、為了死去的家人好好地活下去，哪怕今後的路可能並不平坦，但有了這個信念的她，已不再是從前的歐汝知了，現在的她，是靖國侯薄湛的夫人衛茉。

「嫂嫂，妳在想什麼呢？我看妳臉色不太好，是不是累了？」

薄玉致皺起秀眉瞅著她，似乎很是擔心，留風一句話為她解了惑。「四小姐，在洛城時小姐寒毒復發了，現在身子還虛著呢。」

「什麼？」薄玉致蹭地站了起來，面帶焦急地說。「怎麼不早說？我這就讓人去請大夫來看看！」

衛茉伸手把她拉回圓凳上，道：「不要緊的，隨行的醫官看過，已經好多了。」

「是麼？嫂嫂妳可別糊弄我。」

她一副小大人的口氣，惹得衛茉直想笑。

「當然是了，我只是有點累，沒別的。」

「那妳快快休息，我只不吵妳了，等哥哥回來了，晚上一塊去娘那裡用膳。」薄玉致抬腳要走，忽然想到了什麼，又回過身道。「對了，娘知道你們今天會回，特地讓人燉了桃膠燕窩，我讓她們去取來晾在這兒，妳醒了正好喝。」

又是補品！

衛茉心中警鈴大作，卻阻止不及，薄玉致已經吩咐自己的婢女海綾去拿了，衛茉立刻使了個眼色給留風，她瞬間會意，道：「怎好煩勞姊姊，不如我去吧。」

海綾笑道：「妳不知道放在哪兒，還是我去吧。」

說著，她一腳已經跨出了門外，留風連忙趕上去挽住她的手，狀若親熱地說：「那我和姊姊一起去好了。」

兩人就這麼離開了白露院，薄玉致等著海綾回來的這陣子又與衛茉聊了一會兒，從洛城的風土人情聊到異國使臣來訪的盛況，最後不知怎地又提到薄玉嫣的婚事。薄玉致想起上次邱瑞來侯府時衛茉奇怪的態度，於是再次提起那個問題。

「嫂嫂，妳到現在還沒告訴我，上次為何要試探邱瑞啊？」

衛茉怔了怔，面色有點猶豫，還有點難以啟齒的尷尬，薄玉致從沒見過她這種表情，好奇心更大了，拽著她的袖子不依不撓地央求道：「嫂嫂，妳就告訴我嘛，我又不會去搗亂。」

「我不是怕妳搗亂，是因為我對這件事只有五分把握。」

「那我就當聽個樂了，說嘛、說嘛。」

薄玉致主動把耳朵貼了過去，衛茉無奈，只好以手掩唇輕聲吐出幾個字，聽完的一剎那，薄玉致驚得差點跳起來。

「妳說什麼？邱瑞他……」

衛茉趕忙捂住她的嘴，臉頰急出一層淡淡的粉色。「都說了只是猜測，別到處嚷嚷。」

薄玉致腦袋裡有點亂，端起圓几上的茶喝了一口才慢慢平靜下來，然後從嗓子眼裡擠出一句話：「嫂嫂，雖然我挺討厭薄玉嫿的，但我覺得還是應該去提醒下她……」

衛茉輕嘆，語重心長地說：「玉致，我知道妳很善良，但沒憑沒據就把事情捅出去，妳想過後果會如何嗎？」

「大不了又在祠堂跪一夜唄。」

她倒是灑脫，一副敢做敢當的樣子，衛茉卻唯有苦笑，這麼嚴重的事情，若是坐實了還好，萬一弄錯了哪會是罰跪這麼簡單？今後這侯府裡的人還指不定怎麼戳她的脊梁骨呢。

就在衛茉後悔的時候，薄玉致已經起身道：「嫂嫂，我先去了。」

衛茉剛想拉住她，門外一個冷沈的聲音傳了進來。「坐下，哪兒也不許去！」

人隨聲至，薄湛邁著穩健的步伐走進花廳，眼睛掃過處於怔忡狀態的妹妹和滿臉無奈的妻子，袖袍一甩坐在兩人中間。

「你都聽到了？」

薄湛頷首，旋即轉向薄玉致，不容置喙地說：「今天這事聽過便罷，今後誰都不許提。」

「為什麼？」

薄玉致無法接受地反問，覺得哥哥像是變了個人，就在這時，留風和海綾回來了，薄湛一看見她們手裡端著的東西，眸中厲色霎時如瀑布般傾瀉而出。

「為什麼？」他冷冷地重複著薄玉致的話，突然奪過玉碗摔出門外。「就因為他們在這補品裡給妳嫂嫂下了幾個月的毒！」

一時鴉雀無聲。

薄玉致再傻也明白是怎麼回事了，這其中的利害關係由來深遠，她不是不知道，只是沒想到薄玉嬌也牽扯其中，實在狠毒得超乎她的想像。

「好了，你別嚇著玉致。」衛茉輕輕地拽了拽薄湛，又轉過頭對薄玉致說。「玉致，今天的事情妳就當沒聽見，快回去吧。」

「嫂嫂，這點事嚇不到我。」緩過神的薄玉致抬起頭對衛茉堅定地說。「妳放心，我知道該怎麼做。」

說完，她大步流星地離開了花廳，面色不如來之前那般輕鬆，衛茉想追上去，被薄湛一把拉了回來。

「別追了，玉致並非不知事的人，沒妳想的那麼單純可欺，不會有事的。」

衛茉嘆口氣，抬眸盯著他問道：「你早就知道邱瑞的事了？」

薄湛沒說話，堅毅的面龐少見地泛著漠色，答案不言而喻。

「看來我猜的沒錯了……」衛茉再嘆，被薄湛抽手攬進懷中。

「敢下藥害妳，這是她應得的。」

薄玉嬌出嫁的這一天很快就到來了，紅鸞車和八駿馬流連十里長街，煙塵漫京華，引得無數人駐足觀望，風光無限。

車隊後方的聘禮滿滿當當地裝了幾十箱，與薄湛當初娶衛茉時的規格一樣，只不過薄湛花的是自己的銀子，而薄玉媱用的卻是侯府的家當，可見老夫人對她的疼愛之心。

到兵部尚書府觀禮的人也盡是朝中權貴，不但有煜王和齊王駕臨，連駱謙這種向來不參與私宴的人也出現了，宴席足足開了幾十桌，從前門一直延伸到園子裡，排場之大令人咋舌。

在這種場合下侯府當然也要派人出席，由於薄玉媱父親早逝，馬氏又不便拋頭露面，所以由薄青和薄潤代勞，而薄湛身為靖國侯，即便再不喜也是必須要現身的，於是在迎親車隊離開之後，他帶著衛茉登上了駛向邱府的馬車。

冤家路窄，進門就碰到了齊王。

「參見王爺。」

「免禮，今日喜事當頭，沒那麼多規矩。」齊王虛扶了薄湛一把，目光掠過一邊的衛茉微微閃了閃。「表弟妹的腳沒什麼事了吧？」

此話一出，薄湛下意識握緊了衛茉的手，生怕她失控或者露出一絲不善的神色，結果她卻泰然自若地福下身答道：「妾身早已痊癒，讓王爺費心了。」

「那就好。」

語畢，前方大廳處奏起了喜樂，想是拜堂儀式快開始了，侍從向雲齊耳語了幾句他便先行入座了，薄湛遲遲不動，只偏過頭看著衛茉，她卻淡淡地彎起了粉唇。

「相公，這戲才剛開始你就不相信我的演技了？」

薄湛滿臉無奈，順手勾住她的腰說：「我是怕妳心裡難受。」

「難受是難受。」衛茉掩去眸中的厲光，踮起腳湊到他耳邊輕聲道。「可為了能手刃他們，本姑娘忍了。」

薄湛凝視她半晌，眼神中有心疼也有欣慰，卻什麼都沒說，默然拉著她進廳觀禮去了。

未過多時，邱瑞牽著薄玉嬿在掌聲中步入喜堂，兩人皆一身赤紅，從裡到外都洋溢著喜氣，尤其是薄玉嬿，十幾顆東珠嵌在鳳冠上，散發出的光澤襯得她一張臉白皙透亮，光彩照人。

緊接著禮官開始唱和，禮畢之後新人入了洞房，不久，邱瑞換了身常服出來宴客，一群世家公子把他團團圍住，邊喝酒邊交際，其樂融融。

期間也有不少人走到薄湛面前祝酒道賀，薄湛隨意應了，轉頭又開始跟衛茉喁喁私語，衛茉一會兒面色發紅，一會兒嗔怪地睨著他，最後乾脆悶聲喝茶不理他了。

「怎麼，為夫笑妳兩句都不准？」薄湛抽手攬過她的身子，滿臉促狹的笑容。

衛茉瞪著他說：「笑什麼笑，至少成親時我認出你來了！」

「是，妳一回京我就成天上霍府與妳『巧遇』，都不知擦身而過多少回，成親時妳想半天才對上號，還不記得名字，這也叫認出來？」

衛茉窒了窒，隨後揚起了下巴冷冷地說：「除了人臉以外，其他東西我幾乎都過目不忘，人總不能生得太完美。」

薄湛從未見過將歪理說得如此理直氣壯的她，差點笑岔了氣。

衛茉靠著那不停震動的胸膛越來越覺得羞惱，索性一掌推開了他，很快又被他再次納入了臂彎。

「好好好，那妳就勉為其難認幾個人行嗎？這裡總歸不是邊關，那些王侯高官早晚都要打交道的，萬一哪天我不在妳身邊，總要分得清是敵是友才行。」

衛茉揚起柳眉，滿臉質疑。「這朝中還有好人嗎？」

「也不能完全這麼說。」薄湛朝另一邊努了努嘴。「景梧還是不錯的，為人正氣凜然，從來不摻和那些骯髒事。」

衛茉一語雙關地說：「哼，那就不必認了，多虧了鐘月懿，他們全家我都記住了。」

薄湛這次是徹底笑得直不起腰了。

就在他們笑鬧的時候，有道目光悄悄投了過來，專注地凝在兩人身上，毫不遮掩，衛茉似有所察覺，抬頭梭巡半晌，在杯觥交錯的人群中找到了薄潤。他被發現之後也不躲閃，還亮出了微笑，下一秒，居然穿過人群筆直地朝他們走來。

「三弟，這齊王殿下實在是海量，我和大哥都頂不住了，只好來請你出馬，不然妹夫今天恐怕是回不了洞房了。」

薄湛還沒說話，那邊的世子們看見了，一時都吆喝著要跟薄湛喝，連雲齊也似笑非笑地舉了舉杯，薄湛眼角略沈，起身端著酒杯過去了，走之前看了看衛茉，衛茉還了他一個安心的眼神。

之後一群人就喝起來了，因都是皇親國戚，又是意氣風發的年紀，難免在喜事當頭的情況下鬧得瘋了些，一時半會兒散不了場，衛茉看見薄湛沈穩自如地立於其中，隨後眸光微微一轉落在薄潤身上，總覺得有種說不上來的怪異。

當初舉薦薄潤入都察院任職的是煜王，現在他卻與齊王走得這麼近，究竟是完全沒有站黨立派的意識，還是有什麼不為人知的想法？

想來想去似乎也沒有什麼合理的答案，衛茉收回了視線，又喝了一盞茶之後走出大廳，準備到外面去透口氣。

宴席正酣，賓客來來往往，笑語喧天，要找到一個僻靜的地方待會兒著實不容易，衛茉沿著蜿蜒的長廊往池塘走去，最後在垂柳成蔭的水榭邊找到了一個石凳，坐在上面吹一吹夏風，賞一賞花鳥游魚，倒也愜意得很。

之後她又心不在焉地逛了一陣子，再抬起頭的時候已不知到了哪裡，正準備循著記憶原路返回，假山那頭的小徑上走來一道熟悉的身影，定睛一看居然是齊王，衛茉不想單獨與他碰上，正不知該往哪兒躲，背後突然有人攫住她的腰往邊上一帶，景物劇晃，風聲過耳，轉眼就進了一座小屋，她膽戰心驚地回過頭，隨後呼出一口氣。

「相公，你怎麼在這兒？」

「我出來尋妳。」

薄湛一邊簡短地答著一邊透過紙窗朝外看，只見黑影越來越濃，輪廓漸漸明顯，似乎是朝這邊來了，他眉眼陡沈，飛快地打量了一遍屋內的陳設，然後閃電般攬著衛茉藏進了衣櫃裡。

啪嗒一聲，門開了。

齊王進來之後什麼也沒幹，只是坐在桌前百無聊賴地轉著杯子，似乎在等什麼人，衛茉在櫃子裡屏氣凝神地聽著，不久，一個又輕又急的腳步聲進來了，還夾雜著細微的喘息。

「急什麼，說好了在這兒等你，本王又不會跑。」

雲齊促狹的聲音裡含著一種隱秘的曖昧和挑逗，教人一聽就明白，他必是在這裡約了情人，可接下來那個聲音卻大大地出乎了他們意料。

「還不是太想您了，這才跑得急了些。」

居然是邱瑞！

衛茉腳一滑差點沒站穩，薄湛立刻扣住她的腰往上一提才沒弄出聲響，衛茉趴在他胸前驚魂未定地輕喘著，額角滾落幾滴汗珠。

衣櫃裡黑黢黢的，薄湛看不到她的狀況，卻心有靈犀似地伸出手摸上她的額頭，擦去汗珠之後微微挪動了姿勢，讓她趴得更舒服些。

外面的兩個人還在調情。

「這是想本王的樣子嗎？」

邱瑞似乎又靠近了些，聲音愈顯尖細。「那王爺想要看什麼樣子？」

「自然是這樣。」

雲齊喉嚨裡逸出低笑，緊接著傳來一陣衣物磨擦的聲音，邱瑞嘟囔了幾句，突然驚喘，隨後響起極重的磕碰聲，似乎是有人撲在案桌上，衣櫃裡的衛茉不由自主地想像起外頭的畫面，頓時面紅耳赤。

傻子也知道他們要幹什麼了。

彷彿是要驗證她的猜想，桌腳開始吱吱呀呀地叫，還伴隨著邱瑞模糊不清的低吟聲，他越是壓抑，雲齊撞擊的力度就越大，後來實在受不住了就開始斷斷續續地求饒，聲音那叫一個婉轉嫵媚，聽得衛茉雞皮疙瘩都冒出來了。

「王爺，您輕些，今天可是……我的新婚之夜……啊！」

雲齊附在他耳邊邪肆地笑道：「本王幫幫你，省得你晚上面對那個女人時『抬不起頭』，那可就麻煩了。」

「別……我該走了，萬一被他們發現……」

邱瑞話說到一半沒音了，只剩下嗚嗚聲，似被人封住了嘴巴。

衛茉已經快瘋了。

她到底是作了什麼孽！躲在這暗無天日的櫃子裡喘不過氣也就罷了，還得被這春宮魔音穿腦！她還是個未經人事的姑娘啊！

幸好現在薄湛看不到她的臉色，她覺得自己已經快窒息了。然而身體是說不了謊的，因為外頭這檔子破事，也因為空氣不足，衛茉身子漸漸綿軟，大半重量都壓在薄湛身上，薄湛心知不對，貼近鎖眼吸了一大口氣，然後俯身渡給了衛茉，反覆數次之後，她總算清醒了些。

外頭的人不知何時停止的。

「您真是……我這副模樣可怎麼出去見人！」

「回房收拾去吧。」雲齊滿不在乎地說著，彈了彈錦服正準備走人，忽然想到了什麼，回過頭對尚在整理衣衫的邱瑞說道。「上次邱季說把事情交給你了，辦得怎麼樣了？」

邱瑞輕描淡寫地答道：「我去了十來次侯府，沒查出什麼東西，不過靖國侯眼下回來了，我可以趁著陪薄玉媱歸寧的時候試探試探他。」

衛茉聽到這大吃一驚，難不成雲齊已經懷疑到他們身上了？誰料下一句話就讓她鬆了口氣，卻變得有些困惑。

「不必了，你沒在侯府暴露就行，暫時不用管那邊了，邱季已經查出是誰在搞鬼了。」

邱瑞知趣地沒有多問，談話就此結束，一陣窸窣之後兩人離開了屋子。

衛茉和薄湛終於得見天日，踏出櫃子的一剎那就像從蒸籠裡出來一樣，衛茉汗濕薄衫，頭重腳輕，然而她根本顧不上這些，回身攥住薄湛的袖子問道：「相公，他們該不會查到驍哥或者梁東了吧？」

薄湛心念電轉，不一會兒就有了判斷。

「不會，查到他們就會查到我，他既然讓邱瑞撤出侯府，說明懷疑的不是我們。」

衛茉蹙起了眉頭。

那雲齊懷疑的是誰？

這幾天衛茉有些坐立不安，自從那日聽到齊王與邱瑞的對話之後她就格外擔心會殃及某個無辜之人，薄湛十分瞭解她的心理，答應她會去查查齊王在對付什麼人。

話分兩頭，眼見炎炎夏日已至，往年這個時候只要雲懷在京中都會帶著衛茉出去玩一天，儘管今年她已經嫁了人，雲懷經過一番思量後還是邀她出遊。

衛茉本來是不想去的，並不是說雲懷此舉讓人厭煩，恰恰是因為他站在她的角度把一切事宜都考慮到位，體貼得無可挑剔，這才讓她倍感為難——畢竟她已經不是原來的衛茉了，不能再這樣肆無忌憚地享受著他的好意。

即便最後決定與雲懷出遊她也沒有刻意扮成原來衛茉的樣子，從脾氣性格到說話方式都是歐汝知，陌生而疏離，希望這種反差會讓雲懷望而卻步，然後慢慢淡化他們之間的關係，在無法坦白身分的現在，這樣對他們都好。

天公作美，出遊的這一日晴空萬里，碧藍如洗，雲懷帶著侍衛與衛茉在北門會合，隨後一起去了郊外的莊子。

車裡炎熱，越往山中走越見涼爽，衛茉忍不住微微撩開帷幕透氣，雲懷細心地發現了，溫聲問道：「是不是有些悶？等妳病好了師兄教妳騎馬，到時我們就不用坐馬車來了。」

衛茉回過頭，恰好對上雲懷的臉，上面明晃晃地盛著寵溺，還有一絲正經，看來他並不是說說而已，只是衛茉並不想讓他費心，便婉言謝絕了。

「不用了師兄，騎馬太累了，還是坐馬車的好。」

雲懷挑眉道：「是嗎？這可真稀奇，上次我回來妳還纏著我說要學騎馬，怎麼這會兒又不感興趣了？」

衛茉淡淡地答道：「想法總是會變的。」

雲懷凝視她半晌，面龐上流轉的光澤逐漸凝滯，罩上一層暗影，久久不散，經過再三思慮，還是把話說出來了。「茉茉，妳要是有什麼心事……儘管對師兄說。」

心事？她有什麼心事？衛茉呆愣片刻，心裡突然啊了一聲，明白他說的是什麼了。

回到天都城之後，尤織每隔幾日就會過來給她請脈，通常都是由留風從側門領進侯府，請完脈再原路返回，悄無聲息，省去了不少麻煩。誰知府裡眼線太多，沒過幾天馬氏就把事情捅到老夫人那去了，老夫人得知她患有寒毒，氣得當即把薄湛叫過去罵了一頓，連帶著好幾天請安都沒給衛茉好臉色看，兩個婢女看在眼裡，想必是跟雲懷說了。

其實衛茉自己並沒覺得受了多大委屈，將心比心，任誰知道自家孩子娶個藥罐子回來都難免要生氣，何況侯府不是尋常人家，她和薄湛的孩子日後是要襲位、要擔起重責的，若跟她一樣身體孱弱那可怎麼辦？

雖然尤織非常肯定地告訴過她，只要祛除寒毒，經過適當調養，她完全可以像普通人一樣生出健康的孩子，但並沒有人跟老夫人保證這一點，更別提還有個加油添醋的馬氏在旁邊，所以這一切其實都很正常，只是在雲懷眼裡，她一定是受了莫大的委屈。

「師兄，又是那兩個丫頭跟你說什麼了吧？」

雲懷跳過了這個問題，語重心長地說：「茉茉，其他事妳不用多想，如果在侯府過得不開心，儘管到王府來，以前是師兄沒有辦法護著妳才把妳送去衛府，現在不一樣了，妳想要什麼師兄都會為妳辦到。」

衛茉心中暗嘆。「師兄，我沒有不開心。」

「可之前妳並不是心甘情願嫁給薄湛的，不是嗎？」

原來問題出在這裡……

衛茉正不知該如何解釋，腦子裡靈光一現，突然揪住雲懷的袖子問道：「我回來之後聽說衛家轉讓了好幾家店鋪，好像是北方商路出了點問題。師兄，這事跟你有關嗎？」

雲懷微微撇開了視線，神色有些冷硬，見狀，衛茉已經心裡有數，也不再多問，只悠悠嘆了口氣，至此她才明白，原來雲懷一直以為是衛老爺逼她嫁入侯府的，也怪她粗心大意，以雲懷疼愛衛茉的程度，怎麼可能她偷偷嫁了人，他卻一點反應都沒有？她早該意識到的。

「師兄，我是自願嫁給侯爺的，真的與衛家無關。」

「妳以前跟他素不相識，哪來的自願？」雲懷壓根兒不信。

「以前不重要。」衛茉抬起羽扇般的長睫，水靈靈的鳳眸裡不含一絲雜質。「重要的是現在我愛他。」

車內這方寸之地出現片刻的靜默，衛茉凝視著雲懷，神情沒有一丁點兒嬌羞或忸怩，坦坦蕩蕩，凜然無畏。

這哪還是從前那個多看他幾眼就會臉紅的衛茉？

雲懷到此刻終於覺察到不對，可他居然不反感這樣的衛茉，也可以說，在他的設想中如果衛茉能在他的羽翼下長大，應該也會是這樣的性格吧。可是人突然變化總是有原因的，這個事實在雲懷心中反覆迴響，讓他坐立難安。

馬車在此時停下了，枝葉葳蕤的山林深處矗立著一座農莊，灰牆綠瓦，古樸幽靜，鳥雀掠過炊煙，幼童簷下嬉戲，數人高的水車轉了一圈又一圈，奏出清亮悅耳的響聲，驅散了暑氣，還沒走近便讓人心生愉悅。

雲懷確實花費了不少心思。

想到這兒，衛茉心中更加過意不去，垂著頭準備下車，沒想到一隻大掌伸到面前，她怔怔地抬起頭看著雲懷，他卻一如既往的溫柔。

「下來吧，慢一些，這路上石子多，別扭了腳。」

衛茉抿著唇把柔荑放入他掌心，略一使力跳了下來，待站穩之後，雲懷轉身邁開大步牽著她往前走去，對於剛才的事不再多提半個字，沈靜得似乎沒發生過，然而衛茉卻悄悄抽出了自己的手，與他並肩走在一起，意有所指地說：「師兄，我已經不再是從前的衛茉了，這種路我可以自己走。」

雲懷的腳步頓了頓，偏過頭低聲道：「我知道了。」

接下來一下午的時間都在玩樂中度過了，聽戲也好，釣魚也罷，都是原來的衛茉喜歡的東西，她雖然不感興趣，但面對雲懷的時候也儘量做出歡喜的模樣，不為別的，只為對得起他一番心意，然而當她靜下來以後，她才發現這樣做根本就沒用。

這份人情債她只會越欠越多，因為這個身體已經無法還給衛茉了……

——未完，待續，請看文創風527《吾妻不好馴》下

2017年4月出版

鳳心不悅

文創風 513～517

他之所以決定娶她，
背後有著說不清的陰謀詭計，
唯獨缺少了一分真心……

純情摯愛 此心不渝／桐心

沒想到新婚後便不告而別的沈懷孝，居然還有臉回來？
對蘇清河而言，有沒有這個丈夫，她壓根兒不在意，
她不過是為了與兩個孩子重逢，不得已才借了他的「種」，
古人嫁雞隨雞、嫁狗隨狗的那一套歪理，可不適用在她身上！
然而他失蹤五年的真相，竟是在京城另娶嬌妻，
如今他一口一個誤會，就想回到他們母子身邊，
當她是三歲小孩那樣好哄的嗎？
彼此各過各的也就罷了，可他卻放任那女人派刺客殺她，
這口窩囊氣，她可吞不下了！
凡事都講究個先來後到，
想要她讓出正妻的位置，還得問問她願不願意！

2017年4月出版

嗆辣美嬌娘

文創風 509～512

看外表就以為她是隻小綿羊？真是大錯大錯！
以為沒當家男主人，就能隨意欺負她跟娘親是嗎？
被人當成母老虎也罷，她絕對要活出屬於自己的一片天……

溫馨寫實小說專家／芳菲

穿越時空不夠猛，這裡的娘跟她前世的媽長得一樣才神奇！
雖然她只是累得倒下，就倒楣地被老天裁定要重活一次，
但是能成為江寧縣第一地主的千金，好像也不賴？
想歸想，謝玉嬌還來不及作夢，就發現了殘忍的事實……
那就是在這個時代，沒爹的孩子比草更不如！
一大票親戚住在謝家宅，講好聽一點是互相有個依靠，
說得難聽一些就是吃定她們家，樂得當吸血蛭賴著不走！
親戚企圖塞嗣子進家門也罷，想不到外人還把主意打到她身上，
為了自保，謝玉嬌決定招個上門女婿，好堵住悠悠眾口，
卻完全沒發現，原來她與某個人的緣分早就悄悄扎根了……

為流浪貓狗加油 和貓寶貝 狗寶貝

廝守終生(一定要終生喔！)的幸福機會

對人來說，貓寶貝狗寶貝只是生活的一部分，但妳（你）對牠們來說，卻是生活的全部，領養前請一定要考慮清楚——

▲ 穩重乖巧的小靚女　小八

性　　別：女生
品　　種：米克斯
年　　紀：2、3歲
個　　性：親人、文靜、愛撒嬌
健康狀況：已結紮，二合一過關、已注射三合一、狂犬疫苗
目前住所：台北市景美

本期資料來源：台灣認養地圖

『小八』的故事：

小八原是一家餐廳放養的貓咪，原來的主人為了要幫餐廳裡抓老鼠及顧店，因此去了趟收容所，將那時還是幼貓的小八帶回，之後也讓牠生下五隻小貓，一起和小八抓老鼠與顧店。

中途每次見到小八及小貓們不畏車流湍急的在大馬路上橫衝直撞，屢屢感到膽顫心驚，甚至也聽聞之前已有其他貓咪於此遭逢不幸。中途想著，如此親人的貓咪要獨自在外生存是相當不易，今天可能幸運地躲過了車輪的危險，明天是否又能避開居心不良的人呢？

中途實在不忍心再看到小八繼續這樣的生活，因此便將牠帶回，由衷希望小八可以找到真正適合牠的家庭，而不是像工具般的被放養著。

小八是隻個性很穩重、非常親人的成貓，喜歡吃東西且十分乖巧，也喜歡被摸摸；平常牠總是很乖的待在一旁，不會老愛調皮搗蛋，就連其牠貓貓可能不愛的剪指甲也都很乖哩！即便是沒有養過貓貓的新手們也適合喔～如果您願意給這麼可愛的小八一個溫暖又安心的家，請來信dogpig1010@hotmail.com（林小姐）。

認養資格：

1. 認養者須年滿23歲，有獨立經濟能力。
2. 須同意簽認養寵物切結書，並能讓中途瞭解小八以後的生活環境。
3. 同意送養人日後之追蹤探訪，對待小八不離不棄。
4. 同意做門窗防護措施，以防小八跑掉、走失。
5. 以雙北地區優先認養，第一次看貓不須攜帶外出籠，確認送養會親自送達。

來信請説明：

a. 個人基本資料：姓名、性別、年齡、居住地、同住者、職業與經濟來源等。
b. 預計如何照顧小八，以及所能提供之環境和承諾（如：食物、飼養方式）。
c. 請簡述過去養貓的經驗、所知的養貓知識，及簡介一下您的飼養環境。
d. 若未來有結婚、懷孕、出國或搬家等計劃，將如何安置小八？
e. 是否同意中途作日後追蹤（家訪、以臉書提供照片）？

風 文創
526

吾妻不好馴 上

國家圖書館出版品預行編目資料

吾妻不好馴 / 岳微著. --
初版. -- 臺北市 : 狗屋, 2017.06
冊 ; 公分. --（文創風）
ISBN 978-986-328-731-5（上冊：平裝）. --

857.7　　106005765

著作者	岳微
編輯	黃鈺菁
校對	莊書瑾　周貝桂
發行所	狗屋出版社有限公司
地址	台北市104中山區龍江路71巷15號1樓
電話	02-2776-5889～0
發行字號	局版台業字845號
法律顧問	蕭雄淋律師
總經銷	知遠文化事業有限公司
電話	02-2664-8800
初版	2017年6月
國際書碼	ISBN-13　978-986-328-731-5

本著作物由北京晉江原創網絡科技有限公司授權出版

定價250元
狗屋劃撥帳號：19001626
網址：love.doghouse.com.tw　E-mail：love@doghouse.com.tw